Le devoir en bandoulière

LE DEVOIR EN BANDOULIERE

Le devoir en bandoulière

Le devoir en bandoulière

Lyne Debrunis

LE DEVOIR EN BANDOULIERE

Roman

Couverture créée par Cardebook

Le devoir en bandoulière

1

A la fin du mois de février, Marguerite et Jean ont été invités par leur fils Emile et Alexandre, un de ses amis rencontré à la fac, à l'ambassade du Montenie, un petit état hors d'Europe mais non loin de ses frontières.

Lors d'un stage en Grande Bretagne, les deux hommes avaient été présentés par des amis communs. Depuis, si Emile évolue comme financier dans une multinationale, Alexandre du fait de sa naissance, est considéré comme un diplomate par son pays qui attend de lui qu'il en fasse la promotion. Il doit essayer de nouer des liens notamment commerciaux avec les états qu'il visite et les deux amis sont amenés à travailler ensemble, ce qui a renforcé leur amitié.

Marguerite est flattée de voir Alex se courber sur sa main, il y a bien longtemps que cela ne lui était pas arrivé et en France, les usages du savoir-vivre ont tendance à se perdre, ce qu'elle regrette un peu.

Elle observa Alexandre, recevoir avec l'ambassadeur les convives puis évoluer parmi la foule rassemblée. L'homme est grand et flirte avec les deux mètres. Il est souriant et à l'aise, entouré par quelques jolies filles un peu collantes, riant trop fort, inévitables dans ce genre de soirée. Il les écoute, sourit et se laisse facilement approcher.
Marguerite soupira, agacée :
« Il est encore jeune et vient de divorcer. Quel appât pour ces ridicules pimprenelles qui ne recherchent que le luxe et les paillettes ! Il est probable qu'il ne restera pas seul ce soir. »

Elle constata dans la foulée que son fils se trouvait lui aussi bien entouré.
« J'espère qu'il ne fera pas d'erreur mais à leur âge, nous ne pouvons plus rien dire, à eux de vivre leur vie et s'il se trouvait malheureux un jour, il sait que nous serions là pour lui. »

Toutefois curieuse de mieux connaitre l'ami de son fils, en cherchant un peu sur internet, elle s'était aperçue que marié depuis six ans et père d'une fillette d'un peu plus de trois ans, il avait récemment divorcé d'une épouse qualifiée par certains détracteurs, « *d'actrice égocentrique, plus attirée par la position sociale et l'argent que par ce qui peut constituer une vie de famille.* »

Marguerite pensa que bien qu'il soit très séduisant, il devait manquer de force mentale à moins d'être tellement habitué à avoir les femmes à ses pieds, qu'il ne les considère plus que comme des consommables et ne résiste pas aux avances qu'elles lui adressent de manière effrontée. Elle avait lu que dès qu'il avait été séparé de son épouse Sofia et avant même que le divorce soit prononcé, une artiste, amie de son ex-épouse avait réussi à l'embarquer dans une liaison très vite médiatisée par la presse de son pays et dont il ne semblait pas pouvoir ou vouloir sortir.
« Comment peut-il se satisfaire de si peu ? »
La jeune femme, âgée d'une trentaine d'années est certes jolie mais parait d'après ce qu'elle a lu, faite du même bois que son ex-épouse et Alex peut-être parce qu'il ne supporte pas d'être seul, avait cédé à cette sirène et à la facilité.
« Pourvu qu'elle ne le coince pas avec un bébé ! » avait-elle pensé.

Marguerite, tout en échangeant avec des relations de son mari, observait discrètement le jeune homme et ne fut pas surprise qu'il soit autant sollicité. Il est bel homme et porte bien l'habit, blond aux yeux clairs qu'il tient de sa mère d'origine nordique, il a une stature solide même si le manque de sport et peut être quelques abus l'ont déjà un peu empâté mais encore rien de rédhibitoire avec un peu d'activité et un petit régime. Il a été gâté lui aussi et s'il aspirait à vivre autrement et être apprécié pour autre chose que ce qu'il représente, sans doute parce que c'est plus facile, il parait ne pas beaucoup lutter pour résister à ses assaillantes.

« Bien qu'il soit là ce soir, en principe pour rencontrer les hommes d'affaires invités, il est retenu par le groupe de jeunes femmes et ne fait pas mine de vouloir s'en défaire... un mauvais point pour lui qui semble avoir perdu de vue la raison de ce cocktail. » se dit-elle.

Après un moment, quelques mondanités et trois coupes de champagne, Marguerite s'apprêtait à faire signe à son mari qu'elle était prête à partir quand Alexandre et Emile vinrent à sa rencontre et lui demandèrent un rendez-vous pour le lendemain. Bien qu'étonnée, elle accepta pour quinze heures en précisant que son mari avait déjà un engagement.

- Maman, c'est toi qu'Alex veut rencontrer mais il te dira pourquoi demain.
- Très bien, ici l'ambiance est trop bruyante pour discuter tranquillement. Seras-tu présent Emile ?
- Oui, Alex viendra avec moi.
- Très bien je vous attendrai.

Les parents d'Emile repartirent.

Marguerite est songeuse et se demande ce qu'Alex peut bien avoir à lui dire ou à lui demander.
- Qu'en penses-tu Jean ?
- De quoi, de la demande d'Alex ? Je n'en sais rien, il doit avoir un service à te demander. Il n'a plus ses parents et je suppose qu'il ne doit pas savoir à qui s'adresser pour obtenir un avis sans attente de contrepartie. Fais avec lui comme avec nos enfants, tu seras de bon conseil ma chère.

Pendant ce temps, Alex et Emile rentraient eux aussi chez eux. Emile est au volant quand Alex lui dit sur un ton manifestement anxieux :
- Crois-tu qu'elle acceptera ?
- Je n'en sais rien Alex. Tu vas certainement lui poser un cas de conscience et j'ignore si au-delà de l'envie, elle pourra t'aider. Maman te dira ce qu'elle pense, sans doute sans fard et sache qu'avec elle, ça pique un peu parfois.
- Je trouve ta mère très belle malgré son âge.
- Dans la famille nous avons la prétention de penser que toutes nos femmes sont belles voire très belles, en dedans comme en dehors. Tu as raison, maman est belle et elle est bonne. Si elle décidait que ta demande est recevable, elle fera le nécessaire pour faciliter sa réalisation mais n'imagine pas que tu n'auras pas à transpirer.
- Nous verrons demain mais j'appréhende. J'en ai assez de vivre comme ça, murmure-t-il.

- Pauvre grand garçon riche… répond Emile d'un ton moqueur.
- Tu peux rire mais tu es un peu dans le même cas que moi.
- C'est vrai, ma famille est très ancienne mais désargentée depuis bon nombre d'années, même si nous n'avons jamais manqué de rien, nous sommes habitués à faire attention et si j'ai une belle et vieille histoire derrière moi, je n'ai pas à travailler pour faire vivre une dynastie moi. Bien que tu refuses l'idée de régner un jour puisque la République convient bien à ton pays, tu fais ce que tu considères être ton devoir envers le Montenie et ta famille et tu leur consacres l'essentiel de ton temps. À l'inverse de toi, je n'ai pas d'obligation envers les miens et cela me permet d'être plus serein que tu l'es…

Emile laissa son ami devant son hôtel et regagna l'appartement de trois pièces qu'il achète à crédit, en pensant à l'embarras d'Alex qui avait imaginé connaitre la femme qu'il avait épousé parce qu'elle était de la même nationalité que lui. Il lui avait conseillé de se méfier mais Alex était très attiré par cette actrice connue dans son pays, il pensait alors qu'elle l'aiderait à se rapprocher de ses anciens sujets et il l'avait fréquentée avec plus ou moins d'assiduité plusieurs années avant de lui proposer le mariage auquel elle aspirait. Dès que l'encre avait été sèche en bas de l'acte d'état civil et une grossesse vite annoncée, elle s'était hélas, révélée bien différente, peut-être encouragée par sa famille.

Alex avait rencontré des difficultés à réaliser qu'il s'était fait rouler et avec son épouse et sa foi dans l'amour qu'elle lui portait, il avait perdu toute confiance en la gent féminine. Il est intelligent et a ouvert les yeux, il ne peut pas ne pas se douter que pour Lio, l'ex-amie de sa femme avec laquelle il s'affiche depuis leur séparation, il n'est rien de plus qu'un statut social et un portefeuille garni.
« Dur pour le moral de ne pas avoir plus de considération de la part de ses compagnes. C'est pourtant un type bien qui a, et c'est dommage, attrapé de mauvaises habitudes de vie !
Son projet est un peu dingue, maman risque de grimper aux rideaux. » pensa Emile en son for intérieur.

Le lendemain, les deux amis sonnèrent au portail avant de composer le code qui déclencha son ouverture. La maison située en périphérie ouest de la capitale est cossue sans être ostentatoire. Elle est plantée au milieu d'un joli jardinet à peine suffisant pour y installer quelques chaises longues et une table mais l'été la famille migre vers la propriété familiale située plus au sud, sous des cieux plus cléments que ceux de l'Ile de France. Le jardin convient donc aux besoins des propriétaires avec ses quelques mètres carrés de gazon et ses étroites plates-bandes de fleurs afin d'habiller la clôture. Il se souvient que lorsqu'il était en 3ème, au collège, il avait planté quelques pieds de tomates qui avaient fait la joie des oiseaux du quartiers parce que les fruits avaient mûri pendant que la famille était dans le sud. Il s'était pourtant satisfait de voir apparaitre les premières fleurs et l'amorce des fruits. A leur retour, les plants étaient desséchés et il entrait au lycée.

Emile referma la porte des souvenirs pour ouvrir celle de la maison et se dirigea avec son ami vers le salon désert.

- Excusez-moi, j'étais au téléphone avec ta sœur. Je vais devoir aller m'occuper de sa fille la semaine prochaine pendant qu'elle fera sa tournée. Ce travail devient lourd avec la puce qui grandit.
- Et son père ?
- Il est toujours casse-pied et ne cesse de lui chercher des noises dès qu'il en a l'occasion, aussi ne lui demande-t-elle rien. C'est triste ces divorces, les enfants en souffrent même si les parents font attention. Allons nous installer au salon, voulez-vous boire quelque chose Alexandre ?
- Non, merci madame, et merci encore de nous recevoir si vite.

Le devoir en bandoulière

Ils s'installèrent et un silence gêné occupa l'espace.
- Qu'aviez-vous d'aussi urgent à me dire ?
- C'est très personnel et n'ayant plus de femmes de ma famille près de moi, j'ai pensé que vous pourriez peut-être m'éclairer. Emile m'a dit que vous saviez écouter et que vous pourriez être de bon conseil.

Elle acquiesça avec un doux sourire.
- Dites-moi et si je peux vous aider vous pourrez compter sur moi.
- Vous n'ignorez pas que j'ai été marié et qu'avec Sofia nous avons eu une petite fille, Lilian il y a plus de trois ans. Dans mon pays, les filles ne peuvent pas reprendre la charge dynastique, en conséquent, j'ai le devoir de procréer un fils. J'ai donc besoin d'une épouse fiable qui accepterait une FIV afin de donner un garçon à ma famille. Si nous nous entendions bien, nous pourrions continuer à vivre ensemble et à assumer la représentation de mon pays, autrement, dans un délai raisonnable de quatre ou cinq ans, nous pourrions nous séparer. La mère de mon fils devenue plus riche qu'elle l'était, pourrait éduquer le garçon jusqu'à ce qu'il aille au lycée dans un établissement international en Suisse ou en Grande Bretagne qui le préparerait à ma succession. Qu'en pensez-vous ? termine-t-il les joues rouges et mal à l'aise comme si en l'exposant

à haute voix, il avait réalisé l'incongruité de sa demande.

Marguerite est silencieuse, pensive et parait attristée. Elle réfléchit un moment et la surprise passée, refusa cette mission parce qu'elle ne connait personne susceptible d'accepter un tel marché.

- Je ne juge pas votre démarche ni les motivations qui la sous-tendent mais c'est très triste d'envisager un mariage de cette façon et il me semble que pour vous, vous devriez repréciser la notion de devoir.
- Les mariages arrangés sont encore nombreux dans le monde, y compris en France au 21ème siècle, et ne se soldent pas nécessairement par des échecs.
- C'est vrai mais que faites-vous de l'amour ?
- Je pensais que Sofia m'aimait et son amour a disparu le jour où elle a porté un titre.
- Je vous parle de l'amour Alexandre, pas du désir et de la passion qui ne sont que des feux de paille. Je vous parle des grands ou des petits projets quotidiens partagés, ceux qui ne coûtent rien qu'un peu d'efforts, de contraintes parfois, qui remplissent de joies ou de désappointements quand ils ne débouchent pas. Je parle de l'amour conjugal qui ne fait pas nécessairement appel aux prouesses physiques mais réchauffe les corps et les cœurs de tendresse. Je pense aussi au respect mutuel des engagements pris en toute confiance, qui fait que la

tromperie et l'infidélité sont exclues. L'amour change de couleur au cours du temps, il se fait plus amitié et tendresse que passion mais il est en fait une somme de briques d'événements partagés et compose une tour qui grandit chaque jour jusqu'à la fin de la vie. L'amour est un échange aussi et il faut que le couple en parle afin de rester ensemble sur le même chemin, autrement, les deux membres de ce duo deviennent vite des bateaux qui se croisent sur l'océan de la vie sans plus se voir et déclenchent à peine un signal radar.

A mon humble avis, vous ne pouvez pas demander à une jeune femme qui n'est pas vénale, de vous donner un bébé par FIV, pour que vous fassiez ce qui est attendu de vous, pas par votre pays mais par votre clan, qui sauf un retour sur l'histoire, pas plus que vous ne sera appelé à régner à court terme.

Et que penser du fait que vous envisagiez le divorce avant même d'être mariés ?

Il me semble que vous abordez votre problème à l'envers car vous, vous attendez beaucoup d'une femme, la maternité et vous ne proposez que de l'argent, autant passer par un organisme dans un pays qui pratique la GPA et avoir recours à une mère porteuse, cela vous coûtera moins cher qu'une épouse car sur le fond, vos propos réduisent votre offre à cela.

Cependant, vous dites en même temps, que vous ne voulez pas que la mère de votre fils disparaisse après la naissance, vous voudriez une épouse de laquelle vous seriez proche. N'étant pas idiote et éduquée, il est évident que cette jeune femme saura utiliser internet, mieux que je le fais. Que pensez-vous qu'elle pensera et comment imaginez-vous qu'elle réagira lorsqu'elle apprendra en tapant votre nom que vous avez une maitresse depuis votre séparation, bien avant votre divorce qui a pourtant été très rapide. Aucune femme de ma connaissance n'a envie de vivre ainsi et de partager son époux avec une autre et de passer aux yeux du monde pour une laissée pour compte. Souvenez-vous du sinistre couple formé par Diana et Charles, unis pour servir la couronne, et parents de deux jeunes enfants et fuyez l'idée d'un ménage à trois.

Si vous voulez un premier conseil, faites le ménage chez vous, si c'est une femme d'ici que vous voulez, venez vous installer en France quelques mois et prenez le temps de faire les choses correctement. Commencez par vous débarrasser des sangsues qui s'accrochent à vos basques et réfléchissez afin de retrouver ce qui est essentiel pour vous et approfondissez votre notion du devoir qui à première vue me semble abusive.
Nous reparlerons alors de votre projet et nous chercherons une jeune femme capable de tenir

debout toute seule qui possède une bonne éducation et les codes de votre milieu et soit déjà une valeur sûre avec laquelle vous pourrez travailler sur le long terme. Vous êtes divorcé et père, elle pourrait se trouver dans une situation voisine ou identique à la vôtre, cela ferait une famille moderne recomposée mais avec des valeurs partagées et un projet commun.

- Madame, merci, vous avez mis des mots sur ce que j'avais du mal à concevoir. Pensez-vous que ce soit réalisable ?

- Oui mais commencez par virer ces filles attirées comme les mouches par un pot de miel pour de mauvaises raisons et évitez de faire un enfant à l'une d'elles, ce sera plus simple pour la suite ensuite révisez les notions de philosophie qui pourraient vous éclairer.

Je vais arrêter de vous assommer avec mes conseils en vous recommandant de méditer cette citation d'un homme que j'aime bien, un marin Olivier de Kersauson. Elle traite de la façon dont il faudrait envisager la vie. Il dit : *« Vivre est un privilège. Ce n'est pas un dû. Alors on doit avoir la politesse, l'élégance, de profiter du fait d'être vivant pour que cette vie soit belle. La conscience de notre privilège doit engendrer un comportement.*

Une seule question, chaque matin : comment faire en sorte que cette journée qui débute soit belle ? ...

On ne doit rien faire par habitude. Toute action doit être soumise à une réflexion. En d'autres termes, le plaisir s'organise. La routine est à proscrire. Il faut comprendre ce qu'on vit et ce qu'on est. On doit être apte à choisir dans le panel des possibles. Il s'agit de piloter sa vie."

J'ajouterai, Alexandre que vos détenez le privilège de vivre et celui d'être fortuné, ce qui vous oblige davantage mais ne faites rien de manière insincère et forcée. En n'étant pas heureux, vous ne répandrez pas le bonheur, vous avez donc un équilibre à trouver.

Ils sont silencieux quelques instants après cette explication. Emile observe son ami avec un petit sourire en coin.

- Tu l'as voulu, tu l'as eu ! Je t'avais dit que ton idée était un peu tordue et que les entretiens avec maman étaient parfois piquants.
- J'ai impérativement besoin d'un fils.
- Rien ne vous empêcherait d'envisager une FIV afin d'être certain du sexe de l'embryon mais cela ferait partie d'un projet intime commun et d'une décision prise à deux qui ne résulterait pas d'un contrat marchand. L'esprit serait tout à fait différent…
- Je comprends Madame… Je vais m'installer ici et dire à Lio que je romps notre liaison. Elle va sans doute vouloir des compensations. Je vais devoir en parler avec mon avocat.

- Vous rendez-vous compte que vous dites que cette femme à qui j'imagine que vous n'avez rien promis pour les quelques mois passés occasionnellement ensemble, pourrait exiger des dédommagements financiers à cause du préjudice supposé lié à cette rupture. Dans quel monde vivez-vous Alexandre ? Que votre ex-épouse, la mère de votre fille ait droit à une compensation, je peux l'entendre même si cela a déjà dû être discuté entre vos avocats mais une maitresse de courte durée...
Enfin, j'imagine que vous savez mieux que moi ce que vous avez à faire avec elle mais veillez à ce que cette femme n'interfère plus dans votre vie et qu'il ne soit pas question d'un bébé.
- Je vais m'y atteler, merci madame pour vos conseils éclairés, j'avais besoin de m'entendre dire ces choses et pour être honnête, je crois que je le savais mais je ne voulais pas voir la réalité. Me permettriez-vous de vous appeler si j'en avais besoin ? Vous me faites réfléchir.

Le chemin du retour se fit dans le silence.
- Tu viens chez moi ou tu préfères aller à l'hôtel ?
- Je peux m'arrêter chez toi, il faut que j'appelle mon avocat et que je cherche un appartement à louer dans un premier temps. Connaitrais-tu une agence ?
- Moi non mais ma sœur Amélie doit avoir ça en portefeuille, elle a des amis d'école qui ont investi

dans l'immobilier et louent leurs biens. Nous l'appellerons de chez moi.

Tout à coup, un parallèle entre la situation d'Alex et celle de sa sœur s'installa dans sa réflexion et une idée surgit :
« Pourquoi pas ? »
Il eut beau s'en défendre, l'idée resta là, fichée dans sa tête. Amélie est une jolie femme, avec beaucoup de caractère qui réussit bien dans son métier mais n'a pas eu la vie facile avec son ex-époux. Alex et elle ont à peu près le même âge et pourraient bien s'entendre car son ami a besoin d'être recadré et conseillé parfois parce qu'il a toujours vécu très protégé, entouré de « conseillers ». S'ils s'y prenaient bien, Amélie et lui pourraient devenir de vrais partenaires complémentaires.

2

Le lendemain matin, prétextant une recherche d'appartement, les deux hommes invitèrent Amélie au restaurant. La jeune femme arriva souriante mais un peu pressée car elle aura un rendez-vous avec un client avant d'aller chercher sa fille à l'école. Alexandre apprécia son beau sourire et son allure dynamique car elle est grande, mince et vive. Brune aux longs cheveux, elle possède les mêmes yeux verts très expressifs, que son frère.

Alex fut surpris par son agenda minuté et elle lui expliqua que personne d'autre qu'elle ne pouvait s'occuper de sa fille et qu'elle ne s'autorisait pas de retard car les frais générés par la garde de la petite fille en dehors des heures scolaires pouvaient devenir importants en fin de mois pour un budget serré.
Alex découvrit stupéfait, les contingences auxquelles sont soumises les femmes actives seules en charge d'enfants.
- Attention Alex, en tant que cadre, je gagne bien ma vie et je ne me plains pas mais je suis tout de

même obligée de faire très attention à mes dépenses. Heureusement, je suis libre de mes horaires et mon boulot et ma fille peuvent se gérer, toutefois je dois un peu courir certains jours. Bien, qu'est-ce qui a motivé votre invitation.

- Alex a des projets ici et il cherche une agence ou un particulier qui lui louerait discrètement un appart. Aurais-tu des tuyaux ?
- Quelle surface et quel budget ?
- Disons trois ou quatre pièces dans un bon quartier, je n'ai pas vraiment de problème de budget.

Amélie éclata de rire :
- C'est bien la première fois que j'entends quelqu'un me dire qu'il n'a pas de contrainte budgétaire. Ce devrait être plus facile. Tu tiens à Paris ou la proche banlieue te conviendrait aussi ?
- Je n'ai pas d'idée sur la question, je tiens à un bon quartier et j'achèterai une voiture pour aller à mes rendez-vous, ce sera plus facile.
- Je vais mettre quelques amis sur le plan, ce ne sera pas compliqué. Pour quand te le faudra-t-il ?
- Je suis à l'hôtel et je peux y rester même si je préfèrerais habiter chez moi.
- Avant d'y habiter il te faudra un minimum de meubles, je t'emmènerai dans une grande surface spécialisée, tu pourras choisir des trucs bien pour pas trop cher.
- Non, je peux m'offrir du beau mobilier.

Le devoir en bandoulière

- Peut-être mais qu'en feras-tu lorsque tu repartiras ?
- Euh, je n'ai jamais loué un appartement, qu'en fait-on dans ce cas ?

« Il se moque de moi là, d'où sort ce bonhomme ?» pensa-telle tout en éclatant de rire.
- En principe lorsque tu quittes un appartement, tu emportes tes meubles avec toi là où tu vas habiter. Si tu n'es que de passage à Paris, peut-être devrais-tu plutôt louer un appartement meublé. C'est plus cher mais tu n'as pas de préavis de départ de trois mois à donner, il suffit de prévenir le propriétaire un peu avant que tu repartes. Je vais devoir y aller, je vais me renseigner et te préviendrai très vite. A bientôt et merci pour l'invitation, je dois être à l'heure à mon rendez-vous et ne peux pas rester davantage. Alex, je te laisse ma carte, appelle-moi dans deux jours.

Les deux hommes la regardèrent partir, c'est une magnifique tornade qui venait de les quitter.
- C'est Amélie, la sœur dont tu me parlais tout le temps ? Pourquoi ne me l'avais-tu pas présentée avant ? C'est une femme magnifique et elle parait très efficace.
- Tu ne cherchais pas à te poser et je n'avais pas envie qu'elle soit importunée par un type à l'humeur légère qui avait pour habitude d'oublier le lendemain, la fille qu'il avait troussée la veille.

- Ouais bon... je n'ai plus vingt ans depuis longtemps.
- Et tes liaisons sont plus longues mais tu n'as toujours pas beaucoup plus de considération pour tes copines et ne te plains pas, je viens de te présenter Amélie. Entre temps, elle s'est mariée avec un imbécile qui l'a trompée dès qu'il l'a pu et encore nous ne savons pas tout. Sa petite puce n'était pas née qu'ils étaient déjà divorcés. Elle a été déçue, a pas mal souffert, a dû bosser pour assurer leur quotidien mais comme elle est très organisée, elle s'en sort bien. Elle vient d'acheter une petite résidence secondaire, rien d'extraordinaire mais suffisante pour que sa fille et elle, puissent aller respirer l'air de la campagne en fin de semaine. L'inconvénient de tout cela c'est qu'elle a du caractère et je suppose qu'elle doit faire peur à bien des hommes, pourtant elle est toujours très correcte mais il faut lui expliquer le pourquoi de ce que tu recherches ou de ce que tu fais. Ce n'est pas du contrôle, elle a simplement besoin de comprendre mais cette attitude est souvent mal interprétée.

Un conseil, si tu veux la revoir, ne lui parle pas de tes besoins et de tes projets de FIV, ce serait le moyen de la faire fuir. Prend le temps de la connaitre et approche là avec un peu d'intelligence et de finesse.

Le devoir en bandoulière

Le téléphone d'Alex sonna pour la énième fois, il avait rejeté la communication jusque-là mais il dit à Emile en serrant les dents :

- J'ai fait un texto à Lio ce matin, pour lui dire que je m'installais ici et que je rompais. Elle ne va pas accepter de me lâcher si facilement.
- Dis-lui que tu t'es lassé et que tu as ici un beau défi qui te contraint à rester quelques temps.
- Je crains qu'elle cherche à me rejoindre.
- Tu verras, si elle insiste, envoies lui ton avocat. Tu y avais déjà pensé.
- Oui mais ta mère a raison, je n'ai pas à payer pour une fille à laquelle je n'ai rien promis et qui a déjà beaucoup profité de mes largesses.
- Tu devrais t'expliquer oralement, ce serait plus correct.
- Oui, je vais sortir pour la rappeler. Attends-moi.

Alex revint quelques minutes après, livide.

- Elle prétend qu'elle vient de découvrir qu'elle est enceinte, pourtant je me suis toujours protégé et elle disait être sous pilule.
- Ce n'est peut-être pas vrai ou ce n'est pas le tien ou c'est un accident. Dis à ton avocat qu'il la prévienne que le bébé ne sera pas reconnu sans test ADN par prélèvement fœtal, analysé dans deux laboratoires indépendants hors de ton pays, déjà cela pourrait l'inquiéter et la faire renoncer. Si elle persistait et dans le cas où les analyses lui donneraient raison,

tu devras lui verser une pension alimentaire pour l'enfant mais à moins que tu le veuilles vraiment, il pourrait ne pas y avoir de mariage, ainsi l'enfant ne serait pas légitimé pour une éventuelle succession. Tu as pour exemple, les contrats comme ceux établis pour les enfants nés hors mariage d'Albert de Monaco, tes avocats sauraient faire.
Sans cela, tu te condamnes à trainer un boulet pendant des années. Or si ta famille et ton pays acceptaient tes frasques jusqu'à présent, ils ne te pardonneraient pas une deuxième mésalliance et tu serais grillé pour l'essentiel du gotha et des membres du gouvernement avec lesquels tu travailles. A toi de savoir ce que tu veux et de piloter ta vie, comme dirait ma mère.
- Oui tu as raison, je veux un fils mais pas avec cette femme. C'est moche à dire mais elle n'était qu'un passe-temps… Quel sale type j'ai été avec un peu de recul ! Je m'étais déjà aperçu que je n'avais aucun sentiment amoureux pour elle parce que depuis un mois que je suis ici, elle ne m'a jamais manqué et je ne pensais pas à elle et puis ta maman m'a fait réfléchir et j'attends beaucoup plus d'une alliance.
Je voudrais la rappeler ainsi que mon avocat. Tu viendrais avec moi ?
- Si tu as besoin de soutien, je peux te suivre ou nous pouvons aller chez moi.

- Non viens à l'hôtel, je pourrais avoir besoin de mon ordinateur.

Installé dans la suite qu'il occupe, Alex appela d'abord l'avocat avec lequel il ajusta la mission que l'homme de loi devra remplir auprès de la jeune femme, puis il appela Lio, son ex-maitresse dans la foulée.
Elle s'emporta lorsqu'il mit en doute ses affirmations de grossesse et sa responsabilité puis elle refusa tout net les recherches ADN. Alex la prévint alors que son avocat la contactera rapidement mais que pour bénéficier d'une pension pour l'enfant, l'analyse de l'ADN du fœtus sera obligatoire. Elle pleura un peu et lui reprocha d'avoir profité d'elle.
« Autant que toi qui as profité de moi et des cadeaux que je t'ai offert » pensa-t-il sans rien rétorquer, il avait hâte d'en finir et de pouvoir raccrocher.
« Comment ai-je pu me contenter de si peu ? Où sont passés ma dignité et mon honneur ? Je savais qu'elle devait prévenir la presse people de nos déplacements et j'ai laissé faire. D'une certaine façon, ce qui arrive est d'abord ma faute. Je dois être plus exigeant envers moi-même si je veux être crédible auprès d'une femme avec laquelle je pourrais espérer un avenir. »
Un inconfortable sentiment de honte l'envahit en constatant le décalage entre l'image qu'il envoie aux autres et celle qu'il aimerait posséder.

La conversation se termina et Emile comme Alex, plutôt confiants, doutaient à présent de l'existence de cette grossesse, ce qui les soulageait un peu mais avant de se réjouir, il fallait attendre le compte-rendu de l'avocat.

Les deux hommes un peu tranquillisés se quittèrent car Emile avait encore du travail et devait retourner à son bureau.

Le soir, Marguerite sa maman appela Emile pour s'étonner qu'Amélie ait trouvé le temps de déjeuner avec eux.

- Techniquement, notre rendez-vous a bien eu lieu sur l'heure du déjeuner mais Amélie s'est contentée d'un café pour repartir très vite. Alex voulait la rencontrer pour profiter de son carnet d'adresses car il recherche un appartement. En les voyant discuter et sympathiser, j'ai pensé qu'ils iraient bien ensemble.

- C'est aussi ce que je m'étais dit mais ce garçon a trop de choses à régler et sa manière d'aborder ses obligations ne doit pas être acceptée par tous les membres de sa famille. En plus, je n'aimerais pas que ta sœur s'embarque à nouveau avec un homme certes mieux éduqué mais incapable de respecter la parole donnée.

- Maman il n'est pas comme cela, je crois qu'il était insatisfait et malheureux avec sa femme et il s'est

séparé de sa maitresse ce matin, j'en étais témoin. Tu lui as donné la petite impulsion dont il avait besoin.
- Je ne peux rien interdire, mais s'il te plait fait attention à ta sœur, elle n'en dit rien mais elle a souffert lorsque son mari a pris le large avec une pimprenelle à son bras. Elle a beaucoup travaillé et s'occupe très bien de sa fille mais je ne suis pas sûre qu'elle soit aussi satisfaite de son sort qu'elle le dit.
- Ils vont se rencontrer pour cette histoire d'appartement et je veillerai au grain, Alex sait déjà qu'il ne peut pas s'autoriser n'importe quoi avec Amélie.

Dans la soirée du surlendemain, Alex rappela Amélie, comme convenu :
- Excuse les petits bruits mais je surveille ma fille qui joue dans son bain. Je t'ai appelé parce que j'ai une adresse à te communiquer. L'appartement serait bien, grand, meublé, au calme. Pour le visiter tu devras te présenter à la loge du concierge et dire que tu viens pour l'appartement d'André Jacques. Il est prévenu et a les clefs. L'immeuble est très bien et l'appartement est à voir, il n'est pas très cher mais c'est un ami qui loue et je lui ai dit que tu pourrais y rester quelques mois. Il est gentil et un peu snob aussi avoir quelqu'un de ta qualité lui irait bien au teint.
Ils rient puis sur une impulsion, Alex invite Amélie à diner un soir, quand elle sera libre.

- Alex, hormis un week-end par mois et je crains que ce ne soit plus aussi fréquent, et en principe la moitié des vacances scolaires, j'ai la responsabilité de ma fille et je ne peux pas la laisser seule le soir, elle est bien trop jeune.
- Tu travailles et tu t'occupes de ta fille, quand sors-tu et quand peux-tu t'occuper de toi ?
- Eh bien, ma fille et moi, nous sortons ensemble et je m'occupe de moi chez moi. Vois-tu, c'est le lot des mamans solo et il vaut mieux l'accepter.
- Je suis admiratif mais je suis déçu, j'avais espéré pouvoir te remercier pour l'appartement et mieux connaitre la sœur dont Emile m'a tant parlé. En plus, si je m'installe ici, je vais devoir étoffer ma liste de relations et j'aurais aimé commencer par toi.
- Si ça ne te fait pas peur et que tu n'as rien de mieux à faire, viens diner chez moi demain soir. Je coucherai Astrid et nous serons tranquilles après pour diner.
- Super, que veux-tu que j'apporte ?
- Rien ou du vin pour toi, ce n'est pas drôle mais par goût, je ne bois pas d'alcool et je ne m'oblige pas à le faire.
- Et c'est accepté par tes hôtes ?
- S'ils me servent, ils ne s'aperçoivent pas ensuite que le verre n'est pas bu ou ne disent rien. S'ils me connaissent, ils me servent discrètement de

l'eau et puis pour être honnête, je me fiche de ce qu'ils pensent mais c'est plutôt bien accepté.
- Je me demande si dans un diner de gala tu pourrais agir ainsi.
- Dans un diner de gala, les hôtes ont d'autres chats à fouetter que de s'occuper de mon verre qui reste plein. Je t'assure que personne ne s'aperçoit de rien, à part peut-être mon voisin de droite chargé de s'en occuper.
- Tu vois en papotant j'ai appris quelque chose sur toi que j'ignorais et ce qui me plait c'est que tu ne t'excuses pas, tu assumes ta position.
- Mon frère a dû te dire que je suis particulière, on ne me fait pas faire n'importe quoi surtout si je ne comprends pas l'objectif ou que je ne suis pas d'accord. Il ne s'agit pas d'opposition mais je veux comprendre à quoi je m'engage lorsque je dois intervenir. Certains me trouvent peu souple ou rigide mais pour moi il s'agit d'autre chose. Je n'agis pas contre mes convictions pour faire plaisir et je déteste que quelqu'un cherche à me casser les pieds juste pour m'ennuyer.
- Tu arrives à éviter les conflits ?
- Tout dépend de la nature du conflit. J'ai compris que le père de ma fille cherchait à me contredire pour m'ennuyer ou rechercher la bagarre, peut-être qu'ainsi il a l'impression de vivre. Je le laisse maintenant penser et dire ce qu'il veut, grand

bien lui fasse. En revanche, exprimer sa propre perception et rechercher un accord est préférable à la passivité. Avec les équipes que je gère, ma technique passe bien.

- Et lorsque tu es en colère ?
- J'essaye de ne jamais agir sous le coup d'une émotion, tout le monde est sourd aux propos tenus lorsque les sentiments ou les émotions ont envahi l'espace. Il vaut mieux respirer un grand coup et se lancer dans les explications lorsque la pression est un peu retombée.
- Donc dans une dispute, tu évites de répondre.
- Quand tu ne réponds pas, l'autre s'épuise vite d'être seul à hurler et il se calme rapidement ou s'en va. L'évitement ne le calme pas, c'est même frustrant, mais tu peux ensuite reprendre le problème et rechercher une solution plus calmement ou tu le fais faire par un tiers.
- Si j'avais eu un topo de ce genre lorsque j'étais marié, j'aurais sans doute évité bien des conflits, cependant il est probable que le résultat aurait été le même. J'ai fini par comprendre que nous n'avions pas les mêmes attentes et que pendant nos fiançailles, je n'avais pas su ou pas voulu regarder ce qu'il fallait voir.
- Ce qui amène les couples au divorce est complexe mais je pense qu'il s'agit d'une somme de petites erreurs accumulées qui deviennent une

montagne insurmontable et sur laquelle la rancune, le dégoût, la haine parfois, s'installent et empêchent les deux partenaires de se séparer honorablement.
- Tu es lucide.
- J'essaye de l'être, je sais quelle est ma part d'erreurs et celles qui font partie de la personnalité de mon ex sur lesquelles je n'aurais jamais obtenu de changements.
- Tu voulais le changer ?
- Non, pas du tout mais il est de nature égocentrique, infidèle et menteur. La fidélité à une idée ou une personne est un concept qu'il ne comprend pas parce que dans toute action c'est son plaisir ou sa satisfaction qui sont les moteurs principaux. Lui étant le centre du monde devant qui tous les autres doivent céder. Si j'avais compris ça avant, je ne me serais pas mariée avec lui. Mais on ne refait pas l'histoire et j'ai ma petite merveille sur laquelle je veille et je m'efforce de l'éduquer à ne pas devenir un petit tyran.
Maintenant que nous avons refait le monde, dis-moi si mercredi soir tu veux venir diner. Ma grenouille a la peau fripée d'avoir trempé trop longtemps et je dois la sortir de l'eau.
- Je viendrai avec joie, je suis très heureux d'avoir discuté avec toi un moment, je te souhaite ainsi qu'à ta grenouille une bonne fin de soirée. Il raccroche

en souriant, il a appris des choses ce soir et cette attitude d'accueil bienveillant lui fait du bien.

3

Alex est enchanté par cet appel téléphonique. Cette femme sait ce qu'elle veut et pourquoi elle le veut, c'est une battante et la difficulté ne lui fait pas peur. « Bon sang, pourquoi Emile ne l'a-t-il pas mise sur mon chemin avant ? Cependant, comme elle je pourrais dire que je n'aurais pas eu ma petite merveille. Nos deux filles s'entendraient-elles bien ? Zut, la langue les sépare, il faudra y remédier. Allons mon vieux, cesse de rêver et ne fais pas de projet, c'est bien trop tôt. »

Le lendemain, son avocat l'appela vers midi pour lui dire qu'il avait rencontré chez elle, la demoiselle Lio qui s'est avérée être une véritable comédienne. Elle lui avait joué la carte du désespoir absolu avec menace de suicide à la clef, avant de convenir qu'elle avait voulu faire pression sur Alexandre en inventant une grossesse et enfin, elle avait admis qu'il avait été généreux en lui offrant quelques voyages et en l'emmenant avec lui dans des soirées où elle avait pu rencontrer des gens qui avaient accepté son « book d'artiste ». Elle admettait qu'il y avait un gros écart dans leurs éducations respectives mais avait espéré que sa formation de comédienne aurait permis de gommer les différences, ce que Sofia lui avait suggéré.

Cette mention à Sofia fit sourciller Alex autant que son avocat.

Lio avait au bout de deux heures de discussion, accepté la rupture de mauvais gré mais elle avait signé un document par lequel elle s'engageait à ne plus parler d'Alex aux journalistes et à ne lui demander de compensation d'aucune sorte.

« Ouf ! Je suis enfin libre mais l'avertissement a été de belle taille ! La mère d'Emile avait raison, j'ai pris des risques ! Je dois organiser mon plaisir et piloter ma vie comme dirait Marguerite !»

Soulagé, il a envie de rire et de chanter. Il appelle Emile pour le prévenir et partager sa bonne humeur.

- J'en suis ravi pour toi, c'est une belle épine en moins. Il va falloir maintenant, apprendre la chasteté et l'abstinence, des concepts qui n'ont jamais fait partie de ton hygiène de vie. Dit-il sur un ton moqueur.
- Je suis conscient des lacunes de mon éducation et j'ai bien l'intention d'y remédier. Tu m'aideras si c'est nécessaire. J'ai longuement eu Amélie au téléphone hier soir. Je dois visiter un appartement meublé dont elle m'a envoyé l'adresse et

Le devoir en bandoulière

en principe je dinerai demain soir chez elle, parce qu'à cause de sa fille, elle ne peut pas sortir.
- OK, c'est sympa de me prévenir mais je n'ai pas mon mot à dire. Vous êtes adultes tous les deux et je vous aime bien quoique de manière différente. Ne fais pas n'importe quoi et oublie ton projet tordu.
- Amen ! Je te laisse parce que j'ai un rendez-vous maintenant. Je ne sors pas pour bosser mais je fais mes dix heures par jour et ce n'est pas toujours drôle d'être son patron !
- N'oublie pas que des gars qui bosses autant que toi il y en a plein et tous ne sont pas riches, tu es sur le dessus du panier. Alors remercie ton père d'avoir suffisamment fait prospérer ses affaires pour t'éviter d'aller passer dix heures par jour dans un bureau pour enrichir un patron comme 99% de la population occidentale.

Alex appela Amélie pour lui confirmer qu'il viendra sans vin mais avec un dessert le lendemain mais le répondeur décrocha. Déçu et contrarié, il laissa un message, c'est elle qu'il aurait aimé entendre, pas son répondeur.

Dans l'après-midi, il alla visiter l'appartement de Monsieur Jacques situé dans un immeuble Haussmannien du 17 ème arrondissement.
L'appartement est parfait et impeccable, il ne sera pas utile de perdre du temps à en visiter d'autre. Il est

Le devoir en bandoulière

composé d'un grand salon-salle à manger et de deux chambres tout à fait correctes et de bonnes dimensions. Le chauffage est centralisé ainsi que l'eau chaude ce qui lui convient bien, parce qu'il n'aura rien à gérer. Il annonce au concierge qu'il le retenait et l'occuperait dès le lendemain. Le concierge lui remit quelques feuillets à remplir sur le champ afin de finaliser le contrat.

Sur le chemin du retour à l'hôtel, dans le taxi qui le transportait, sa satisfaction disparut brutalement. Comme à l'aube d'un soleil obscurci par de gros nuages noirs, son destin qui lui avait échappé se dessina à la frange de sa conscience perturbée. Loin de l'éclairer, cette sombre lumière l'aveugla et le terrifia. Il se couvrit les yeux afin de ne pas affronter l'effrayant bilan de sa décennie d'homme adulte. Il réalisa qu'il n'avait cessé de se voiler la face, il avait fermé les yeux et s'était bouché les oreilles. Il doit pourtant résister à cette amnésie volontaire et faire l'effort de se souvenir, nommer, compter, regarder chaque élément de sa vie afin de pouvoir enfin agir et construire son avenir en devenant un acteur responsable et agissant, autrement il restera un pauvre type car l'essentiel pour lui, n'est plus le porte-monnaie, il vaut plus que ce qu'il a, il mérite mieux.

En rentrant à l'hôtel, décidé à l'action et plus confiant, il appela Sofia, son ex-épouse pour l'informer des

Le devoir en bandoulière

changements. Il veut surtout lui dire qu'il souhaiterait aménager la garde de leur fille, son avocat la contactera assez vite pour lui faire signer sa proposition.

Evidemment, elle critiqua son départ et rechercha le conflit. Il pensa à Amélie, respira profondément pour se calmer, la laissa parler puis il reformula ses propos pour conclure.

- Je t'ai écoutée et j'ai entendu ce que tu m'as dit. Je demande à mon avocat de tenir compte de tes demandes dans la limite du respect de mes droits de père, inscrits dans le jugement de divorce. J'appellerai notre fille en visio tous les jours entre dix-huit et dix-neuf heures afin de ne pas perturber l'heure de son diner. Bien entendu, je règlerai ses billets d'avion lorsqu'elle me rejoindra à Paris et le tout sans modifier le montant de la pension alimentaire même si notre fille sera plus longtemps avec moi lors de ses vacances.

En raccrochant, Sofia resta coite. Il n'avait pas renchéri à ses provocations, n'avait pas cherché à discuter, à faire valoir son opinion, il était resté sec et factuel. Que s'était-il passé ? D'habitude ce n'était pas ainsi qu'il réagissait, il laissait parler son affect, se rebellait, s'insurgeait, s'emportait, là elle n'avait pas réussi à le provoquer, quoi qu'elle ait dit, elle n'avait eu aucune prise sur lui. Elle sentit qu'il avait vraiment pris des distances et que ses propos ne l'avaient pas touché, et elle était loin de se sentir satisfaite. Elle réfléchit longuement, appuyée sur la balustrade de la terrasse, les yeux perdus au loin sur la mer bleu outremer.

Pendant ce temps, Alex s'était remis au travail, il avait fait le tri de ses courriels et classé les fichiers reçus à traiter par ordre d'urgence.
Demain, il ira à l'ambassade demander un bureau plus permanent afin d'y recevoir ses contacts.
Ses devoirs pour son pays accomplis, il se pencha sur les affaires de la famille à régler et sur la note de son conseiller financier qui lui proposait de vendre certains portefeuilles d'actions pour en acheter d'autres dont les rendements seraient plus prometteurs.
« La somme en jeu est importante, faut-il prendre autant de risques ? » se demanda-t-il en fourrageant dans ses cheveux déjà hirsutes.

Enfin, il termina par ses propres affaires qu'il ne devait pas négliger, car les bénéfices de ses revenus propres lui permettaient de travailler bénévolement pour son pays.
Sofia, au moment du divorce, avait demandé à continuer de diriger une fondation créée par son arrière-grand-mère, destinée à aider les enfants démunis du pays. Elle permet de financer la scolarité et la formation d'enfants et reçoit de nombreux dons de la diaspora installée dans le monde entier. S'il avait

accepté qu'elle garde le titre honorifique de directrice, il avait conservé le contrôle de la gestion et veillait que les fonds attribués aillent bien à leurs destinataires.
Il devait se pencher sérieusement sur ce dossier et lui consacrer du temps parce qu'en lisant le bilan le mois dernier, il avait eu une drôle d'impression sans arriver à préciser son malaise, mais il était pris par un autre projet et manquait de temps pour contrôler les rapports en détail.

Il travailla très tard, il en avait oublié de diner et lorsqu'il se coucha au point du jour, il était écœuré. Depuis des mois, quelqu'un puisait dans la caisse de la fondation à des dates variables et sa mauvaise impression s'était confirmée dans la soirée et pendant la nuit, au fil de ses vérifications. Il devra mandater un expert pour un audit financier indépendant, qui suivra la piste de l'argent et il pria pour que Sofia, la mère de sa fille, ne soit pas impliquée dans ces évidentes malversations. Ce serait fatal pour leurs relations déjà compliquées mais l'argent pourrait expliquer l'insistance avec laquelle Sofia voulait garder un poste pour lequel elle ne possédait pas toutes les compétences requises.

« J'ai eu tort de céder à la colère d'une incompétente attirée par le titre de Directrice, contrairement à Amélie qui y serait à sa place ! » pensa-t-il avant de repousser l'idée de comparer les deux femmes et de mêler son amie de fraiche date à ces embrouilles financières.

Les quelques heures de repos qu'il put s'octroyer furent agitées. Il contacta dès les premières heures de la matinée les experts judiciaires avec lesquels il avait l'habitude de travailler. Ils éplucheront les fichiers qu'il avait reçus depuis le début de l'année et ils décideront s'il devait y avoir des recherches complémentaires à mener avant de déposer d'éventuelles plaintes. Plongé dans ce marasme qui risquait de faire grand bruit si le détournement de fonds était avéré, il attendit avec impatience de revoir la belle Amélie.
Elle lui parut en ce moment glauque, comme un phare dans la brume et avec toutes ces complications, il ne déménagera pas aujourd'hui comme il l'avait prévu, il aura trop à faire dans la journée mais ce soir, il sera récompensé car il dinera chez Amélie.

Il téléphona au concierge pour l'avertir qu'il sera sur place à la première heure le lendemain et lui demanda s'il pourrait faire appel à une femme de ménage deux demi-journées par semaine. Le concierge lui répondit que le ménage était inclus dans le loyer, ce qu'Alex n'avait pas relevé en survolant son contrat de location. « Amélie aurait regardé ce papier de près, elle. Tu n'es pas très doué pour ces choses-là. » se dit-il en se moquant de lui-même.

Le devoir en bandoulière

Il fournit un gros effort pour écarter Amélie de ses pensées et se remit au travail.

Absorbé par ses diverses tâches, la journée passa vite. Il est un peu fatigué d'être resté assis et de ne pas avoir assez bougé pendant toutes ces longues heures. Il se prépara et se rendit à pied chez Amélie après s'être arrêté chez un pâtissier renommé.

La jeune femme, accompagnée d'une fillette blonde aux grands yeux bleus en pyjama, un doudou dans les bras, ouvrit la porte. Il masqua sa surprise en constatant la ressemblance entre Astrid et Lilian, le même genre de fillette fine, blonde aux yeux clairs.
- Bonsoir Alex, nous sommes en retard, le doudou de ma princesse n'avait pas sommeil et attendait que tu arrives.
- Bonsoir demoiselle Princesse, c'est ton nom ?
La petite glousse les yeux rieurs :
- Non, maman dit que je suis sa princesse parce qu'elle m'aime mais je m'appelle Astrid.
- Astrid, c'est un joli prénom, et elle n'était pas princesse, elle était la reine des Belges et elle était très belle, comme toi.
- C'est vrai que tu as une fille ?
- Oui je suis le papa d'une petite princesse toute blonde et aussi jolie que toi, elle se nomme Lilian et comme toi elle aura bientôt quatre ans. Peut-être vous

rencontrerez vous un jour mais elle ne parle pas français, tu devras être patiente et lui apprendre.
- Mon cœur, c'est l'heure de dormir et tu auras école demain. Excuses moi Alex je n'en aurai pas pour longtemps, sers-toi un verre si tu veux en attendant. J'ai sorti quelques bouteilles, elles sont sur la table dans le salon.
- Merci, occupe-toi d'Astrid et prend ton temps.

Il s'assit dans le canapé et observa les photos encadrées. La pièce est simple bien qu'il y ait de jolis objets, confortable et sans faute de goût, à l'image d'Amélie. Il se servit un whisky de vingt ans d'âge et le sirota doucement, les yeux fermés. Sensible à l'ambiance paisible de la pièce, il se détendit peu à peu, seul un chuchotement ténu lui parvenait de la chambre de la petite fille. Il était bien et se repaissait du calme et de la sérénité qui l'environnaient.
Peut-être même s'était-il assoupi lorsque le pas léger d'Amélie le tira de sa torpeur.
- Tu es fatigué Alex, désolée de t'avoir réveillé.
- Non je ne dormais pas mais j'étais bien et je ne pensais plus à rien. Les journées d'hier et d'aujourd'hui ont été difficiles et j'ai mal dormi. En arrivant chez toi où tout est serein, j'ai eu la sensation d'être au paradis et mes soucis ont disparus, envolés.
- C'est l'appartement qui ne te convient pas ?
- Non il est parfait, je devais aménager aujourd'hui mais une grosse tuile m'est tombée sur la

tête et m'en a empêché. Je dois arranger ça et je risque d'avoir des problèmes mais je ne veux pas rentrer chez moi maintenant.

- Si tes soucis sont chez toi, mon frère et moi ne pouvons pas t'aider. Je suppose que tu as des conseillers.

- Oui, les choses devraient décanter rapidement, j'ai mandaté des experts sur place mais si ce que je redoute arrivait, il faudra que je m'occupe de ma fille or je ne peux pas être ici et là-bas en même temps.

- Si tu obtenais un jugement te confiant la garde de ta fille, tu pourrais revenir avec elle et si elle a plus de trois ans, elle devra être scolarisée.

- Comme Astrid, elle a presque quatre ans mais elle ne parle pas français.

- Tu imagines des problèmes là où il n'y en a pas A cet âge, en trois mois elle aurait acquis un Français courant et commencerait à l'écrire. Il ne faut pas que cet écueil t'arrête, concentre-toi sur le fond de ton problème et le reste suivra. Si tu te décidais à faire venir Lilian, je pourrais demander l'inscription de ta fille dans la classe d'Astrid, ainsi elle aurait déjà une petite amie pour lui faciliter la tâche.

- Ce serait une bonne solution mais pour cela il faudrait que sa mère admette que c'est la meilleure issue pour notre fille ou que la justice la contraigne. A priori, je n'y tiens pas parce qu'il me semble qu'à cet âge, au quotidien, une petite fille a plus besoin de sa

mère que de son père mais je dois suivre ce dossier de près et prendre les meilleures décisions pour elle.
Amélie a envie d'attirer son attention sur le fait que bien des gens revendiquent l'égalité des sexes et des responsabilités en Europe et ailleurs mais elle se retient, il a l'air chamboulé par les soucis qui lui arrivent.
« L'heure n'est pas à la polémique sur l'égalité des genres et tu ne sais rien de la situation qui le fait agir. »

Amélie a constaté qu'il avait évité de lui donner des explications précises sur l'origine de ses inquiétudes, elle s'interroge bien sûr, mais ne pose aucune question car il lui semble que si Sofia y est mêlée, elle ne veut pas être partie prenante dans cette histoire.
« Ce qui est important et qui me touche, c'est qu'il s'est détendu en partageant ce qu'il pouvait avec moi. Il semble m'avoir accordé sa confiance au moins en partie. »

Elle est flattée et se souvient avec quelle force elle aurait aimé parler de ses soucis avec un tiers neutre. Sa mère avait joué le rôle de confidente au moment de son divorce mais elle n'était pas totalement impartiale et son frère était ulcéré par les actions puis par les propos tenus par son mari au point qu'elle redoutait une confrontation physique entre les deux hommes et elle avait fini par ne plus rien dire à sa famille afin d'éviter exacerber les tensions.

Le devoir en bandoulière

Elle évoqua avec Alex son métier qui l'avait passionné mais après sept ans, elle avait largement fait le tour de son poste même s'il avait évolué depuis son embauche. Elle ferait bien autre chose et envisagerait même une reconversion mais avec le poids de l'achat de sa petite maison, elle doit conserver une stabilité financière aussi n'est-elle pas vraiment libre de réaliser ses envies.

A vingt-trois heures passées, Alex se leva pour prendre congé. Moralement il se sentait mieux mais ses yeux cernés le font souffrir. Le lendemain promet d'être une journée encore difficile avec les retours des analyses comptables.
- A demain et appelle-moi si tu veux discuter, lui dit-elle en l'embrassant.
- Demain je déménagerai mes quelques oripeaux et j'espère que le ciel au-dessus de mes dossiers se sera éclairci.
- Nous n'avons pas la même définition des oripeaux car tu es toujours élégant, répond-elle en riant et tu connais mon numéro, tiens-moi au courant si tu le souhaites.

Alex n'attendit pas l'ascenseur et redescendit les quelques marches d'un pas léger.
« Elle me fait du bien, elle réfléchit et m'aide à prendre des distances avec l'affaire Sofia, sans poser de questions indiscrètes. En plus, je suis certain que mes

confidences ne seront pas dans les journaux du matin.

J'ai confiance en elle comme en son frère, que c'est agréable de se sentir compris et en sécurité, pas jugé malgré mes fautes évidentes ! »

4

Le lendemain, le téléphone le réveilla à dix heures.
- Je suis en entretien, donnez-moi quelques minutes et je vous rappellerai.

Il se précipita dans la douche pendant que la bouilloire chauffait. Il but son mazagran de café tout en discutant avec l'expert-comptable affilié au service juridique.
- Prince Alexandre, je vous confirme qu'il y a bien eu des détournements chaque mois. Nous avons repris toute la comptabilité et le système est en place depuis plus de trois années. Les virements du compte de la fondation ne sont pas très élevés à chaque fois et correspondent au montant d'une dotation. Ils n'avaient pas attiré l'œil car les dates et les montants variaient un peu selon les mois. En outre, ils figurent tous au titre des dépenses courantes.
- D'où vient l'ordre ?
- Hum... de la direction... dit-il gêné.

Le devoir en bandoulière

- Qui est le bénéficiaire des virements ?
- Un nouveau compte ouvert par votre épouse à son nom.

Un silence lourd suivit cette annonce. Alex est accablé par le geste et les inévitables suites.

- J'espérais une erreur... depuis plus de trois ans... après la naissance de Lilian et quand nos désaccords se sont faits plus fréquents. Ne faites rien pour le moment, je dois appeler mon service juridique et mon avocat vous contactera. Le compte de mon épouse est-il approvisionné ?
- Non, l'argent a été dépensé ou basculé vers un autre compte, j'ai demandé les relevés depuis l'ouverture de ce dernier à la direction de la banque et nous allons contrôler celui qu'elle détient dans votre établissement. Etes-vous certain que des virements n'étaient pas ordonnés depuis vos comptes personnels avant que vous lui retiriez les autorisations d'accès ?
- Non, j'avais confiance et ne vérifiais pas mes comptes personnels dans le détail. Vos recherches devront commencer à partir du moment où elle a été nommée à la direction de la Fondation, pour le reste tant pis pour moi, elle était mon épouse et je lui avais donné un libre accès à mes finances. Faites vite mais soyez sûrs de vous et soyez très discrets, je veux éviter le scandale qui pourrait rejaillir sur ma famille et sur la Fondation et pour ma part, je n'ai pas besoin

qu'une mauvaise presse se mêle de ma vie privée et encore moins des turpitudes de mon ex-épouse.
- Nous allons tout passer au crible très vite et nous vous ferons part des résultats ainsi qu'à votre avocat. Accordez-nous quatre jours.

Alex raccrocha et se passa une main sur le front, très déçu.

« J'avais confiance en Sofia, je lui ai tout donné sauf l'accès aux finances familiales qui ne m'appartiennent pas. Au moment du mariage, son père lui avait transmis des biens dont elle tirait des profits, pourquoi ce manifeste besoin d'argent ? Était-elle si malheureuse qu'elle avait besoin de compenser en dépensant plus que nécessaire et pourquoi ne me suis-je aperçu de rien ? Elle trompait ma confiance bien avant notre séparation, avant que je sorte avec sa prétendue amie qui n'était rien de plus qu'un parasite. Bon tout est en route, je dois faire mes valises et libérer ma chambre maintenant »

Alex est désabusé par ce qu'il vit comme une trahison de la part de celle à laquelle il avait pensé être attaché pendant un certain nombre d'années.
Tout en bouclant ses bagages, ses pensées remontent le fil de leur relation qui s'est étendue sur près de treize ans. Ils avaient à peine vingt ans lorsqu'ils s'étaient rencontrés en vacances d'été à Ibiza. Après une amourette de vacances entre deux

compatriotes, ils s'étaient revu dans leur pays natal lorsque les vacances universitaires les réunissaient et une longue liaison en pointillés, non officielle mais connue de tous avait commencé. Ils avaient officialisé leurs fiançailles plusieurs années avant de se décider à se marier. Ils se trouvaient bien dans cette situation qui ne les obligeait pas à vivre ensemble et étaient toujours heureux de se retrouver mais Sofia autant que sa famille avaient fini par s'impatienter de constater qu'il ne se décidait pas au mariage et il avait cédé sous leur inlassable pression. « Ma fille perd sa jeunesse » disait son père et lui culpabilisait parce qu'il n'avait pas envie de plus que ce qu'il avait, il appréciait partager ses distractions avec Sofia qui était une compagne amusante, mais l'avait-il aimée ? Il ne se souvenait de s'être posé la question, elle était là, disponible lorsqu'il avait du temps et toujours partante pour une soirée ou une sortie...

Tout s'était gâté assez vite après leur mariage sans qu'il puisse vraiment en analyser les raisons, jusqu'à l'éclatement total l'an dernier mais entre-temps ils avaient eu une adorable enfant, Lilian qui ne devait pas souffrir de leur séparation ni devenir un enjeu.

Sofia avait-elle espéré raviver, à l'aide de cette maternité des sentiments qui avaient peut-être diminué voire disparu au fil des années précédant le mariage, pollués par les occupations et les habitudes quotidiennes. Avait-elle imaginé provoquer un sursaut ou plus trivialement voulu se constituer une rente, pensait-elle que quelque chose qui n'aurait pas été évoqué lors du divorce lui était dû en raison de sa maternité ?

C'était après la naissance de leur fille qu'elle avait demandé la responsabilité de la direction de la Fondation, se souvint-il. Par contrat, elle administrait déjà au nom de l'enfant, les biens familiaux qui avaient été dévolus à Lilian à sa naissance et il n'avait jamais eu l'idée de contrôler les comptes ; faudrait-il qu'il en fasse vérifier l'administration par ses experts ? Il ne peut pas imaginer que la petite fille soit peu à peu ruinée par une mère malintentionnée.

Il rappela l'expert en charge du dossier.
-   Nous y avions pensé et avons déjà demandé les comptes pour l'ensemble des biens de votre fille. Vous aurez un état des lieux complets.

Son téléphone rangé, il saisit ses valises et appela un taxi. Il déménageait.

Pendant trois jours, s'il travailla, il n'était pas vraiment concentré sur ses dossiers, migraineux il dormit mal, envisagea toutes les solutions pour régler la situation avec Sofia et s'adressa mille reproches.

Il se réjouit des entretiens qu'il eut avec sa fille tous les soirs. En ce moment, elle était avec ses grands-parents en Crète où ils possèdent une maison près de La Canée sur la côte nord de l'île.

Les contacts avec le père de Sofia étaient glaciaux, le premier jour, il avait tenté de lui dire combien sa fille était malheureuse de ne pas avoir assez d'argent, la pension alimentaire pour l'enfant étant très insuffisante pour que Lilian et sa mère aient un train de vie décent. Alex n'avait pas relevé et lorsque Lilian est arrivée, elle empêcha l'échange de continuer.

Ce soir, acrimonieux, le grand-père revint sur l'argent attribué par le divorce :
-       Monsieur, Sofia possède des revenus en propre. Je ne l'ai pas dépossédée et je ne lui ai jamais demandé de payer quoi que ce soit pendant toutes les années passées ensemble. La pension versée pour notre fille est très supérieure à ce qui est admis par la loi. De quoi se plaint-elle ?
-       Elle devrait pouvoir conserver les honneurs dus à son rang.
-       Elle est mon ex-épouse et le divorce l'a destitué des titres qu'elle portait en raison du mariage, en conséquent, elle est libérée de toutes les charges de représentation liées à ces titres. Elle n'a donc plus aucun titre à porter, aucun rang à tenir, officiel ou non et aucun frais à prévoir inhérent à ces

Le devoir en bandoulière

charges. Maintenant la montre tourne et je veux parler à ma fille avant l'heure de son diner.

La petite fille ne devait pas être bien loin car elle répondit tout de suite à l'appel de son grand-père. Lilian est contente de jouer avec le chat de la cuisinière, le jardinier construit avec elle une cabane au fond du jardin et elle se baigne dans la piscine avec ses bouées et sa nounou. Elle lui apprend qu'elle retournera chez sa mère le surlendemain car les grands-parents ont du travail chez eux.
« Pas un mot de sa mère et tout semble aller bien ! Au fond ce n'est pas surprenant, la femme qui s'est occupé d'elle depuis sa naissance, celle qui veillait sur sa santé comme sur son confort n'est pas sa mère, c'est Mina, sa nounou. Si je devais avoir la charge de ma fille, il faudrait qu'elle puisse suivre l'enfant, c'est le seul élément permanent dans sa vie, cependant je ne sais rien d'elle et j'ignore si elle serait disponible pour venir vivre à Paris. Dans ce cas, cet appartement serait trop petit pour nous trois. Je vais devoir réfléchir à tout cela mais commencer par le plus pressé, appeler Amélie pour lui donner quelques nouvelles. »

Elle répondit mais l'heure n'était pas bonne pour elle, il y a le bain d'Astrid à surveiller et le diner à préparer.

Le devoir en bandoulière

Ils conviennent qu'Alex rappellera vers vingt et une heures.
Il a le temps de descendre diner au petit restaurant qui se trouve au carrefour près de son immeuble. La cuisine est simple et savoureuse, peut-être un peu riche mais il n'a pas eu le temps de déjeuner aussi ce diner compensera-t-il, se dit-il.
Il ignore si son humeur est à attribuer à la blanquette de veau au menu du soir, au verre de vin qu'il a bu ou à la perspective d'avoir Amélie au téléphone mais il se sent ragaillardi, avec un meilleur moral lorsqu'il retourne chez lui. Ses ennuis se sont réduits à des problèmes à résoudre avec l'aide de spécialistes. S'il est ennuyé que Sofia récolte ce qu'elle a semé, il ne s'estime en rien responsable des erreurs commises par appât du gain ou pour toute autre raison. Il se reproche toutefois son manque de discernement et son aveuglement.

Rentré chez lui, il se prépara une tasse de café et l'heure de son rendez-vous étant arrivée, il s'installa dans le canapé pour un moment d'échanges avec une amie de bon conseil.
-       Bonsoir Alex, est-ce que tout va bien ? Je me demandais pourquoi tu n'avais pas rappelé. Je pensais même que tu étais reparti dans ton pays.
-       Je viens d'aménager et ces derniers jours ont été épouvantables.

Le devoir en bandoulière

Il lui raconta ses déboires avec Sofia, les détournements de fonds, la suspicion qui pèse toujours sur elle et les conséquences probables pour son ex-épouse et pour la garde de Lilian. Il dit qu'il attendait les conclusions des enquêtes pour lancer la procédure de demande de garde de sa fille et en conséquence pour lui, envisager un autre déménagement car son appartement actuel deviendrait trop petit si en plus de sa fille il devait aussi loger une nounou…

Amélie éclata de rire devant cette série de soucis inattendus :
- Bienvenue au pays des parents seuls ! Mon ami, quand tu déménages, tu ne fais pas les choses à moitié ! Pour l'appartement, l'avantage du meublé est que tu pourras facilement le quitter mais as-tu pensé à héberger ta nounou dans un studio pas loin ? Elle appréciera sans doute d'être indépendante et d'avoir des moments pour elle. Je devrais arriver à te trouver quelque chose parmi mes copains qui ont investi dans l'immobilier, peut-être même mon ami André Jacques aura-t-il quelque chose à te proposer. Je vais lui poser la question sans donner de date.
Pour le reste, je ne peux que compatir, un divorce n'est déjà pas facile à vivre mais tes problèmes

d'argent confinent au sordide. J'espère que tu en sortiras rapidement.
Si tu n'as pas le moral, préviens-moi et viens diner, j'appellerai Emile à la rescousse.
- C'est sympa mais je ne maitrise pas mon agenda, je suis suspendu aux résultats des enquêtes et peut-être devrai-je retourner quelques jours au Montenie.
- Tu n'as pas besoin de carton d'invitation, si tu en as envie et qu'il n'est pas trop après dix-neuf heures à cause de ma puce, viens sonner, j'ai quelques plats surgelés en dépannage dans le congélateur, aussi n'hésites pas.
- Comme ça ?
- Appelle avant ce serait mieux, mais tu seras reçu à la « bonne franquette » comme l'on dit ici. C'est ainsi que font les amis proches.
- Je suis touché de savoir que je fais partie de tes amis. Tes conseils m'aident à rester connecté à la réalité. Je m'aperçois combien j'ai été privilégié et j'ai parfois la sensation que je vivais sur une autre planète, envahie par les honneurs conférés par la naissance et l'argent plus que par le mérite, un monde dans lequel les échelles de valeurs ne sont pas les mêmes que celles qui régissent la vie des autres hommes.
- Alex, j'ignore le montant de ta fortune et je ne te le demande pas mais je suppose que tu as des

moyens importants et je pense que tu n'as aucune raison de vivre en miséreux et pas de honte à avoir si cette fortune n'est pas volée. Avoir de l'argent est un privilège et peut te permettre de faire du bien autour de toi... tout en défiscalisant.

- Tu as raison, ma grand-mère avait créé une fondation pour les enfants démunis et moi, je n'ai rien fait encore, je crois que j'ai vécu dans une bulle sortant peu de mon univers quotidien, en ignorant tout de la vraie vie. Pourrais-tu m'aider à ouvrir les yeux ?

- Si tu veux, nous pourrons en reparler mais il me semble qu'il vaut mieux d'abord faire le ménage chez toi. Rien ne presse.

Lorsqu'ils raccrochèrent, le sentiment d'angoisse mêlé de lassitude que ressentait Alex s'était calmé, le pragmatisme et la tranquillité d'Amélie l'avaient apaisé et lui avaient permis d'avoir une vision plus nette de sa situation personnelle. Son découragement avait disparu et il se sentait plus fort. Il n'était pas surpris qu'elle réussisse dans son métier : « C'est une fameuse recrue pour son employeur », pense-t-il avec une pointe d'admiration pour la jeune femme qui mène de front vie familiale et vie professionnelle.

« Et elle trouve le temps de s'occuper de moi et se préoccupe même de mon bien être, sans rien attendre en retour. Quand cela m'est- il arrivé pour la dernière fois ? Je ne m'en souviens pas. »

Deux jours après, son directeur des services juridiques lui apprit que les traces des prélèvements et des retraits effectués sur les comptes privés d'Alex, sur ceux de la fondation et sur les comptes des biens au nom de l'enfant avaient été remontées. Toutes aboutissent à créditer des comptes au nom de Sofia pour un montant qui en près de quatre ans s'est révélé impressionnant, bien que les comptes privés d'Alex n'aient pas encore été investigués au-delà des derniers mois.
Il demanda si des plaintes devaient être déposées.
- Je m'en doutais mais j'espérais me tromper.
« Que ferait Amélie dans ce cas ? » se demanda-t-il avec une certaine lassitude.

Il respira et il sut.
- Sofia doit être immédiatement destituée de son poste de directrice de la fondation et il ne faudra plus qu'elle soit l'administratrice des biens et des comptes de notre fille qui lui sont désormais interdits. Changez les codes d'accès si ce n'est pas déjà fait. Prévenez les organismes tout de suite en précisant que je reprends les rênes dès maintenant, ce sera à préciser au juge. Je vous demande aussi, qu'en raison de toutes les preuves des exactions que vous

Le devoir en bandoulière

détenez, l'autorité parentale et le droit de la garde de Lilian me soient immédiatement transférés. Faites cela vite et sans bruit, qu'elle n'ait pas l'idée de fuir avec l'enfant. Je vais appeler la nounou de Lilian pour lui demander de me rejoindre à Paris sans délai. J'attendrai que le juge vous ait donné son accord pour prévenir son père de la situation, il a beaucoup d'ascendant sur sa fille et ils seront contraints de trouver des solutions de remboursement s'ils veulent éviter un procès et la disgrâce. Faites vite s'il vous plait.

Alex fut déçu par la nounou qui refusa de quitter sa famille pour Paris. En revanche, contre une prime exceptionnelle, elle accepta de ne rien dire à Sofia avec laquelle elle n'avait que peu de contacts. Ils décidèrent qu'elle déposera Lilian avec son passeport et quelques vêtements de rechange dans un petit sac, au bureau du responsable juridique, lorsqu'il lui en donnera l'ordre mais puisque Mina ne veut pas prendre l'avion, il faudra que lui, fasse un aller-retour pour aller chercher sa fille au Montenie.

Pour plus de discrétion et de souplesse, il décida de ne pas emprunter un vol régulier et se renseigna sur la location d'un petit jet privé. Le trajet n'étant que de trois heures à partir de Paris, ce sera l'affaire d'une journée dès lors que les documents officiels seront prêts.

Pendant qu'Alex inquiet, rongeait son frein, le service juridique avec tout son dossier demandait une entrevue au juge suprême qui s'était chargé du divorce du Prince.

Le juge, un homme affable mais sévère et rigoureux, fut horrifié par cette affaire :
- Une famille honorable de notre société est atteinte d'infamie. Comment cette jeune femme qui ne manque pas de moyens personnels, a-t-elle pu se laisser aller au détournement de fonds et au vol ? Les prélèvements et les virements ne sont même pas maquillés, il n'y a aucun doute possible. N'avait-elle pas compris que cet argent ne lui appartenait pas ? Je me souviens de lui avoir pourtant longuement expliqué.
Je comprends que le prince Alexandre, retenu par ses fonctions à Paris, veuille soustraire l'enfant aux troubles qui vont secouer la famille de sa mère et Sofia a démontré qu'elle n'est pas digne d'éduquer la petite princesse. Dans un premier temps, lorsqu'elle voudra voir sa fille, les visites devront être surveillées. Je n'imagine pas qu'elle puisse lui faire du mal, mais pour faire pression sur le père, tout peut être envisagé. Avez-vous déposé des plaintes ?
- Non pour le moment, le prince Alexandre qui est catastrophé, attendait d'avoir le dossier en règle et récupéré la petite Lilian pour prévenir le père de Sofia. Ce dernier se chargera d'avertir sa fille qu'elle

Le devoir en bandoulière

a été découverte et qu'elle est déchue de ses droits de mère et d'administrateur des biens de sa fille comme de la direction de la Fondation.
- Il n'a pas averti la presse ?
- Non, il préfère essayer de négocier avec le père la restitution des sommes détournées et il n'a pas voulu que nous contrôlions ses propres avoirs auxquels il lui avait donné libre accès au moment du mariage, parce qu'il avait confiance en elle. Il faudra aussi exiger la restitution de tous les bijoux de la famille princière car elle devait s'en acquitter au moment du divorce et elle ne l'a toujours pas fait. J'en détiens la liste.
- C'était son épouse, je comprends son geste d'accepter les pertes concernant ses propres revenus. Donc, il préfère essayer d'éviter le scandale dont la famille de Sofia ne sortirait pas indemne, c'est généreux et le contraire m'aurait étonné, lui a reçu une bonne éducation, sa grand-mère y avait veillé ! déclare-il sentencieux, puis le juge reprend, après quelques instants de réflexion :
- Bien, ce dossier prime sur tous les autres, il sera prêt demain. Venez le récupérer à partir de seize heures. Je délivrerai pour le Prince Alexandre, une autorisation d'emmener sa fille en France, afin de lui éviter les ennuis avec la police à la sortie et à l'arrivée à Paris et j'espère pour lui que tout se réglera sans davantage de soucis.

Le juriste prévint immédiatement Alex qui s'empressa de louer un avion pour le surlendemain pour un départ dès six heures. Il pourrait ainsi, être vers neuf heures à l'aéroport du Montenie et repartir avec l'enfant rapidement.

Il était satisfait, tout semblait se mettre en place quand il réalisa qu'il sera seul avec sa fille, sans la nounou. Sera-t-il capable de s'en occuper car il s'agit d'un exercice qu'il n'a jamais effectué !

Il sentit l'inquiétude monter et paniqua car il n'avait jamais vraiment été seul avec Lilian. Il ignore tout de son quotidien puisque nounou l'avait en charge et pour être honnête, pas plus que Sofia il ne s'était penché sur son éducation.

Son réflexe, fut d'appeler Amélie mais il était trop tôt, il devait attendre vingt heures.

Agité et inquiet, c'est vers son ami Emile qu'il se tourna.

5

Emile proposa à son ami de l'accompagner pour ce voyage. Il n'a pas d'enfant mais a une nièce du même âge que Lilian et il l'avait gardée quelquefois, il devrait être capable de seconder son ami si cela s'avérait nécessaire.
-       A moins que tu préfères la présence d'Amélie mais avec son job et Astrid, il n'est pas certain qu'elle puisse se libérer.
-       Ce voyage ne sera pas vraiment une partie de plaisir et nous ne verrons de la capitale que l'aéroport puisqu'il est prévu que mon directeur du service juridique nous amène Lilian dès qu'il connaitra notre heure d'arrivée. Il me remettra tout le dossier me confiant la garde totale de ma fille et les documents comptables visés par le tribunal. Dès notre retour, j'appellerai le père de Sofia pour l'avertir… Encore un moment qui ne sera pas agréable, d'autant plus que je ne peux m'empêcher de penser qu'il a peut-être encouragé ou conseillé sa fille dans ses fourberies financières. Il est près de ses sous et

avide de pouvoir et d'honneurs. Je ne l'aimais pas beaucoup. J'aurais dû être plus vigilant, j'aurais dû...

Emile le coupa sèchement :
- Inutile de t'ensevelir sous les cendres, tu étais marié et tu faisais confiance à ton épouse qui t'a bien grugé ! Faire confiance à l'autre c'est un des fondements du mariage, là, tu n'as pas fait d'erreur donc ne te reproche pas ça !
Mandate tes hommes de loi afin qu'ils négocient pour toi, ainsi tu n'auras plus de contacts avec ton ex et sa famille, pourquoi voudrais-tu faire cela toi-même ? Tu es trop impliqué affectivement et sous le coup de l'émotion, tu risquerais de perdre la maitrise du dossier.
Si j'étais concerné, je demanderais à mon cabinet juridique, de contacter lui-même le père pour l'avertir de l'état du dossier et qu'il sache que l'enfant n'est plus légalement sous la responsabilité de sa mère. L'avantage que j'y vois, c'est que tu te tiendrais à ta place et à la bonne distance. Tu serais en position de force et utiliserais les services de personnes compétentes qui agiraient dans un cadre légal, sans affect parasite.
Ainsi, tu n'aurais plus rien à faire avec ces gens-là, à la justice de traiter le dossier. Dans le cas où aucun compromis n'était trouvé, parce qu'il n'est pas idiot,

le père de Sofia comprendrait tout de suite que sa fille et lui seraient perdants en insistant trop.

Emile se tait et réfléchit quelques minutes, comme s'il avait une idée.
- J'ignore le montant des sommes détournées mais elles pourraient te permettre d'acheter ta liberté. Si tu abandonnais cet argent à Sofia ainsi que les poursuites, sous réserve qu'elle ne tente plus de t'approcher ou même de rencontrer Lillian, tu aurais payé pour une paix royale dans le futur. Sofia serait déjà déchue de ses droits parentaux et comme d'après ce que j'ai compris, elle ne s'était jamais occupée de la petite fille autrement qu'en l'utilisant pour faire pression sur toi, je ne pense pas que d'un point de vue affectif, la séparation lui coûterait beaucoup. C'est une pression mentale qui disparaitrait pour toi...
- Les sommes détournées sont énormes, plus importantes qu'à première vue puisqu'elle a ponctionné aussi dans les revenus de mes biens personnels. Elle pourrait vivre d'une manière royale pendant des années avec cet argent et elle possède aussi ses affaires. J'avais pensé à négocier la restitution des fonds mais pas à les utiliser pour acheter la liberté de Lilian et la mienne. Je pense toutefois, qu'ils doivent impérativement rembourser la Fondation et peut être Lilian, le reste... tant pis

Le devoir en bandoulière

pour moi, j'ai perdu des revenus que j'ai mis des années à gagner, je recommencerai.
Il faut que je réfléchisse mais à chaud, je pense que tu as raison, ce serait un bon compromis. Je dois tirer un trait sur cette histoire et totalement rompre avec cette famille toxique.
J'aurais préféré que Lilian conserve des liens avec ses grands-parents et sa mère mais là, pour le moment c'est vraiment trop tôt pour l'envisager !
- Dans ce cas, laisser à Sofia le bénéfice d'une partie de cet argent si la somme détournée est aussi importante, pourrait être un levier pour qu'elle accède à toutes tes demandes, notamment de te laisser l'entière responsabilité de Lilian et renoncer à tout contact avec l'enfant. Avec cet argent tu achèterais la paix pour ta fille.
- Tu es plus dur que je l'aurais été mais si ma fille est en paix, je le serai tout autant.

Alex réfléchit à toutes les dimensions du dossier, il est tard mais il appela tout de même son homme de loi et lui donna les dernières directives, exiger le remboursement des sommes volées à la Fondation et à sa fille et abandonner le reste contre une interdiction totale d'approcher l'enfant, sans oublier la rapide restitution de l'entièreté de la collection familiale de bijoux dont lui-même n'était que le dépositaire. Le dossier devra être contractualisé et si la famille de Sofia ou elle-même rompait leur accord,

Le devoir en bandoulière

les plaintes déposées seraient immédiatement réactivées.
Le juriste assura être enchanté par ces dispositions et prétendit qu'il sera fier de représenter Alex qu'il trouve très équitable dans ses décisions.
« Merci, Emile ! »

Il s'endormit en se disant qu'ils n'avaient prévu aucun des grains de sable susceptibles de gripper leur plan.

Pendant qu'Emile et Alex réfléchissaient, Amélie avait couché sa fille et s'occupait de la lessive.
« Ces tâches ménagères… heureusement que nous ne sommes que deux ! Si j'avais un salaire un petit poil plus important, j'en aurais bien fait profiter une femme de ménage mais bon…
La puce va mieux, elle avait été perturbée par les propos tenus par son père à mon égard la dernière fois qu'ils se sont vus, elle n'avait pas compris pourquoi il utilisait de vilains mots et pourquoi il voulait savoir qui sont mes amis. Elle commence à avoir du répondant et elle a bien fait de lui conseiller de me poser la question.
Et voilà que maintenant il partirait sous les cocotiers ! Grand bien lui fasse mais je vais devoir en avertir la puce. Elle risque d'être déçue.
J'aimerais parfois ne l'avoir jamais connu ! Mais j'ai ma fille ! Comment fait Alex pour rester aussi

longtemps loin de Lilian. Il s'en préoccupe pourtant ! S'il la fait venir en France, il va se sentir enchaîné car il n'a pas l'habitude d'être empêché dans ses projets pendant ses moments de liberté, quoique la nounou de Lilian accompagnera la petite fille, enfin si elle vient.
Alex est tellement attachant, fort et viril mais fragile par certains côtés et vite perdu avec les aspects pratiques du quotidien. Il a dû être souvent assisté si bien que seul dans le monde il ne sait comment faire. Il me plait en tant qu'homme, mais bon, il n'y a pas de sujet à réflexion, ma seule préoccupation, c'est le bien-être d'Astrid. »

La machine à laver en marche, elle rangea son appartement parce qu'elle partira tôt le lendemain matin, pour faire une tournée d'au moins sept cents kilomètres dans la journée. Sa maman ira chercher Astrid à l'école à seize heures trente et s'en occupera jusqu'à ce qu'elle revienne vers vingt heures, peut-être plus tard selon la circulation rencontrée. La grand-mère et la petite fille sont heureuses de se voir dans ces moments qui pour elles, sont privilégiés.
Lorsqu'elle eut terminé son rangement, elle se coucha avec un livre.
« Un compagnon agréable et peu contrariant et s'il ne me plait pas, je peux faire le choix de le jeter sans que cela fasse des vagues ! Bon, on ne remplace

pas un homme dans son lit par un bouquin mais quand il n'y a pas moyen de faire autrement... »

Le lendemain matin, elle déposa Astrid à la garderie dès huit heures en précisant à l'école que le soir elle serait récupérée par sa grand-mère. L'esprit tranquille elle prit la route pour la côte bretonne et les appels téléphoniques professionnels commencèrent. Grâce à l'équipement main libre de son véhicule, elle traita quelques points litigieux et réfléchissait à la question posée par son dernier interlocuteur quand la sonnerie retentit à nouveau, c'est Emile.
-       Salut Milou, comment vas-tu ? demande-telle en souriant.
-       Bien et toi Tintine ?
Ils éclatèrent de rire se souvenant de leurs taquineries d'enfants.
-       Je vais bien, je suis sur la route et me dirige vers la Bretagne, maman s'occupera d'Astrid en fin de journée. Et toi, aurais-tu enfin rencontré quelqu'une qui te ferait ramper ?
-       Non et je ne ramperai pas devant une femme que fais-tu de ma dignité ?
-       Pas grand cas mon frère...
-       As-tu eu des nouvelles d'Alex dernièrement ?
-       Non, il était venu diner le soir de son déménagement mais il ne m'appelle pas tous les jours.

- Son histoire s'est compliquée. Nous ferons un saut en avion chez lui, pour récupérer sa fille sans doute demain, j'attends qu'il confirme mais c'est ce qui est prévu. Si tu pouvais nous préparer un petit diner simple ce serait sympa. Nous partirons très tôt et en principe devrions être rentrés pour quinze ou seize heures mais comme il y a toutes les chances pour qu'il n'ait pas pensé à faire des courses, je préfère compter sur toi. Il découvre ce que c'est que de vivre seul et n'arrive pas encore à anticiper sur ses besoins quotidiens. C'est un super gestionnaire mais il n'a aucun sens pratique pour la vie de tous les jours, je me demande comment il fera avec sa fille à gérer en plus du reste.
- Il n'en avait pas besoin puisqu'il avait du personnel pour l'assister. Il n'est pas idiot, il risque d'être perdu quelques semaines, le temps de s'adapter à un nouveau fonctionnement. D'accord pour le diner, confirme dès votre retour si tu le peux. Pense à lui demander si sa fille est sujette à des allergies alimentaires, il ne faudrait pas qu'elle soit malade en mangeant ce qui lui serait interdit.
- Comment fais-tu pour penser à tout ça ?
- J'ai une fille qui a des amies…la question se pose entre mamans lorsqu'on sort nos petits bouts.
- OK, je te laisse, fais attention à la route.
- A demain, répond-elle en souriant.

« Donc Emile ira avec Alex chercher l'enfant. J'espère que tout ira bien mais il s'est certainement passé quelque chose pour que les événements se précipitent et il ne m'a rien dit pour le studio de la nounou. »

Elle est occupée au téléphone par ses collaborateurs, jusqu'à son arrivée à destination.

Lorsqu'elle reprit la route, satisfaite par ses entretiens, il est presque seize heures. Elle attendit un moment d'avoir fait le point avec un des commerciaux qu'elle administre avant d'appeler sa maman qui répondit aussitôt. Elle est allée chercher Astrid à l'école et joue à faire goûter les doudous avec la fillette. Tout va bien et sa journée à l'école semble s'être bien déroulée.

Rassurée, elle se concentra sur la circulation de cette fin de journée.

Plus tard, elle retrouva sa mère et sa fille qui avait pris un bain et avait enfilé un pyjama.

La petite lui raconta sa journée avec animation et passa à table vantant à sa mère l'onctuosité de la purée qu'elle avait tourné dans la casserole.

- J'ai bien tourné pour qu'il n'y ait pas de gruneaux, tu sais les boules et j'ai choisi du jambon.
- Des grumeaux pas gruneaux, c'est très bien elle est bien lisse et le jambon avec la purée, ce sera parfait pour diner.

Le devoir en bandoulière

- J'ai dit à mamie que tu faisais comme ça et je l'ai aidée.

Astrid au lit, les deux femmes discutèrent peu de temps avant que Marguerite parte rejoindre son mari.
- Je suis fatiguée et je n'ai pas faim. J'en ai un peu assez de cette route ! J'aimerais un poste plus sédentaire mais pour cela, il faudrait que je change de boite dans laquelle je pourrais bien être moins libre d'organiser mon temps. Cruel dilemme !
Elle se coucha sans diner bien qu'elle se reprocha ce jeûne.

Elle fut réveillée en cours de nuit par Astrid qui pleurait dans un rêve. La petite fille câlinée se rendormit vite, ce qui ne fut pas le cas de sa mère. Elle fermait les yeux pour penser à Alex, agacée elle alluma la lampe de chevet et reprit le livre qu'elle avait commencé à lire. Vers cinq heures, vaincue par la fatigue, elle se rendormit pour être réveillée par le téléphone.
- Tout va bien Amélie ? Je partirai dans quelques minutes avec mon ami. Je confirme que nous dinerons chez toi ce soir.
- Oui tout va bien, j'ai eu une nuit un peu agitée mais rien d'ennuyeux. Faites un bon voyage, j'espère pour ton ami que tout se passera comme il l'espère.
- Je crois qu'il a bien préparé son affaire. Je serai là pour l'aider et j'ai trouvé des crayons de

couleurs et un cahier de coloriages pour occuper la petite. Merci d'y avoir pensé. A+ !

- Ah ces deux-là ! Ils ont l'air de réussir dans leurs boulots mais là, ils me font penser aux pieds nickelés, ils se lancent dans des plans sans réfléchir à tous les paramètres. Pourvu que ce voyage se passe bien ! Enlever sa fille au nez et à la barbe de sa mère et de son grand-père, il faut quand même l'oser et y arriver !

Pendant ce temps, Alex et Emile rejoignaient l'aéroport du Bourget, d'où partira le petit jet affrété pour l'occasion.

Alex semble tendu, Emile ignore s'il a reçu des nouvelles de son juriste mais il est plutôt taiseux ce matin.

- Que se passe-t-il, tu as des soucis ?
- Je suis inquiet, j'espère que tout se passera selon les plans prévus. Le père de Sofia est retors et je redoute des fuites et un mauvais coup.
- Des fuites ? D'où proviendraient-elles ?
- Il ne faut pas se leurrer. Les détournements ne sont pas récents et sont importants. Je doute fort que personne ne s'en soit jamais aperçu où alors mes employés n'effectuent pas leur travail. Je suppose que certains ont été achetés pour fermer les yeux. Je le saurai mais ce n'est pas la priorité du jour. Si le père de Sofia était prévenu des modifications du

jugement, même s'il n'est pas informé de nos plans, il pourrait imaginer que je me déplace pour aller récupérer Lilian aujourd'hui et empêcher que j'aie sa garde. Pour le moment, je ne détiens aucun des documents modifiant le jugement, mon homme de loi doit me les remettre à l'aéroport, en même temps qu'il accompagnera Lilian. J'espère que je ne t'aurai pas fait perdre ton temps.

- Nous sommes une équipe mais peut-être faudrait-il qu'on se sépare ? Si tu étais attendu, tu pourrais distraire tes opposants pendant que j'irais chercher les papiers et ta fille discrètement. Tu devrais prévenir ton contact, qu'il me remette Lilian et les documents par un chemin détourné et nous regagnerions l'avion pendant que tu ferais ou non le show de ton côté, bien visible de tous.

- C'est une super idée ! Je vais l'appeler afin qu'il étudie la faisabilité et nous dise quels chemins emprunter.

Dès que l'avion eut décollé, les deux hommes cherchèrent sur internet les plans de l'aéroport et convinrent du trajet à soumettre à l'homme de loi, puis l'heure étant maintenant décente, Alex l'appela.

- Bonjour Prince Alexandre, la nounou vient juste de déposer Lilian. Elle lui a vaguement expliqué qu'elle partait en voyage pour vous retrouver et hier j'ai récupéré tout le dossier, le juge est furieux et a durci sa position, votre beau-père risque de passer

un mauvais moment et devoir rembourser la majeure partie des détournements d'une manière contrainte. A quelle heure arriverez-vous ?
- Dans un peu plus d'une heure mais voilà à quoi j'ai pensé.

Alex expliqua ses craintes et le notaire convint qu'il y avait des risques réels de fuites.
- Bien, je partirai du sous-sol du bureau en taxi. Je vais appeler l'aéroport pour réserver une salle VIP avec un accès direct sur le tarmac avec le nom de mon assistante. Je vous donnerai le numéro de la porte et que votre ami Emile vienne directement à cet endroit pendant que vous passerez par le chemin normal où s'il y a eu fuite, vous pourriez être intercepté. Une fois dans l'avion, l'enfant sera considérée comme à l'abri. Il faudrait un ordre des chefs de la police et d'un juge pour que les fonctionnaires interviennent dans l'avion. Et je ne vois pas ce qu'ils pourraient vous reprocher pour vous retenir. Surveillez votre téléphone !

Le moral d'Alex remonta en flèche, il se sentit soutenu et dans son bon droit.

Déjà, l'avion est en approche. Les deux hommes s'attachent pour l'atterrissage. Lorsque l'appareil fut arrêté et parqué, ils allèrent trouver le pilote et lui demandèrent de se tenir prêt à redécoller car ils n'ont

aucun horaire précis et ignorent s'ils rencontreront des difficultés.
- Si je devais être retenu, partez avec Emile en me laissant ici, mais j'essaierai de confirmer les difficultés éventuelles. C'est ma fille et un dossier que vous devrez protéger et je confie le tout à Emile.

Le pilote acquiesça de la tête et montra de la passerelle à Emile les salles VIP non loin de leur stationnement. Emile descendit l'air décontracté, en bras de chemise car à près de dix heures, l'air est déjà chaud même s'il n'est pas vibrant de réverbération comme en été.

Il se dirigea à grands pas vers la porte C4 comme indiquée par sms et cogna sur la vitre dépolie. La porte s'entrouvrit sur un homme d'une cinquantaine d'années bien portées.
- Emile ? Lilian is here…

Une petite fille ressemblant étrangement à Astrid, blonde aux yeux bleus, approcha un doudou dans les bras et tendit les bras à Emile après avoir regardé l'homme de loi qui débita dans un anglais rapide :
- Lilian est en confiance, je lui ai expliqué que vous deviez l'emmener dans l'avion. Ici, elle a un petit sac et j'ai mis le dossier à l'intérieur. Regardez, tout est bon. Partez vite et faites bon voyage. Alex était attendu par un groupe d'excités et son ex-beau-père, je vais le rejoindre afin qu'il ne lui arrive rien.

Le devoir en bandoulière

Décollez si je ne vous prévenais pas de l'attendre au plus tard dans un quart d'heure, vers la demie. Il prendra un vol régulier si c'est nécessaire.

- J'ignore s'il a pris ses papiers en allant voir s'il était attendu. Il avait raison d'être tracassé, il y a des fuites au sein de son organisation.
- Oui, je m'en doutais, son beau-père est très fort, il avait tout infiltré pour le déposséder au maximum. Une enquête est déjà diligentée et une plainte pour escroquerie et détournements de fonds est en instance de dépôt. Nous ne sommes plus une monarchie mais nous tenons à Alex qui est un homme bon et droit, bien qu'il ait accordé trop facilement sa confiance en fréquentant cette jeune femme pourtant issue d'une famille connue. Je viens avec vous, vous me donnerez la veste et les papiers d'Alex on ne sait jamais. Allons-y !

Les deux hommes marchèrent vite et montèrent dans l'avion. Pendant qu'Emile allait chercher la veste d'Alex et vérifier si ses papiers étaient dans ses poches, le juriste donna des directives au pilote.

- Monsieur, j'ai la veste mais pas les papiers d'Alex, je suppose qu'il les a sur lui.
- Il n'avait pas de sacoche ?
- J'ai regardé, le sac de l'ordinateur est vide de tout papier d'identité.

Le devoir en bandoulière

- Donnez-moi votre numéro d'appel. Bon j'y vais et n'hésitez pas à partir si je ne donnais pas de directive contraire. Je prendrai soin de lui et les forces de l'ordre que j'ai alertées, devraient arriver.

Il quitta rapidement l'appareil et Emile le vit se diriger vers le hall. Il aimerait être une mouche pour savoir ce qui se passe mais il doit s'occuper de l'enfant qui le regarde approcher avec de grands yeux inquiets.

Il s'assoit face à elle et lui adresse un sourire.
- Lilian ? Emile, je suis un ami de ton papa, déclare-t-il en se désignant.
- Papa ?
- Papa va venir… « Enfin je l'espère »
- We are waiting for my daddy. (nous attendons mon papa)
- Oh, you speak English, good new! We are waiting but maybe we will leave without him. In Paris, I have a sister. She has a nice daughter like you. I hope you will be friends. Have you understood? (Oh, tu parles anglais, bonne nouvelle! Nous attendons mais peut être devrons nous partir sans lui. A Paris, j'ai une sœur. Elle a une jolie fille comme toi. J'espère que vous serez amies. As-tu compris ?)

La fillette secoua la tête avec un sourire et se mit à discuter avec son doudou dans une langue incompréhensible pour Emile, sans doute sa langue natale. L'essentiel pour lui est qu'elle soit en confiance. Il consulta sa montre, déjà huit minutes

Le devoir en bandoulière

sont passées et pas de signal. Emile, en l'absence de toute information ronge son frein. Le pilote n'a pas encore demandé la fermeture des portes mais les moteurs ronronnent déjà quand un ordre arrive : « Partez ! ».

Emile va trouver le pilote qui fait une annonce dans son appareil et laisse à peine à Emile le temps de s'assoir près de Lillian et de s'attacher.

« M... ! qu'a-t-il bien pu se passer ? »

6

Pendant qu'Emile s'occupait de Lilian, Alex se retrouvait face à son beau-père venu l'attendre avec une dizaine d'hommes de main.

Bien qu'Alex soit blanc de colère, il prit l'air surpris et demanda ce qu'il faisait là puisque lui attendait son responsable juridique. Le beau-père commença à hurler qu'il voulait être bénéficiaire de ses biens et qu'il avait découvert un complot contre lui, ce qui fit gronder ses hommes.

Heureusement, Alex fut vite rejoint par l'homme de loi qui temporisa après avoir glissé dans un murmure :

- Ils arrivent, nous devons tenir.

Effectivement, les forces de l'ordre arrivèrent et emmenèrent tout ce petit monde vociférant. Le groupe d'affidés du beau-père tenta de s'échapper en courant, vite récupérés par une escouade de policiers restée sur le parking.

Le juriste, Alex et son beau-père, furent emmenés manu militari au tribunal où le juge suprême les

Le devoir en bandoulière

attendait entouré de plusieurs autres magistrats, tous faisant grise mine.
- Nous pensions que vous seriez prévenu de l'arrivée du Prince Alexandre aussi avions nous pris des dispositions pour vous empêcher de nuire plus longtemps. Comment avez-vous osé organiser ces détournements financiers et utiliser votre fille de cette façon ? Le ministère public requiert une enquête, tous les fonds volés devront être restitués et le Tribunal a déjà ordonné la saisie conservatoire de la totalité de vos biens, même si le Prince Alexandre nous a appelé à plus de clémence et n'avait que peu d'exigences. En attendant, vous dormirez en cellule et serez rejoint par Sofia qui est destituée de l'autorité parentale sur Lilian et n'a plus le droit de l'approcher. Nous avons toutes les preuves pour confirmer nos accusations. Comment avez-vous pu vous laisser aller à un tel déshonneur ? Ajoute-t-il, l'air accablé.

Le beau-père d'Alex s'enfonça alors dans un délire dans lequel il serait le frère ainé d'Alexandre et la gestion de la fortune de la famille aurait dû lui être confiée.
- Etonnante ligne de défense ! Nous allons exiger des recherches ADN, et vous auriez laissé votre fille épouser votre frère ? Je crains qu'en plus d'être un voleur vous soyez un menteur et vos

Le devoir en bandoulière

propos constituent un outrage à magistrats. Nous éclaircirons tout cela. Emmenez-le.

Seul avec le juriste et Alex, le juge et les magistrats accompagnateurs avouent leur déception à l'égard d'un homme qu'ils croyaient honorable.
-     Je me demande s'il est sain d'esprit, je l'ai trouvé plutôt délirant dans ses explications. La responsabilité pénale n'est pas forcément la même s'il est malade.
-     Alexandre, je ne l'ignore pas mais il sait lui aussi et peut simuler la folie afin d'éviter la peine. Nous effectuerons notre travail mais la cour de justice de Montenie tient à ce que le préjudice que vous avez subi soit entièrement réparé. Il avait de gros moyens et vous a volé probablement par appât du gain et davantage de prestige. Vos experts m'ont déjà fourni les montants détournés de la Fondation et des comptes de votre fille et j'ai demandé l'état des vôtres même si je sais qu'avec beaucoup d'élégance, vous considériez que Sofia pouvait puiser dans votre caisse du fait de son titre d'épouse. J'ai déjà demandé qu'une étude soit faite. Les virements réparateurs devraient être rapidement effectués sur les comptes de la Fondation qui ne peut être lésée et ceux de la petite princesse. Vos comptes personnels seront régularisés d'ici la fin du mois et la restitution de la collection des bijoux sera

contrôlée par mes soins. Je les déposerai dans un coffre où votre homme de loi pourra les récupérer pour les mettre à l'abri.
J'ai déjà un acte de condamnation en ce qui concerne ces détournements car notre Etat ne peut pas cautionner ce genre de pratique alors que nous luttons contre la corruption exercée par des maffieux ou des personnes aussi en vue que votre ex-épouse et son père. A titre privé, voulez-vous déposer une plainte contre eux ?
- Du fait de tous ces problèmes, je ne demande qu'une chose, une interdiction d'approcher Lilian et de se rendre en France. Sofia ne s'en était jamais occupée comme une maman le fait de façon ordinaire. Elle était confiée nuit et jour aux bons soins de Mina, sa nounou. Je prends sa garde à partir de maintenant et m'occuperai personnellement de ma fille. J'ai des amis fiables qui m'aideront le temps que je resterai à Paris. Je vais rester deux ou trois jours, ici, chez moi, car je dois discuter avec mon service juridique, afin de trouver qui parmi mon personnel ne m'a pas été loyal. Si en mon absence, vous avez besoin d'informations, voyez avec lui. Merci pour tout monsieur le Juge, et merci au Tribunal pour votre soutien.
Les deux hommes repartirent laissant le juge satisfait d'avoir mené cette affaire discrètement et rondement.

Pendant ce temps, la petite Lillian s'était vite endormie, bercée par le ronronnement de l'appareil. Emile, rongé par l'inquiétude pour son ami, espère que rien de fâcheux ne lui est arrivé.

Arrivés à Paris, Emile est toujours sans nouvelle d'Alex. Dans le taxi, l'enfant silencieuse est blottie contre lui, il essaye de joindre son ami mais personne ne répond. Il emmène donc Lillian chez Amélie, elle saura comment s'occuper de la fillette et lui devra faire un saut à son bureau avant d'être rappelé à l'ordre.

Amélie les attendait, elle prit la fillette dans ses bras et l'embrassa. Lillian ne dit rien mais observa les adultes comme l'environnement.
- Veux-tu un gâteau Lilian ? Tu n'as pas déjeuné, dit-elle en se frottant l'estomac.
La petite répondit en souriant :
- Miam !
Le gâteau éloigna toute mauvaise pensée de l'enfant qui fut conduite dans la chambre d'Astrid où elle découvrit les poupées et les doudous. Elle s'assit sur le lit et commença à jouer mettant deux poupées face à face.
- Elle devrait aller bien, que s'est-il passé ?

Le devoir en bandoulière

- Je n'en sais rien ! J'ai récupéré Lillian dans un bureau près du tarmac et je l'ai installée dans l'avion pendant qu'il allait voir s'il avait un comité d'accueil dans la salle d'arrivée. C'était pour nous laisser le temps de redécoller et de soustraire Lillian à son grand-père si notre arrivée était éventée. Il supposait que son beau-père achetait des informations auprès de ses salariés et redoutait que ses intentions de récupérer Lilian soient connues de ses adversaires. Depuis que nous nous sommes séparés, je n'arrive plus à le joindre. Il n'est pas perdu, il a mon téléphone et son homme de confiance aussi. Je suppose qu'il doit simplement en profiter pour arranger ses affaires, il a face à lui une bande d'escrocs et je croise les doigts pour qu'il soit bien entouré. Si tu en as le temps, vérifies les papiers qui m'ont été remis par son homme de loi. En principe, il y a le nouveau jugement et l'ordre de restitution d'une partie de l'argent détourné ainsi que les bijoux de famille. Ils devaient être rédigés en anglais et j'avoue ne pas avoir eu envie de mettre mon nez là-dedans.
- Parce que tu penses que moi j'ai envie de fouiller dans ces papiers ?
- Non mais en son absence, tu vas t'occuper de la puce et l'inscrire à l'école et je ne sais quoi, tu risques d'avoir à fournir des papiers d'identité. Il est responsable et ne te laissera pas tomber mais en cet instant, il ne répond pas donc puisque tu détiens les

Le devoir en bandoulière

papiers, tu t'occupes d'administrer Lillian en son absence. Je dois repartir au bureau car j'ai des dossiers en cours et cette promenade n'était pas prévue. Il faudrait que je me sauve ! Tu t'en sortiras ?
- Donc ce soir, pas de diner ?
- Je l'ignore mais sans nouvelle, on annule. Je te tiendrai au courant en fin d'après-midi.

Emile repart, il ignore s'il a réussi à tranquilliser sa sœur mais lui est franchement inquiet.

Amélie n'a plus envie de travailler. Elle a bien saisi l'inquiétude de son frère pour Alex derrière ses « tout va bien ». La puce se réveille de sa courte sieste et elles doivent aller chercher Astrid à l'école.
Lillian la rejoint la mine encore ensommeillée. Amélie l'emmène dans la salle de bain, la hisse sur le tabouret et brosse ses boucles.
- Tu es très jolie, nous allons chercher Astrid, ma petite fille.
L'enfant la regarde fronce les yeux et lui dit en anglais :
- Tu as une fille comme moi, Astrid. Elle va à l'école et oncle Emile a dit que j'irai aussi à l'école.

Une discussion s'engage, Amélie glisse des mots de français dans les phrases en anglais, vite repris par l'enfant qui saute du tabouret en déclarant :

Le devoir en bandoulière

- Fille Astrid école !

« Chouette, ce petit bout veut se faire comprendre. » Main dans la main, elles se rendent à l'école, rentrent dans le hall dans lequel les enfants sont appelés lorsqu'ils sont demandés.

Astrid arrive en sautillant et s'arrête devant Lillian.
- Salut Lillian, je suis Astrid. Elle lui saisit la main et se précipite vers une adulte qui surveille le groupe d'enfant d'un œil sévère.
- Maitresse Nicole, voilà mon amie Lilian, elle ne parle pas en français comme nous mais tu dois l'inscrire dans ma classe.

La directrice observe les filles et leur adresse un beau sourire.
- Mademoiselle Astrid, tu sais que c'est sa maman ou son papa qui doivent faire la démarche pas ta jeune amie.

Lilian surprend la directrice en attirant son attention sur elle :
- Moi, Lilian école Astrid.
- Maitresse, c'est maman qui va s'occuper de ça, son papa travaille loin.

Amélie interrompt sa fille, explique qu'elle a l'autorisation de garde par le père qui se trouve être un ami. Il a dû repartir pour ses affaires avant de

pouvoir s'occuper de l'inscription de Lilian en lui laissant la charge de l'enfant.
La directrice accepte que Lilian fréquente la classe mais exige que le père confirme l'inscription dès que possible.
- Lillian ne parle pas français mais elle s'exprime en anglais, cela pourra vous aider. Elle viendra demain avec Astrid et appelez-moi s'il y avait un souci mais ça ne devrait pas, elle est vive et bien éduquée.

Elles rentrèrent à la maison, les filles s'amusèrent à l'idée d'avoir à partager le lit d'Astrid puis ce fût l'heure du bain et du diner.
La soirée est vite passée.
La jeune femme se retrouva seule avec ses pensées qui s'envolèrent vers celui dont elle n'a pas de nouvelles. C'est tout de même très étrange de les laisser son frère et elle sans information.
Elle va se coucher tracassée, un long moment après.

Le lendemain à sept heures, elle fut réveillée pour la séance de « baisers-chatouilles » par les deux filles qui sautèrent sur le lit avant de se laisser tomber et de rebondir. Elles commencèrent le petit rituel à trois car Lilian participa activement, pas effarouchée du tout. Après maints éclats de rire, elles se calmèrent et se dirigèrent vers la cuisine car elles étaient affamées.

Le petit déjeuner avalé, elles allèrent se brosser les dents, se laver le visage et se dirigèrent vers la chambre pour s'habiller.

Amélie constata que Lillian n'avait pas de vêtements adaptés, il fait moins chaud à Paris que chez elle, aussi aujourd'hui, utilisera-t-elle les vêtements d'Astrid.

La petite ne dit rien, elle ne pensait qu'à aller jouer avec les enfants de l'école.

Le trio se dirigea gaiement vers l'école. Les filles furent prudentes et attendirent pour traverser.

- On va dire aux autres que tu es ma sœur mais que des méchants voleurs t'avaient emmenée loin lorsque tu étais un petit bébé. Tu es d'accord ?

Lillian qui n'a rien compris à cette proposition approuve, ce qui fait sourire Amélie qui a entendu.

- Tu sais que tu racontes des histoires Astrid ?
- Oui, mais c'est pour les autres, comme ça ils n'embêteront pas Lillian. Ou alors je dirai que c'est une princesse et son papa un prince et qu'ils ont plein de soldats pour les protéger.
- Oh encore mieux, et où sont les soldats ?
- Ben ils sont partis loin, faire la guerre avec le prince.
- Et tu ne peux pas te contenter de dire que c'est une amie qui vient d'arriver ?

Le devoir en bandoulière

- Ce n'est pas drôle maman !
- Non, mais c'est plus vrai.
- Pff... Tu ne comprends rien !

« Pan, j'ai à peine trente ans mais je suis déjà has been pour ma fille ! Dur ! »

Les filles arrivèrent devant l'accueil, embrassèrent Amélie et se précipitèrent dans la cour de récréation en se tenant par la main.
« Je vais aller faire le dossier maintenant, Alex n'aura qu'à le valider lorsqu'il reviendra »
Elle reprit le texte du jugement de garde et avala de travers lorsqu'elle s'aperçu qu'Alex est nommé « Prince de Montenie » et Lillian « Princesse ». Elle savait qu'Alex appartenait à une grande famille mais son frère ne lui avait pas tout dit. Bon qu'importe, ici la petite se nommera Lillian de Montenie sans plus de cérémonie. Elle arriva à trouver sa date de naissance et nota son adresse à défaut de celle de son père.

Lorsqu'elle rentra chez elle, un certain nombre d'éléments qui n'entraient pas dans les bonnes cases du puzzle Alex avaient pris leur place.
« Au fond, qu'il porte un titre ne le transforme pas, je comprends mieux qu'il soit emprunté devant les actes courants de la vie, d'autres devaient s'en

Le devoir en bandoulière

charger à sa place... Mais que fait-il ici, s'il a tout un peuple qui l'attend ?
« Il met sans doute sa fille à l'abri, dans un bienfaisant anonymat, il n'y a rien à reprocher à cela. »

Arrivée chez elle, elle appela Emile :
- As-tu du neuf ?
- Non pas encore et c'est inquiétant. Ta fille a fait sa rentrée ?
- Oui elle va bien et était contente de se faire des amis. Tiens-moi au courant.

Elle s'inquiète car manifestement, son frère se méfie des communications téléphoniques.

En fin de matinée, elle allait se faire un café quand Emile la rappela brièvement.
- Ne bouge pas. Je viens, dit-il en raccrochant.

Peu après, il est chez sa sœur et lui annonce que des opposants recrutés et endoctrinés par le père de Sofia avaient tenté de s'emparer d'Alex. Ils voulaient non seulement qu'il renonce à un trône qu'il n'avait jamais eu l'intention d'occuper puisque son pays est une république, pour le transférer à son ex-beau-père mais aussi qu'Alex lui fasse don de sa fortune, ce qu'il a refusé de faire, bien sûr, parce qu'elle provient de ressources non pas d'état mais

d'investissements privés hérités de ses parents. Le juge suprême qui lui est favorable aurait pris les choses en main. Tout ce petit monde aurait été interpelé mais lorsque qu'Alex a quitté le bureau du juge, il aurait été enlevé par quelques types vite rattrapés car ils étaient surveillés.
- Les opposants sont nombreux ?
- A priori non, c'est le beau-père qui menait la danse, il a fait beaucoup de mousse avec peu de choses, il a fait des promesses et a rameuté des pauvres types opposés à la démocratie ou au gouvernement actuel mais il serait en cellule alors on n'en sait pas plus. Pour plus de sécurité, va à la campagne quelques jours, le temps que tout cela décante ou mieux chez les parents où la maison sera plus sécurisée… Ne m'appelle pas, j'ignore si je suis sur écoute, autant être prudents.
- Papa et maman seront d'accord pour nous héberger ?
- Ils l'ont proposé.
- Je récupèrerai les filles à quatre heures, si tu peux le joindre, dis-lui que tout va bien, qu'il ne s'inquiète pas pour la petite et qu'il fasse attention à lui. Penses-tu que sa vie ressemblera toujours à ça ?
- Non, là c'est son beau-père qui a perdu la tête et veut être calife à la place du supposé calife. Alex est apprécié pour sa générosité et sa droiture et il a des soutiens, la situation ne devrait pas tarder à se

clarifier mais j'ignore ce que deviendra la famille de Sofia.
- Ok, sauve-toi avant que les grandes oreilles ne te retrouvent chez moi. J'irai directement où tu sais et il faudra me donner des news de temps en temps. Je vais m'inquiéter pour lui.

Elle travailla sur ses dossiers puis prépara quelques sacs qu'elle emporta dans sa voiture, descendit la poubelle et lorsque tout fut prêt, alla chercher les filles à l'école.
Les petites se tenant par la main sautillent jusqu'à la voiture en jacassant. Astrid est excitée et Lillian très souriante ne donne pas l'impression d'être à la traine.
- Maman, Lillian ne parle pas mais elle comprend tout et elle a fait tout bien, maitresse a dit qu'elle était une bonne recrue. C'est quoi recrue ?
- Une recrue c'est un nouvel arrivé et là comme elle a bien travaillé elle est une bonne recrue.
- Comment je vais expliquer ça à Lillian ?
- Je vais lui expliquer en anglais, elle comprendra peut-être ?
- Et pourquoi tu ne m'as pas appris l'anglais, j'aurais pu parler avec Lillian, là on joue tout le temps aux devinettes et pourquoi on ne va pas à la maison ? On va où, chez papi et mamie ?

Le devoir en bandoulière

- Oui nous y resterons tant que le papa de Lilian ne sera pas revenu, mais ce ne sera pas les vacances, je vous ferai l'école !
- Chouette, maman maîtresse, maman maîtresse, maman maîtresse.

L'espiègle petite fille est immédiatement suivie par Lilian qui reprend en chœur la phrase scandée avant de s'étouffer de rire.

Elle tapa le code et laissa le portail se refermer derrière elles.
Les fillettes descendirent en trombe de la voiture et coururent vers la maison pour stopper net devant la grand-mère qui les attendait les poings sur les hanches.
- Mais qui sont ces petites diablesses ?
- Mamie, c'est moi Astrid et là c'est ma sœur Lilian.
- Oh tu as une sœur et maman ne me l'avait pas dit ?
- C'est un secret… on a bien travaillé à l'école et maîtresse a dit que Lillian est une bonne recrue parce qu'elle savait tout. Moi, je veux parler en anglais comme elle.
- Reprends ton souffle et venez me faire un baiser, mes chéries.
- Pff… mamie a dit chérie, remarque la coquine à Lilian qui sourit.

Le devoir en bandoulière

- Papa aime Lillian, chérie, dit-elle en se montrant de l'index.
- Ton papa t'aime fort et il t'appelle chérie ?

La fillette rit en secouant la tête.

- Je vous ai fait un lit à l'étage en face de la chambre de maman. Où est le sac de Lilian ?
- Elle n'a pas d'habits pour le froid. Maman ira faire des courses en attendant que son papa revienne.
- Alors allons-y.

La grande maison n'a pas l'air d'impressionner la fillette, elle prend immédiatement ses repères, très à l'aise.

- On ne dirait pas qu'elle vient d'arriver, elle s'est adaptée immédiatement.
- Tant mieux, je la préfère ainsi à une petite fille intimidée ou grincheuse. Elle s'habitue bien.
- Son père ? murmure la grand-mère.

Amélie fait un signe de tête, montrant les fillettes.

- Emile pense qu'il va s'en sortir vite. Une sorte de putsch mené par le grand-père qui voulait s'approprier la fortune familiale de notre ami. D'après ton fils, ça risque de mal tourner pour lui et ses quelques sbires. J'espère que qui tu sais s'en sortira vite. Sa fille, privée de mère aura besoin de lui.
- Et que deviendra la mère ?

Le devoir en bandoulière

-       Je ne sais pas, manipulée par son père, devenue escroc et voleuse, accusée de gros détournements de fonds, elle risque la prison ou de ne pas faire de vieux os dans le paysage recomposé. Emile en saura davantage.

7

Deux jours passèrent, Amélie était occupée par son travail et les fillettes. De discuter toute la journée avec Astrid, sollicitée par les grands-parents au cours de jeux ou de promenades, Lilian progressait en langue française de manière fulgurante.

-       Cette enfant est surdouée, cela ne suffit pas de jouer et de s'exprimer, elle n'est en France que depuis quatre jours et arrive déjà à se faire comprendre sans difficultés. Son père devra la nourrir correctement de contenus constructifs. Je lui dirais si par hasard je le revoyais un jour. Elle est aussi très attachante. Comment peut-elle ne pas manquer à sa mère ?

-       Elles ne passaient pas de temps ensemble, c'est la nounou qui en avait la charge totale. Je ne suis pas certaine qu'Alex s'en soit beaucoup plus occupé, peut-être parce qu'il reproduisait le système dans lequel il avait vécu ou parce qu'il ignorait comment s'y prendre... Toutefois, il est demandeur et il s'est aperçu qu'il vivait sur une autre planète. Ah, mon téléphone sonne ! Allo ?

Un grésillement couvrait une voix d'homme puis tout à coup, la voix claire d'Alex se fit entendre.
- Allo, Amélie, est-ce que tout va bien ?
- Oui, tu ne dois avoir aucun souci, nous allons tous bien et sommes à la campagne. Et toi, quand penses-tu revenir à Paris ?
- Très vite, j'arrive au bout de mes soucis mais je tiens à tout régler de manière à être tranquille ensuite et pouvoir refermer ce chapitre de ma vie. Restez encore deux ou trois jours en sécurité et je donnerai le feu vert à ton frère. Je pense à vous, vous me manquez. Je t'embrasse.
- Fais attention à toi et essaye de revenir entier.
- A tes ordres madame, répond-il en riant.
- C'était qui tu sais, a priori il demande encore trois jours pour finir de boucler ses affaires et pour que nous puissions rentrer à Paris en toute sécurité. Il a été sibyllin, n'a rien dit d'éclairant comme s'il redoutait d'être écouté, bref nous en saurons davantage lorsqu'il sera revenu.

Marguerite hocha de la tête en signe d'assentiment. Les fillettes se couraient après en riant et débouchèrent en trombe, arrêtées net en voyant mamie les attendre les bras croisés.

Le devoir en bandoulière

- Mesdemoiselles, la maison n'est pas un stade vous devez vous déplacer en faisant attention à ne rien casser, en marchant élégamment sur vos deux jambes.
- Mamie, on marche sur nos pieds pas sur nos jambes.
- Tu as raison les pieds sont au bout des jambes.
- Mamie, pied là ? jambe là ?
- Oui ma chérie, tu as compris !
- Astrid, moi chérie mamie, pas toi !
- Moi aussi je suis la chérie de ma Mamie, méchante !
- Hep, hep, les filles je vous aime toutes les deux de la même façon, venez ici chercher un câlin.

Amélie lève les yeux au ciel en souriant.
- Oh, les graines de chipies !
- Amélie, mon papa ici ?
- Bientôt, il a appelé tout à l'heure il a dit encore deux ou trois jours et il pourra revenir. Il m'a demandé de t'embrasser.
- Alors bisous à moi ! déclare-t-elle en enserrant les cuisses d'Amélie qui répond en serrant l'enfant contre elle avant de l'embrasser.
- Elle est en manque.
- Un peu, je n'ai pourtant pas l'impression que les adultes étaient démonstratifs et tendres avec elle. Elle fait des découvertes.

Deux jours passèrent très vite. Les fillettes se sont bien amusées et la grand-mère a repris leur position à table, les a fait marcher sans courir un livre sur la tête pour leur faire sentir la bonne position debout, et elle leur a fait faire du français, trouver des synonymes, un jeu qui les a beaucoup amusées malgré leur jeune âge, sans oublier un concours de dessins et la confection de cookies. Des activités avec Mamie, susceptibles de rendre ce court séjour inoubliable pour les petites filles.

Lorsqu'il fallut se séparer pour retourner à l'école et à Paris, les fillettes étaient aussi tristes que la grand-mère. Marguerite serra les petites contre elle en leur faisant mille recommandations.

Une bonne heure après, elles se tenaient devant la porte de l'appartement qu'elles trouvèrent entr'ouverte, la serrure forcée.
Amélie a le cœur qui bat la chamade, elle redoute ce qu'elle va trouver chez elle et s'il y avait quelqu'un à l'intérieur ? Elle prit une photo et envoya un texto à son frère.
« Porte appartement forcée »

Les fillettes pénètrent en se bousculant pour s'arrêter net devant le saccage de l'appartement.
« Personne, Appartement vandalisé. J'appelle la police. »

Le devoir en bandoulière

« J'arrive ! »
- Maman pourquoi nos affaires sont toutes cassées ?
- Je ne sais pas ! parvient-elle à répondre. Amélie est partagée entre la peur et la tristesse devant l'étendue des dégâts, c'est d'une agression qu'il s'agit, car tout a été brisé avec méthode dans le but qu'il ne reste rien d'utilisable. Amélie ne sait qui elle a pu déranger et elle ignore pourquoi.
- Maman, mes doudous sont tous cassés. Tommy n'a plus de tête, les autres ont les bras ou les jambes arrachés.

A ces mots, elle se sent craquer et ne peut plus retenir ses larmes. Qu'a-t-elle fait pour mériter cela ? Pour que ce type s'en prenne aux jouets de sa fille, faut-il qu'il soit plein de haine !

Elle a dû rester prostrée un moment car elle sent qu'on la prend par l'épaule. C'est Emile qui est arrivé.
- L'enfoiré, tout est détruit ! déclare-t-il stupéfait par les ravages. Où sont les filles ?
- Dans leur chambre, tous les doudous sont décapités ou démembrés. C'est dingue, tout est cassé, la vaisselle, les cadres, les jouets tout, quel déchainement de violence ! Qui et pourquoi ? Je ne suis pas sûre qu'il reste un appareil en état de marche ni de pouvoir garder quelque chose. J'ai pris des photos pour l'assurance.

La police arriva et lui posa une quantité de questions, qui toutes l'amenèrent à penser qu'elle avait volontairement saccagé son appartement pour obtenir de l'argent de l'assurance, quand les filles arrivèrent en pleurant.
- Maman pourquoi le monsieur à déchiré mes doudous, ils sont tous cassés et le matelas de mon lit aussi.

Les policiers suivirent Astrid dans la chambre et elle expliqua en montrant les doudous le ventre ouvert et désarticulés, qu'elles avaient tout trouvé comme ça en revenant de chez Mamie.
- Pourquoi as-tu dis le monsieur en parlant de ce cambrioleur ? demanda le policier à Astrid.
- Ben parce qu'il y a des cigarettes par terre, nous on ne fume pas, c'est mauvais pour la santé et ce sont les messieurs qui fument. Affirme-telle en montrant les deux mégots sur le sol.

Les policiers prennent des photos et ramassent les mégots avec un sac plastique.
- Vous connaissez quelqu'un qui fume ? Des amis de ta maman ?
- Non, oncle Emile ne fume pas, papi et mamie non plus et le papa de Lilian est parti pour son travail et mon papa est parti à Tahiti, là où les danseuses remuent leur ventre comme ça.

Le devoir en bandoulière

Et elle fait une ébauche de tamouré, provoquant le franc sourire des adultes présents à la démonstration.
- C'est difficile tu sais, parce qu'il faut dessiner un huit avec les os à côté du ventre.
- Tu t'en sors bien petite ! Donc vous ne connaissez personne qui fume.
- Tu dois apprendre à moi, ça, déclare Lilian.

Les deux hommes laissent les deux fillettes essayer de bouger leur ventre en riant le sourire aux lèvres. Ils quittèrent la chambre, perplexes, pour retrouver Amélie effondrée dans ce qu'il reste de son salon.
- Nous avons l'impression que la ou les personnes cherchaient quelque chose, puisque les doudous ont été éventrés comme les coussins et les matelas.
- Je n'ai vraiment rien à cacher, je gagne bien ma vie mais je ne possédais rien de superflu parce que j'ai des traites à honorer pour une maisonnette à la campagne. Je ne comprends pas. Ce ou ces personnes se seraient-elles trompées d'appartement ?
- Ce serait surprenant et vous ne pouvez pas rester dormir ici, déclara Emile.
- Tu pourrais nous héberger ?
- Oui, nous camperons en attendant de trouver mieux et je serai plus tranquille. A cause de l'école, tu ne pourras pas retourner chez les parents.

Le devoir en bandoulière

- N'exagérons rien, elles sont en maternelle et je devrais pouvoir m'arranger avec la directrice. Comme il n'y a plus rien à voler ou à casser, je crois que je ne dois pas m'inquiéter de savoir que la porte ne ferme pas.
- Tes bijoux...
- Du fait qu'ils sont moins volumineux que les bijoux de la couronne, je les mets dans mon sac lorsque je me déplace. Ceux que je laisse ici n'ont aucune valeur mais tu as raison je vais les récupérer.

Elle va dans sa chambre ouvre sa boite pour constater qu'elle a été fouillée et que ses quelques bijoux fantaisie ont été volontairement brisés. Les larmes de colère montent à ses yeux. Que lui veut-on ou que lui reproche-t-on ?

Ecœurée, elle va le signaler aux deux policiers qui sont encore là à échanger avec Emile.

- Auriez-vous froissé une femme en lui empruntant son petit ami ou en lui piquant son travail ? demande l'un d'eux. Je trouve que certains actes comme celui-ci ou l'éventration des doudous sentent la femme qui cherche à blesser l'autre dans ce qu'elle a d'intime, les enfants, les bijoux. Il y a quelque chose de personnel dans ce vandalisme.
- Je ne comprends pas. Je suis divorcée pratiquement depuis la naissance de ma fille et je suis seule à l'éduquer depuis que mon ex-époux est

parti sous les cocotiers, ce qui est récent car je n'en ai été avisée que la semaine dernière et n'ai pas encore eu le courage de l'annoncer à Astrid encore que comme elle a parlé du tamouré tout à l'heure, peut-être avait-elle été prévenue avant moi. Je travaille beaucoup et n'ai pas le temps d'avoir un petit ami encore moins un amant. Je sors quelquefois avec mon frère quand nos parents peuvent garder ma fille, parfois je déjeune avec des amis mais le soir, c'est ma fille qui m'occupe et depuis quelques jours j'ai deux enfants à charge pour rendre service à un ami de mon frère. Je ne peux donc froisser aucune femme par manque de temps. Je conçois que casser les bijoux d'une femme puisse ressembler à un geste de rancune féminine mais vraiment, je ne connais personne qui puisse avoir quelque chose à me reprocher.

- Bien, emportez ce que vous pouvez et partez en tirant la porte, je crains que vous ne puissiez pas récupérer grand-chose de tous ces débris.

Peu après, elle avait trouvé quelques vêtements et des chaussures qui avaient échappé au couteau ou aux ciseaux, deux paires de draps, deux serviettes de toilettes. Rien de bien important mais de quoi pouvoir redémarrer ailleurs. Elle abandonnait l'appartement et ses quelques possessions réduites à des déchets ou à de la charpie pour aller chez son frère.

- Je suis embarrassée de venir chez toi. Demain je demanderai à mon ami s'il a quelque chose à me proposer en meublé. Mon souci c'est le double loyer et les réparations de l'appartement avant de pouvoir le rendre au propriétaire.
- Pas grave, je vais demander à Alex s'il peut m'héberger le temps que tu trouves une solution. Il n'a pas l'habitude de vivre seul et je sais qu'il déteste ça. Il acceptera volontiers.
- Cette histoire m'agace et m'inquiète. Le policier parlait d'une femme, j'avoue que la nature des dégradations m'a troublée mais qui ai-je pu déranger et en faisant quoi ? La seule femme qui pourrait me chercher noise, serait l'ex d'Alex mais à part lui avoir donné mon avis, j'ignore tout de cette fille, la seconde serait Sofia parce que je m'occupe de sa fille mais j'imagine qu'elle a d'autres chats à fouetter en ce moment et elle ne doit pas être en France.
- Non mais elle a de l'argent et elle pourrait avoir acheté les services de quelqu'un. Je suppose qu'avec internet ou des contacts dans la diaspora, cela doit se trouver. Tu n'avais pas d'alarme, donc pas de film à exploiter. Je crains que tu ne connaisses jamais le fin mot de cette histoire. On arrive chez moi, laisse tes affaires, je vais m'en charger et occupe-toi des puces. Peut-être leur faudrait-il un doudou ou deux pour remplacer les

autres ? Je devrais pouvoir leur offrir ça. Je te propose d'aller à l'hyper marché, de faire trois courses et de diner sur place. Je n'ai rien pour le petit déjeuner des filles. Secoue-toi Amélie, tu es complètement amorphe ! Dit-il sur un ton agacé.

- Rigole, je suis sous le choc de me dire que tout ce que je possède maintenant est contenu dans ton coffre. Je sais qu'il ne faut pas s'attacher aux biens terrestres mais tout de même, j'avais des trucs que j'aimais bien auxquels étaient rattachés des souvenirs. Cette histoire me trouble et m'attriste et je suis en colère !

- Et l'autre gagnerait si tu te laissais aller à la morosité, son but serait atteint. Le policier a raison, je pense aussi que c'est une femme qui a fait le coup ou a donné des ordres précis, un homme se ficherait de tous ces détails sentimentaux. Je demanderai à Alex s'il sait où sont ses femmes. Sofia est certainement sous la loupe des autorités mais sa copine Lio a peut-être eu des envies de vengeance, mais comment a-t-elle pu te retrouver ?

- Il m'a appelé lorsque j'étais chez les parents pour me demander d'attendre encore trois jours avant de rentrer.

- Mince pour remonter à ton numéro de téléphone et de là à tes renseignements personnels, il faut qu'ils aient du matériel et de l'argent. Je ne pense pas que Lio soit très argentée mais Sofia ne manque pas de moyens. Je l'appellerai du bureau où j'ai un appareil difficile à tracer. Il faut les arrêter. Partons maintenant.

Amélie se laisse emmener par le bras, après la poussée d'adrénaline et le choc, elle se sent fatiguée, incapable de faire plus que se laisser guider.

Elle ferma les yeux, la tête appuyée contre le fauteuil de la voiture et essaya de faire le vide, sans succès. Elle entendit les filles derrière, le timbre de leur voix n'est pas aussi enjoué que d'habitude. La maltraitance subie par les doudous bien aimés et la mauvaise intention qui présidait à l'acte ne leur avaient pas échappé malgré leur jeune âge et troublaient les fillettes.

Emile se gara sur le parking d'un hypermarché.
- Les filles, nous allons faire des courses et vous choisirez deux doudous chacune pour remplacer ceux que vous avez perdus, mais je veux que vous soyez sages et que vous ne courriez pas dans le magasin. D'accord ?

Ils récupérèrent un chariot et allèrent dans le magasin. Emile s'aperçut qu'il n'était pas facile de faire les courses avec deux petits enfants attirés par les jeux, les doudous et les livres, alors qu'Amélie cherchait des vêtements et lui aspirait à en finir alors qu'ils n'avaient pas commencé à choisir quelques victuailles pour le petit déjeuner et les repas du lendemain.

« C'est dans une situation comme celle-là que je peux affirmer être enchanté d'être un homme. Je peux échapper la plupart du temps à ce genre de corvée ! » pense-t-il sans toutefois oser partager sa réflexion avec sa sœur.

Une fois le contenu du caddie déposé dans la voiture, ils se dirigèrent vers une pizzeria à la grande joie des deux fillettes qui ont tout de suite repéré l'aire de jeu dédiée aux enfants.

- C'est dingue, tout est un jeu à cet âge. Elles n'ont peur de rien et s'amusent de tout.
- Heureusement ! Cependant elles ont été inquiétée par la destruction de leurs jouets et de leurs livres, même si elles ont fait comme si tout allait bien. Je pense que cette inquiétude va ressortir par un cauchemar ou un pipi au lit où une autre manifestation désagréable pour moi, mais ce n'est pas possible que ce traumatisme ne laisse pas de trace.
- Je n'ai pas pu joindre Alex mais j'ai laissé un message. Il rappellera dès qu'il pourra.
- En inscrivant Lilian, j'ai lu le document qu'il nous avait laissé. Savais-tu qu'il est Prince et Lilian Princesse de Montenie ?

Le devoir en bandoulière

- Tu ne savais pas ? La famille a été chassée après la guerre en 45 et la monarchie a été transformée en république démocratique. Alex était le seul enfant du couple régnant, né sur le tard en exil. A la mort de son père il a obtenu l'autorisation de revenir au Montenie à condition de ne pas chercher à régner et le Conseil des ministres lui a proposé de s'occuper des Affaires Etrangères notamment dans les pays Européens dont il parle les principales langues. Il aime bien cette mission, il a le sentiment de servir son pays et le fait bénévolement. Il s'occupe également des finances de sa famille et ne manque pas de travail. L'envers de ce décor plein de paillettes est qu'il attire les filles à la recherche d'une vie oisive à l'abri du besoin et provoque l'envie de certains, comme son ex-beau-père qui voulait qu'il lui transmette son titre de prince et toute sa fortune avec laquelle il espérait fomenter un coup d'état pour rétablir la monarchie avec lui comme roi. Le fait que cela n'était pas du ressort d'Alex mais ne résulterait que d'une révolution et d'une adaptation de la constitution ne l'intéressait pas plus que de savoir que porter ce titre ne lui conférerait aucun pouvoir, il est devenu fou de frustration de se voir opposer une fin de non-recevoir.
Dis donc Amélie, où sont les filles ? Je ne les vois plus !

Le devoir en bandoulière

- Elles étaient là, je les ai vues il y a un instant, déclare Amélie en se levant précipitamment.

Ils les cherchèrent sans succès dans le restaurant ouvert sur une terrasse donnant sur un parking.

Après quelques minutes de recherches affolées, derrière un véhicule, ils trouvèrent Lilian couchée par terre, en partie sous la voiture.
- Ma chérie, où est Astrid ?
- Monsieur parti.

Puis, en anglais, elle expliqua qu'Astrid avait lâché sa main en criant « Cache toi et va voir maman » et l'homme l'aurait emportée dans une voiture noire.

Emile appela la police pendant qu'Amélie et Lilian se serraient effrayées, l'une contre l'autre. Amélie entendit son frère dire à son interlocuteur :
- Nous devions être suivis. Je les emmène chez mes parents, leur maison est sécurisée.

8

Plusieurs heures après, Amélie est effondrée sur le canapé du salon de ses parents, elle tient Lilian qui se presse contre elle. Amélie ne peut pas déterminer si l'enfant agit ainsi par peur ou par compassion.

Peu après leur arrivée, les officiers de police arrivèrent chez les parents d'Amélie et d'Emile et trouvèrent la jeune femme livide. De grosses larmes silencieuses coulaient de ses yeux et elle arborait un masque tragique, tout en serrant contre elle Lilian qui semblait très inquiète.

Emile expliqua que Lilian est la fille d'un ami gardée par sa sœur alors qu'il était en déplacement professionnel. Les deux fillettes s'entendaient bien et étaient complices malgré la barrière de la langue.
-       Pouvez-vous demander à la petite fille de répéter ce qu'il s'est passé après qu'elles vous ont quitté pour aller jouer ?

Le devoir en bandoulière

La police l'a écoutée s'exprimer en anglais puis l'a interrogée. Elle n'avait jamais vu l'homme qui avait pris la main d'Astrid pour qu'elle courre et a assuré qu'il était âgé et s'exprimait en français.
- Je parle un peu, je sais l'homme français et papi, dit-elle en allant toucher les rides et les cheveux blancs de papi qui saisit sa main pour l'embrasser.

La police déconcertée par le portrait a également demandé le numéro de téléphone du père d'Astrid afin de vérifier qu'il se trouve bien à Tahiti comme il l'avait annoncé et qu'il ne s'agisse pas d'une manœuvre pour récupérer sa fille. Ils rencontrent également des difficultés à faire le lien avec le saccage de son appartement et annoncent qu'ils vont creuser dans la vie d'Amélie et de son ex-mari. Amélie est sûre que le père d'Astrid n'a pas envie de l'avoir à charge et qu'il ne veut pas s'occuper d'Astrid à temps plein mais les policiers n'en démordent pas. En revanche, elle ne dit pas un mot de la situation compliquée dans laquelle se trouve le père de Lilian et attend le retour d'Alex avec impatience.

Une alerte enlèvement fût donc diffusée partout sur le territoire avec la photo d'Astrid. Les ravisseurs ne peuvent plus ignorer que s'ils voulaient Lilian, ils sont partis avec son amie.

La nuit passa, angoissante, Emile pas plus que sa sœur ne réussit à dormir. Amélie est au-delà du

chagrin, elle ne sent plus rien et ne comprend pas qui peut autant la détester pour lui enlever sa petite fille et que peut-elle subir en ces instants.
Elle trouva Emile seul, attablé devant un café, la mine soucieuse.
Elle lui avoua qu'après avoir réfléchi, ses ennuis ont commencé avec la rencontre d'Alex et si c'était lui qui était visé et si le ravisseur s'était trompé d'enfant ?
- L'alerte Amber a été lancée avec le nom d'Astrid. Il doit savoir maintenant qu'il s'est trompé s'il y a eu une erreur. Je ne peux pas imaginer que les événements ne bougent pas.
- Tu penses qu'il pourrait lui faire du mal ?
- Non, Astrid est très jeune et il recherche certainement de l'argent, une rançon, un avantage quelconque. Je vais essayer de joindre Alex pour lui expliquer ce qui se passe. Va prendre une douche et essaye de te détendre, tu dois faire bonne figure pour ne pas affoler les parents plus qu'ils le sont et Lilian qui ne comprend pas tout dans le détail mais sait que son amie a été emmenée par un méchant homme.

Plus tard, alors qu'Amélie s'occupait de Lilian en lui apprenant le nom des meubles de la salle à manger et des couverts disposés sur la table, Emile expliquait à Alex les difficultés auxquelles ils avaient à faire face. Alex est tracassé, son beau-père est en état d'arrestation et Sofia, sous bracelet électronique fait l'objet d'une expertise de ses biens afin de

repérer les dates et le montant total exact des détournements. De chez elle, elle peut toutefois sans difficulté mandater une ou plusieurs personnes chargées de porter préjudice à Amélie si elle a été identifiée comme une amie proche.
- Je m'en occupe et je te rappellerai. Embrasse Amélie, je pense à elle qui souffre par ma faute. Puis il raccrocha sans laisser à Emile le temps de répondre.

Alex est furieux, il appela le juge pour lui expliquer l'enlèvement d'Astrid certainement parce que le kidnappeur s'est trompé de fillette, amies, blondes et du même âge toutes les deux.

Avec le juge, ils se rendirent chez Sofia qui les prit de haut. Ironique, elle se moqua ouvertement de l'inquiétude qu'Alex manifeste pour une étrangère. Le juge lui promit que la peine exemplaire qu'elle risque de se voir infliger pourrait être adoucie si elle rappelait ses chiens.
- Je veux qu'Alex me laisse le bénéfice de son argent, je veux conserver mon train de vie de princesse.
- Sofia, ce ne sera pas possible, dit le juge. Vous êtes déchue de tous les titres qui vous avaient été attribués depuis le divorce et cet argent, vous avez commencé à le détourner dès le jour de votre

mariage. A croire qu'avec votre père, vous aviez tout anticipé.

- Ah, ah, il vous en a fallu du temps pour comprendre, Alex n'est pas aussi intelligent que vous le pensez, il n'avait rien vu ! J'ai dû supporter un fiancé et un mari pendant plus de dix ans avant de voir enfin aboutir le plan de mon père. Maintenant, je ne lâcherai pas facilement ce que j'ai gagné jour après jour pendant tant d'années.

- Vous ne ferez rien de cet argent en prison, or c'est ce qui vous guette. Votre père y croupit déjà et vous n'ignorez pas que nos pénitenciers n'ont rien de confortable.

- Et après ce discours vous voulez négocier ? Ce sera l'argent contre cette gamine. Alex a pris ma fille, j'ai pris celle de sa maitresse.

- Amélie n'est pas ma maitresse, où as-tu vu cela ? Amélie est la sœur de mon meilleur ami et je ne l'ai rencontrée que récemment parce qu'elle m'a aidé à trouver un logement.

- Je m'en moque, si elle n'est pas ta maitresse elle le deviendra, tu ne sais pas résister à la tentation. Comme j'étais lassée de tes envies, j'avais fait un pari avec Lio et elle a gagné à mon grand dépit, tu n'as pas su résister à ses avances et j'ai perdu de l'argent. Monsieur le Juge, comment pouvez-vous faire confiance à ce genre d'homme ? Je devais me protéger.

Le devoir en bandoulière

- Sofia si c'est votre dernier mot, vous allez rejoindre la prison des femmes et vous resterez à l'isolement jusqu'au procès. J'appelle les gardes pour qu'ils viennent vous chercher. En plus du vol évident, vous êtes reconnue coupable du rapt d'un enfant. Vous serez condamnée à la prison à perpétuité. Alex, sortons.
- Un instant monsieur le juge, Sofia aurais-tu commandité le saccage de l'appartement d'Amélie, la jeune femme a qui j'ai confié Lilian pour quelques jours ?
- Elle a aimé ? La femme que j'ai payé m'a dit s'être bien amusée à tout fracasser.

Peu de temps après ce dernier aveu, vociférante Sofia, était emmenée, menottée. Le juge est très déçu par la sottise et l'absence de remord de Sofia, il avait voulu lui faire peur pour la faire céder et arriver à une négociation raisonnable, il avait perdu mais elle n'a pas gagné, car elle a perdu sa liberté.

« Pff... nous savons maintenant qui était le commanditaire mais nous ignorons qui a œuvré en France. Il fallait que ces hommes soient payés, peut-être pouvons-nous suivre la piste de l'argent ? » se demande Alex.

Avec le juge qui le suit dans ses démarches, les comptables mobilisés cherchent et en fin de nuit, ils finissent par trouver un virement de cent mille euros, dirigé vers un compte récemment ouvert au Luxembourg. A ce compte sont associés un nom et une adresse à Paris.

Dès huit heures, Emile est appelé. Il faudrait qu'il aille avec les inspecteurs de police à l'adresse qui lui est communiquée car l'homme a été payé par Sofia, certainement pour enlever Lilian mais il s'est trompé d'enfant.

Amélie confie Lilian à ses parents et veut absolument être présente pour la délivrance d'Astrid. Le frère et la sœur sont pleins d'espoir de voir enfin le bout de ce tunnel d'angoisse. Ils sont silencieux, les visages sont marqués par l'insomnie mais ils sont plus détendus. Presque arrivés à l'adresse indiquée, le téléphone d'Amélie sonne. C'est l'école qui informe la jeune femme que sa fille avait été déposée devant l'école et que la petite fille qui a l'air de bien se porter, avait demandé que sa maman soit prévenue.

Emile opère un rapide demi-tour et prévient la police qu'un homme avait déposé ce matin Astrid à l'école et que peut-être il n'y aura personne à l'appartement. Les inspecteurs vont visiter l'appartement en quête d'indices de la présence de l'enfant et se rendront ensuite chez les grands-parents pour tenter d'interroger Astrid.

Le devoir en bandoulière

- Pendant que tu iras chercher Astrid, Je préviendrai Alex que ses équipes ont été terriblement efficaces.

Devant l'école, Amélie sonne et s'annonce. Le portail s'ouvre, elle avance vers le bureau très émue, elle va retrouver sa fille, quel bonheur après ces jours d'angoisse !
La directrice ouvre la porte avec un grand sourire.
- Bonjour madame, Astrid nous a vaguement expliqué qu'elle avait été enlevée et que l'homme a eu peur lorsqu'il a vu son visage à la télévision. Elle va bien et a voulu aller en classe mais s'étonnait que son amie Lilian ne soit pas là.
- Nous avons préféré mettre Lilian à l'abri, le temps de retrouver Astrid mais nous étions très inquiets car nous ignorions pourquoi elle avait été kidnappée et peut être n'aurons-nous pas de réponse. La police voudra l'interroger dans la journée pour savoir ce qu'elle a vécu et un pédiatre viendra l'examiner. Je vais donc vous l'emmener et si tout est bon et que la police nous donne le feu vert, vous reverrez les filles bientôt.

Ensemble, les deux femmes se dirigèrent vers la classe de maternelle. Les enfants sont en train de colorier des chiffres et des lettres. Lorsqu'elles rentrent dans la classe, Astrid lâche ses crayons et se précipite vers sa mère dès qu'elle l'aperçoit.

Le devoir en bandoulière

- Maman, tu m'as manqué mais le monsieur était gentil et il m'a dit ce matin « je regrette, petite ».

Soulevée par sa maman, elle entoure la taille de sa mère avec ses jambes et cache son visage dans son cou. Amélie a les yeux brillants. Elle dit à l'institutrice que les filles reviendront bientôt et part rejoindre Emile qui l'attend sur le parking, sa fille toujours accrochée à elle.
- J'ai eu Alex. Il rentrera demain et il est satisfait de la façon dont cette affaire s'est terminée. C'est Sofia qui avait tout orchestré pour se venger de la perte de l'argent et de sa position sociale. Elle lui aurait aussi déclaré devant témoin, que leur rencontre avait été provoquée, qu'elle ne l'avait jamais aimé et se fichait de sa « morveuse » qui n'avait été pour elle qu'un levier pour obtenir plus d'argent et la gestion des biens transmis à l'enfant à sa naissance.
Je crois que l'ego d'Alex en a pris un coup, d'autant plus que sa liaison avec Lio était aussi le résultat d'un pari entre Sofia et Lio et Sofia a perdu puisqu'Alex a vite succombé aux charmes de la prétendue amie. Je pense que Sofia est au moins aussi dérangée que son père. Bref ils sont emprisonnés tous les deux et le juge suivra les conclusions de cette affaire de près car en plus du détournement de l'argent et de la mise à sac de ton appartement dont elle a reconnu la responsabilité, elle est accusé du rapt d'Astrid qu'elle

Le devoir en bandoulière

a admis avoir ordonné pour faire céder Alex. En fait, le kidnappeur s'est trompé d'enfant, c'était Lilian qui était visée. Je crains que le reste de la vie de Sofia soit triste, enfermée dans sa geôle...
A propos, il t'embrasse, murmure-t-il après un silence.
- Bon tout s'arrange, je recommence à respirer !

Chez les parents, les deux filles tombent dans les bras l'une de l'autre.
- Moi beaucoup peur ! Toi va bien ?
- Oui je vais bien, viens je vais te raconter. Maman, le monsieur m'a donné un nouveau doudou pour que je ne pleure pas. C'est un nounours masqué, comme ça on ne sait pas qui il est. Déclare-t-elle en riant.
Puis les filles s'éloignent en sautillant.

- J'ai comme l'impression qu'elle gardera plutôt un bon souvenir de son aventure, murmure Marguerite en essuyant ses yeux. Elles sont si beaux ensembles.
- Amélie et les filles, resteront ici ce soir, je vais rentrer parce que j'ai du travail. Repose-toi et profite des filles. Il est possible que les officiers de police viennent cet après-midi interroger Astrid.

Amélie acquiesce, ne dit rien mais admet subir le contrecoup de ces jours d'angoisse. Elle est fatiguée et les larmes envahissent ses yeux.

- Ma chérie, va te reposer et essaye de dormir un moment. Avec papa, nous veillerons sur les filles et elles auront besoin que tu sois en forme. Tu nous raconteras les détails lorsque tu seras plus détendue mais dis-toi que c'est terminé.

Amélie hoche de la tête et s'éloigne vers l'escalier.

Elle se réveilla reposée à quatorze heures. Elle prit une douche et elle rejoignit sa mère qu'elle entendait parler dans le salon. Les deux fillettes se précipitèrent vers elle lorsqu'elles l'aperçurent et les deux policiers se levèrent pour la saluer.
- Nous venons d'arriver, c'est bien que nous n'ayons pas besoin de vous déranger. Nous allons faire un point avec Astrid si vous voulez bien.

Elle approuva de la tête, les deux filles s'assirent à ses pieds comme lorsqu'elle leur lit une histoire.

- Astrid, peux-tu nous dire pourquoi vous êtes sorties dehors au lieu de jouer dans le bac à boules du restaurant ?
- Dans le bac, il y avait une petite porte qui s'est ouverte, on a voulu la refermer pour que les boules ne coulent pas dehors. Il fallait sortir pour pousser la porte, alors on est passé par la petite porte en nous tortillant, on a fermé la porte et on allait revenir dans le restaurant quand le monsieur m'a attrapé le bras et m'a tiré. Il marchait vite. Sur le parking, j'ai lâché

Le devoir en bandoulière

la main de Lilian et je lui ai dit de se cacher. Le monsieur lui a crié de faire attention aux voitures et il m'a attaché dans sa voiture avec la ceinture et on est partis. Il m'a demandé de ne pas avoir peur, il a une petite fille qui est très malade et elle pleure beaucoup. Il a dit des choses que je n'ai pas comprises, il parlait de l'argent pour payer l'opération et il pleurait, je ne savais pas qu'un papi pouvait pleurer. Maman, j'ai vu les larmes du monsieur et je ne pouvais pas le consoler en lui donnant un bisou câlin. Quand on a été à sa maison, il m'a donné un doudou, tu veux le voir ? Il est dans le sac. J'ai mangé avec lui, il avait un tablier autour de son pantalon. Il a préparé des légumes et des pâtes. Il m'a dit que pour bien grandir il fallait manger cinq légumes, pourquoi cinq ? Tu savais ça maman ? Le soir, j'ai dormi dans un grand lit, il m'a fait un bisou en disant que je devais faire de jolis rêves. Et il a allumé la télévision et ce matin après le petit déjeuner il m'a dit « Excuse-moi, je me suis trompé, tu vas aller à l'école et tu retrouveras ta maman ». J'étais contente de revenir à la maison et il m'a fait un bisou sur le front avant de me laisser. C'était un gentil papi triste.

- C'est tout ? Il ne t'a pas fait mal ? Il ne t'a pas touché, le dos ou les fesses ? insiste le policier.

- Non et puis je sais aller au cabinet toute seule, je suis plus un bébé. On a parlé de sa petite fille qui est malade, elle est très gentille et s'appelle Marie. On pourrait aller voir Marie ? Elle s'ennuie beaucoup dans son lit à l'hôpital.

- Et chez ce monsieur, tu n'as vu personne d'autre ? Il n'a pas reçu de visite ?
- Non. Il m'a parlé de ses animaux qui sont plus gentils que les humains. Il a un chien et un chat et un mouton qu'il a nourri au biberon parce que la maman mouton ne voulait pas s'occuper de son petit bébé. Le bébé s'appelle agneau, il a grandi et il l'appelle le matin quand il a faim et le suit partout quand il va se promener. C'est un voisin qui le garde. C'est drôle ça. Je pourrais avoir un mouton maman ?
- Il serait malheureux en ville, ma chérie, ce monsieur doit vivre à la campagne pour que le mouton mange l'herbe des prés.
- Ah, il ne m'a pas dit.
- Donc tu n'as pas eu peur, le monsieur ne t'a pas fait de mal, tu étais bien avec lui ?
- Oui, je t'ai déjà dit qu'il est gentil mais je préfère être avec ma maman, Lilian, oncle Emile, papi et mamie.
- Bien nous allons vous laisser, bravo Astrid tu as été courageuse.

9

Les deux policiers repartis, les filles reprirent leurs jeux. Amélie est infiniment soulagée par le compte-rendu de sa fille. Elle comprend que ce brave homme a sans doute été payé pour enlever Astrid mais que son geste était guidé par le besoin de faire soigner sa petite fille. C'était un geste de désespoir et lorsqu'il s'est aperçu qu'elle était recherchée, il l'a ramenée à l'école probablement bourrelé de remords.

« Le manque d'argent doit être terrible pour ceux qui ont besoin de soins et une couverture médicale insuffisante. » Elle remercie le ciel que sa fille soit en forme, et n'aie besoin de rien de particulier.

Plus tard dans l'après-midi, Emile arriva accompagné par Alex.

Les filles se précipitèrent vers les deux hommes et se jetèrent sur eux, Lilian avec un infime temps d'hésitation imita Astrid et enserra les cuisses de son

père, tout souriant. Il la prit dans ses bras et l'embrassa.
- Tu vas bien ? demanda-t-il en anglais.
- Je parle français, un peu, j'apprends. Maitresse école dit moi bien, bonne recrue. Tu comprends mon français ?
- Tu as un bon professeur et tu as fait beaucoup de progrès. Bravo ma chérie !
- Astrid tu vois, moi chérie papa, mamie, papi et maman.
- Et nian nian, moi je suis aussi la chérie d'oncle Emile.
- Oncle Emile moi chérie aussi.
- Les puces, on dirait deux pestes qui se chamaillent. Nous vous aimons toutes les deux de la même façon. Vous ne devez pas être jalouses.
- Papa aime Astrid ?
- Oui j'aime ton amie aussi. Elle est gentille avec toi et c'est une petite fille courageuse. Viens m'embrasser Astrid, je sais que tu as vécu des aventures ces derniers jours.

Les filles repartirent en sautillant sous l'œil attendri des adultes.
- Tout se passe bien entre elles ?
- Oui, elles sont un peu rivales dans l'affection des adultes mais elles apprennent à partager et cela leur fait beaucoup de bien.

Le devoir en bandoulière

- Et à l'école, tout semble bien se passer. Il faudra rapidement aller confirmer l'inscription de Lilian et te présenter.
- Nous pourrions y aller ensemble si tu as un moment à m'accorder. Je voudrais que tu m'excuses pour tous les désagréments que j'ai pu provoquer.
- D'après ce que j'ai compris, tu n'étais pour rien dans tout ce qui est arrivé, tu étais victime toi aussi, d'une autre façon mais on a cherché à profiter de toi. Aussi oublie ! Tu es papa d'une petite fille formidable, c'est la seule chose qui compte.
- Merci pour ta mansuétude.
- Maman, si tu nous proposais de rester diner, nous accepterions avec joie ton invitation, déclara Emile.
- Votre arrivée tombe bien les garçons, j'ai rempli le frigo ce matin. Quel heureux hasard !

Les trois jeunes éclatèrent de rire.

- Il commence à faire frais, papa avait préparé un feu dans la cheminée du salon, si l'un de vous avait un briquet, vous pourriez allumer la flambée.

Joyeusement, ils se dirigèrent vers la maison.

Après le diner, les filles sont allées se coucher et les adultes entre eux, peuvent évoquer les derniers jours. Alex s'excuse, gêné il reconnait avoir en partie provoqué la situation par son attitude.

- J'ai pris conscience que je devais être détestable. J'étais fils unique, j'ai toujours été servi et jamais personne ne s'était opposé à ma volonté ou à mes demandes. En grandissant, je pensais que mon entourage m'était acquis simplement parce que j'étais le prince et que rien ne m'était jamais refusé. L'idée que mes employés puissent œuvrer contre moi ne m'avait jamais effleuré l'esprit et que dire de ma stupéfaction lorsque j'ai appris combien Sofia et Lio me mésestimaient et ne m'avaient fréquenté que pour tirer un maximum d'avantages de ces relations, sans vergogne et sans remord. Il était grand temps que je grandisse mais l'épreuve a été rude pour mon égo !
- Je suppose que c'est le lot de bon nombre d'enfants éduqués dans l'opulence qui ne se sont jamais heurtés au refus malgré l'extravagance de leurs demandes… Je suis encline à penser que les enfants grandissent mieux avec des injonctions « fais ceci, ne fais pas cela » et avec le « non » qui pose des limites.

Le refus est certes frustrant mais il donne de la valeur à ce qui est désiré, qu'il faut d'une certaine façon mériter pour l'obtenir et il nécessite des explications qui font réfléchir l'enfant ou l'adulte. Avec le oui, l'adulte cède et n'ouvre pas la discussion, c'est une marque de facilité ou de manque d'implication de la part de l'éducateur, déclare la grand-mère.

Le devoir en bandoulière

Les adultes réfléchissent à ces paroles les yeux dans le vague, Alex semble s'être assombri. Marguerite a le sentiment qu'Emile et Alex ont compris que pour éduquer un enfant et éviter de le transformer en un petit tyran ou un enfant capricieux, il faut savoir poser des cadres en refusant certaines demandes et des contrôles pour sanctionner les manquements mais aussi en expliquant les motifs des décisions de l'adulte.

- Le père de Sofia passait tout à sa fille, ses exigences étaient parfois presque indécentes tellement elles étaient onéreuses. Pensez-vous qu'elle aurait été différente avec une éducation moins laxiste et sans attente de contrepartie ?
- Je ne peux pas vous répondre car je ne connais pas Sofia. Toutefois, lorsque l'enfant demande quelque chose dont il n'a pas besoin mais qui lui plait sur le moment, l'adulte n'est pas obligé de céder. Il faut savoir rester mesuré et faire comprendre au petit la notion de valeur. Qu'est-ce qui rend un objet précieux à quelqu'un ? Son prix marchand n'est pas le plus important, c'est ce qu'il représente qui lui confère du prix, l'affect intervient, les souvenirs peuvent le rendre inestimable, la difficulté qu'on a eu à l'obtenir intervient aussi, le fait qu'il appartienne à la famille depuis des générations et que les adultes ont grandi avec, c'est une trace des générations précédentes qui se transmet.

Le devoir en bandoulière

Bien, les enfants je vous laisse cogiter. Vous pouvez dormir ici si vous voulez, il y a bien assez de chambres. Amélie vous dira où trouver des draps et une serviette de toilette si vous souhaitez rester.
A demain matin peut-être.
- Tu veux rester Alex ?
- Je pourrais éventuellement rentrer avec toi ou Amélie demain. Quels sont vos projets ?
- Il me semble qu'il faut vite normaliser la situation en remettant les filles à l'école mais je suis toujours sans appartement et ce sera ma tâche la plus urgente.
- Il faudra que nous en parlions car tu as perdu toutes tes affaires par la faute de Sofia. Le juge demande que tu chiffres tes pertes. Sofia est assez fortunée pour te rembourser.
- J'ai une assurance…
- Je m'en doute mais elle appliquera des coefficients de vétusté, demandera les factures que tu n'auras plus etc.… et fera trainer l'affaire pour payer le moins possible dans des mois. Sofia s'est vantée de cette commande spéciale auprès du juge. Fais un état des lieux, envoies des photos et donne un chiffre. Sofia n'aura plus besoin de sa fortune là où elle est pour des années. Le juge règlera ton préjudice sans discuter et aux biens matériels, sans doute ajoutera-t-il un préjudice moral ainsi qu'il dédommagera Astrid pour son enlèvement car il est terriblement en colère

que par ses pratiques, Sofia ait jeté l'opprobre sur la classe aisée du pays qui hésite à revenir s'installer malgré les années de démocratie.

- Je ne suis pas certaine de vouloir exiger des dédommagements, d'autant plus que je vais retirer ma plainte contre le vieux monsieur. Sa petite fille est malade et il a enlevé Astrid pour la récompense promise avec laquelle il devait payer son opération. Désespéré, j'ai le sentiment qu'il n'a pas beaucoup réfléchi.

- J'ignorais tout cela, si tu veux, nous pourrions aller le voir demain afin de régler cette affaire.

- J'ignore où il se trouve, je suppose que les policiers, l'ont arrêté et ont bloqué le compte sur lequel la récompense avait été versée.

- Je pourrai le savoir demain, je vous le dirai. Déclare Emile. Viens avec moi Alex, nous allons te trouver une chambre. Dors bien Amélie, tu n'as plus vingt ans et tu portes tes valises sous les yeux !

- Toujours agréable Milou ! Il est vrai que j'en ai besoin, à demain les gars.

Amélie s'éloigne, monte à l'étage pour contrôler que les filles sont bien endormies et n'auront pas froid puis fatiguée, elle se dirige vers sa chambre.

Restés seuls les deux hommes discutent encore un moment. Alex propose qu'Amélie et les deux filles s'installent chez lui ; il peut retourner à l'hôtel ou louer

un studio en attendant de savoir la direction que prendra sa vie. Il envisagerait d'acquérir un appartement suffisamment grand pour loger une famille et un ou deux employés. Il avoue également être séduit par le caractère d'Amélie qui sans le savoir, le pousse à réfléchir et à devenir meilleur.
- Ah c'est sûr qu'elle a plus de consistance que ton ex, je ne la connaissais pas mais le portrait que tu en as dressé ne me l'a pas rendue sympathique. Allons-y, la journée de demain sera longue, retrouvons-nous ici pour sept heures car il faudra que les filles soient à l'école à huit heures quarante-cinq et il y aura une bonne demi-heure de route à ce moment-là.

Emile montre une chambre avec une petite salle de bain à son invité et regagne la sienne, assez satisfait de sa journée.

Le lendemain matin, lorsqu'il descend à la cuisine il trouve Amélie reposée et les deux filles en train de discuter toutes les trois.
- Papa ! Dodo chez mamie et papi ?
- Oui, j'ai bien dormi et toi ?
- Moi bon dodo, je école Astrid.
- Je vais venir avec toi pour rencontrer la directrice.
- Madame gentille. Maman Amelie vient ?

- Oui maman viendra avec nous, elle va présenter ton papa. Maitresse va te demander où sont tes soldats.
- Mes soldats ?
- J'ai dit à maitresse que tu étais un prince et que tu étais parti avec tes soldats faire la guerre.

Alex, stupéfait, regarde Amélie, qui éclate de rire.
- Et tu as dit également que Lilian était ta sœur ?
- Bien sûr ! de toute façon ça se voit on est pareilles.
- Papa, bienvenue au pays des fées, des licornes et des beaux princes ! C'est le quotidien des parents des petites filles, pardon des princesses. Ignorant ton nom, j'ai déclaré Lilian de Montenie et je ne me suis pas attardée sur les titres éventuels. Nous sommes en France et ils n'ont pas grand sens pour quatre-vingt-dix pour cent de mes compatriotes, bien que les princes et les princesses fassent partie du corpus fantasmatique des enfants.
- Ça ira, le patronyme est difficile à prononcer en français, mais j'ai été surpris, je ne savais pas cela. Lilian a-t-elle évoqué le château de Montenie ?
- Non et c'est mieux. Elle se bâtit un univers ressemblant à celui d'Astrid avec un papi et une mamie dans une grande maison, loin mais pas trop et un oncle Emile.
- Et une maman Amélie, j'ai entendu qu'elle t'appelait ainsi hier et tout à l'heure.

- N'en rend pas ombrage, elle imite Astrid, c'est tout.
- Je sais. Elle sait que vous l'aimez.
- Oui, je veux surtout qu'elle sache qu'elle peut avoir confiance en nous. C'est le plus important.

Les filles si vous avez terminé, il faudrait aller vous habiller.
- Maman, je prête encore mes habits à Lilian parce que son papa n'en a pas apporté.
- Je sais, il ira acheter quelques vêtements aujourd'hui.

Les deux fillettes partirent en courant à leur habitude laissant les adultes devant leur tasse de café.
- En plus du reste, il faudrait que tu achètes quelques pantalons et pulls pour ta fille. Ses affaires, ont été déchiquetées avec le reste et les filles partagent ce que j'avais racheté. Heureusement, elles trouvent cela assez drôle.
- Pourras-tu venir avec moi ? Je ne suis pas sûr de savoir ce que je dois acheter et la taille et le nombre...
- Oui, si tu n'as pas de rendez-vous, nous pourrions aller au supermarché en sortant de l'école.
- Le supermarché ? Tu n'achètes pas de la bonne qualité ?
- Pour se trainer par terre dans la poussière et jouer avec les petits copains, il vaut mieux qu'elles soient habillées comme eux. Tu verras aussi qu'au

rythme où les enfants grandissent, il n'est pas utile d'investir dans des vêtements de prix, cependant si tu y tiens, je pourrais t'emmener dans des boutiques plus chères, de marques connues.
- Pour le cas où il faudrait prendre une photo, peut-être pourrions-nous avoir une jolie tenue.
- Si tu veux, c'est toi qui sais de quoi vous pourriez avoir besoin.
- Ton frère t'a-t-il dit que je pouvais vous laisser l'appartement d'André Jacques ? Je m'installerai chez lui, le temps de trouver quelque chose à acheter.
- C'est sympa de me laisser le temps de m'organiser, merci. Je ne veux pas te bousculer mais il faudrait qu'on y aille. Je monte vérifier que les filles se sont brossé les dents et nous nous retrouverons ici dans cinq minutes.

Peu de temps après, une cavalcade résonnait dans l'escalier.

10

Une demi-heure après, la directrice accueillait les enfants et rencontrait le père de Lilian.

Elle ne tarit pas de compliments sur l'enfant si vive, intelligente et bien éduquée. Alex lui confirma qu'en son absence, ce serait Amélie qui la récupèrerait en même temps qu'Astrid et qu'il lui déléguait les pouvoirs de décision en cas d'urgence.

La directrice demanda si les filles étaient sœurs comme elles le prétendent.
-       Non elles sont débordantes d'imagination, elles sont sœurs comme elles sont princesses. Le père de Lilian est un ami de mon frère. Il vient d'arriver à Paris, n'est pas encore installé et je lui rends service en m'occupant de Lilian lorsqu'il en a besoin. Les filles sont très complices et partagent tout pour le moment.
-       Excusez-moi si j'ai semblé intrusive mais je préfère savoir afin de pouvoir répondre le cas échéant. Ajouta la directrice.

Le devoir en bandoulière

- Maman Amélie, sonnerie.
- Maman, maitresse va nous gronder si nous sommes en retard.
- Très bien, passez une bonne journée et à ce soir.
- Lilian vous appelle maman.
- Elle est arrivée un peu avant son papa ne parlant pas un mot de français. Elle imite Astrid en tout et m'appelle maman Amélie. Je l'ai laissée faire afin de ne pas la troubler inutilement mais elle ne fait pas de confusion, elle sait que je suis la maman de son amie et pas la sienne.
- Autant vous dire les choses, sa maman est retenue dans son pays et n'a plus le droit de l'approcher. Je suis seul à en avoir la garde que je délègue à Amélie lorsque je dois m'éloigner pour mes activités professionnelles.
- Il pourrait arriver que mes parents viennent chercher les filles mais je préviens l'institutrice lorsque cela arrive et c'est assez rare.
- Vous ne devriez pas avoir d'ennuis avec les enfants.

En repartant, Alex fait état de sa surprise devant la sécurisation des accès à l'école, il comprend que les enfants sont protégés lorsqu'ils sont en classe et se détend.

Le devoir en bandoulière

Ils se dirigèrent ensuite vers le supermarché et en ressortirent avec un caddy plein de vêtements, de livres et de jouets adaptés à l'âge de Lilian.

- C'est la première fois que j'achète des choses pour ma fille, Mina s'en occupait et seul je n'aurais pas su quoi choisir. Je pense que je n'avais aucune idée précise de ses besoins. Merci de m'avoir consacré ton temps.
- Ce n'est pas plus facile pour les mamans ne te tracasse pas, mais les petites filles sont sans doute plus habituées à penser fringues, mode, associations des couleurs et des imprimés que les jeunes garçons et cela reste en grandissant. Si tu n'es pas fatigué, je te propose de nous rendre dans la galerie marchande dans laquelle une enseigne connue vend des vêtements de qualité, bien plus chers, pour des sorties plus habillées, à moins que tu préfères revenir avec Lilian. C'est sympa une sortie père-fille.
- Tu crois ? Non c'est trop tôt, je ne saurais pas quoi prendre et que lui dire.
- Une autre fois alors. Allons déposer tout cela dans la voiture et nous pourrons revenir.

« Il a l'air vraiment terrorisé par l'idée de se retrouver seul avec sa petite fille ! Il va falloir travailler ce problème ! Comment va-t-il pouvoir s'en occuper s'il ignore comment faire ?»

Le devoir en bandoulière

Ils retournèrent à la boutique et trouvèrent une jolie robe habillée mais portable facilement et regagnèrent la voiture.

- Il va être l'heure de déjeuner, veux-tu manger quelque chose ici ?
- Non, j'ai du travail et un rendez-vous téléphonique à quatorze heures mais si tu veux, je peux t'offrir la moitié de ma salade et j'ai du fromage dans le coffre de la voiture, j'avais tout préparé ce matin.
- Bien, alors allons chez André Jacques. Tu t'occuperas du déjeuner pendant que je viderai le coffre et si tu l'acceptes je travaillerai aussi de l'appartement et rejoindrai celui de ton frère plus tard après être allé chercher les filles à l'école. Cela ne t'ennuie pas de t'en occuper le temps que nous soyons mieux organisés ?
- Non je te l'ai dit, Lilian est une enfant très agréable à vivre et elle s'entend bien avec Astrid. Tu penseras à appeler la police afin de retirer la plainte contre le grand-père de la petite Marie et il faut savoir où nous pourrions le rencontrer.
- Oui, je commencerai par cet appel téléphonique et celui du juge. J'ai encore du mal à croire que Sofia m'ait dupé aussi longtemps. Elle a mis mon amour propre à mal, je lui faisais confiance et je n'ai jamais eu l'idée ni l'intention de vérifier quoi

que ce soit même si je n'appréciais pas son père. Tant pis pour moi mais quelle leçon !
- Tu dois contrôler les affaires dont tu es responsable et ce n'est pas un manque de confiance envers tes collaborateurs. Tu t'étais allié à des gens malhonnêtes qui ont profité de ce que tu leur accordais du crédit mais à présent, s'il est bon de vérifier, évite de mettre tout le monde dans le même panier !

Amélie se gara le long du trottoir près de l'immeuble et à deux, ils commencèrent à récupérer les valises et deux sacs avant de monter.

Le concierge toujours vigilant, les salua à leur passage.
- Monsieur, mon amie qui est une amie de monsieur Jacques demeurera chez moi avec sa fille et la mienne, quelques jours car son appartement a subi des dégâts. J'irai dormir chez son frère pendant ce temps, ne soyez donc pas surpris de les apercevoir.
- Merci de me prévenir Monsieur, Monsieur Jacques est-il prévenu ?
- Non, mais je vais m'en occuper.
- Je vais l'appeler Alex, André Jacques est un vieil ami, nous étions au lycée ensemble et je lui ai trouvé quelques locataires depuis qu'il s'est lancé dans l'immobilier.

Le devoir en bandoulière

- Ah ! Seriez-vous madame Amélie ? J'ai beaucoup entendu parler de vous par monsieur Jacques.
- Oui, c'est moi. Alex dépêchons nous, car l'heure tourne et j'ai un rendez-vous téléphonique que je ne peux pas manquer. Excusez-nous monsieur, mais mon agenda est serré.

Elle se précipita sur la glacière et commença à sortir la salade, du jambon et des yaourts et à mettre la table pendant qu'Alex remontait les sacs.

Ils déjeunèrent et évoquèrent l'embauche d'une nounou.
- Que feras-tu d'une nounou à temps plein ? Elle emmènera Lilian à l'école le matin pour la récupérer à seize heures trente. Que fera-t-elle seule toute la journée puisque tu m'as dit avoir quelqu'un pour le ménage ? Et jusqu'à quelle heure s'occupera-t-elle de ta fille ? Tu sais qu'en France, le travail est réglementé et ton besoin correspond à peu près à un mi-temps. Cependant, pendant les vacances scolaires comment feras-tu avec des journées de plus de huit heures ?
- Je n'avais pas réfléchi à tout cela. Comment fais-tu avec Astrid ?
- Je n'ai pas les moyens d'avoir une employée aussi pendant les vacances scolaires, partons-nous

Le devoir en bandoulière

à la campagne ou chez mes parents et le soir je récupère Astrid ou me débrouille pour que ma mère la garde lorsque je suis appelée ailleurs.
- Peut-être que le plus simple serait que j'apprenne à m'occuper de Lilian et ne faire appel à quelqu'un que lorsque je serais pris ?
- Je suis certaine que tout ira bien et tu sais que tu pourras compter sur moi.
« Je comprends qu'elle ne veut pas s'occuper de Lilian à temps plein. Elle a compris que je n'étais pas sûr de moi et cherchais à éviter la charge. Ce qui n'est pas tout à fait vrai même si pour être honnête, ce n'est pas totalement faux. J'ai surtout peur de ne pas savoir faire. »

Après le déjeuner simple mais savoureux, et un petit café noir, la cuisine rangée, Amélie alluma son ordinateur et appela son contact.
Il comprit vite qu'elle discutait d'un financement des ventes assez technique et pour un montant qui le surprit. Il n'avait pas imaginé qu'Amélie avait la responsabilité de gérer de si gros portefeuilles.
Il sortit sur le balcon pour éviter de la déranger et appela le poste de police qui lui conseilla de se déplacer avec Amélie, s'ils voulaient annuler la plainte contre le kidnappeur d'Astrid. Les policiers lui apprirent que le vieil homme, contrit, était rentré chez lui en attendant d'être convoqué par le juge et que

son compte ouvert à son nom par un tiers au Luxembourg avait été gelé en attendant le jugement. Après cet appel, il parvint à joindre le juge auquel il expliqua que la mission d'enlever Lilian avait été exécutée par un grand père qui avait besoin d'argent pour faire opérer sa petite fille et avait renoncé en pleurant lorsqu'il s'était aperçu qu'il s'était trompé de fillette. La maman d'Astrid a décidé de retirer sa plainte et il se demande s'il ne serait pas possible de lui laisser l'usage de l'argent versé sur le compte bancaire luxembourgeois. Après tout, Sofia a payé, la mission a été exécutée et sans argent, l'enfant ne pourra pas être opérée. Pourrait-on envisager qu'une bonne action émerge de toute cette affaire sordide ? Le juge rit et répondit :

- Sofia bien trop égocentrique, n'aurait jamais participé à un plan de cette sorte mais je vous reconnais là ! De toutes façons, ne nous voilons pas la face, elle sera lourdement condamnée pour ses malversations et n'aura pas besoin de son argent pendant de très nombreuses années. Elle a payé le vieil homme qui a ramené l'enfant, s'est repenti et s'est excusé, autant que sa petite fille profite du bon geste du grand-père. Je vais écrire un mot à la police et à mon homologue parisien en charge du dossier pour que toutes les poursuites soient interrompues et que ce grand-père conserve le bénéfice de cet argent et puisse soigner sa petite fille.

Le devoir en bandoulière

Lorsque soulagé et heureux d'avoir été entendu par le juge il rejoignit Amélie, elle avait fini son entretien et notait un vague compte-rendu chiffré. Il lui apprit la bonne nouvelle et ensemble ils se réjouirent.
- Tu t'es bien débrouillé ! J'espère que l'argent sera débloqué rapidement.
- Si l'hôpital ne pouvait pas attendre que tout soit en règle, je ferai l'avance et le grand-père me remboursera.
- Alex, tu ne le connais pas, tu ne peux pas faire confiance à cet homme aussi facilement.
- Ce sera mon avocat qui s'en chargera, je suis idiot mais tout de même…
- Ah ! Parce que tu as un avocat à Paris ?
- Non, mais je présume que tu auras au moins un nom à me proposer parmi tes amis.

Amélie éclata de rire :
- Je me demande comment tu as réussi à ne pas être complètement plumé ! J'ai encore un petit coup de fil à passer et nous pourrons aller chercher les filles.

Ils partent à seize heures en voiture car ensuite ils iront au commissariat.

Les filles leur sautent au cou, les embrassent et racontent leur journée. Tout a l'air de bien aller, elles lâchent les mains des adultes et s'élancent en courant dès qu'elles aperçoivent la voiture.

Le devoir en bandoulière

- Les filles nous allons rencontrer ensemble les policiers, vous serez sages n'est-ce pas ?
- Oui, nous sages, toujours ! déclare Lilian, ce qui provoque un éclat de rire moqueur d'Astrid.
- Sauf quand tu tires les cheveux de Sophie…
- Elle méchante, tiré langue à moi.
- Dis donc mademoiselle Lilian, tu ne dois pas tirer les cheveux des enfants. Déclare son père.
- Oh, Madame maitresse dit à moi pas faire ça, moi excuses à Sophie mais elle vilaine, pas juste.
- Peut-être mais il faut pardonner, oublier, ne pas se battre, suggère Amélie.
- Maitresse a dit moi que maman Sophie partie au ciel, laissé petite fille seule avec mamie et Sophie triste et parfois pas gentille avec petits copains. J'ai dit moi avoir la maman d'Astrid et mon papa et oncle Emile et papi et mamie et maitresse dire moi avoir de la chance.
- Ta maitresse a raison, tu as de la chance d'avoir tout ce monde qui t'aime pour veiller sur toi. Si tu veux, nous inviterons Sophie pour un goûter ainsi vous découvrirez qu'elle sera contente de ne plus être seule et d'avoir deux amies qui l'aiment.
- Tu veux Astrid ?
- Pourquoi pas. Je n'aime pas quand les petits enfants sont tristes. Ce sera une BA maman ?
- Pour que ce soit une bonne action, il faut vouloir faire plaisir avec le cœur et fournir des efforts

pour accepter Sophie, même si parfois elle peut ne pas être très gentille. Nous arrivons, réfléchissez et nous en reparlerons.
- Ne sont-elles pas trop jeunes pour comprendre cela ? murmure Alex.
- Elles comprendront ce qu'elles pourront, elles nous interrogeront et nous réexpliquerons le concept autant de fois que ce sera nécessaire parce qu'elles poseront des questions, c'est certain !

Les deux officiers de police qui avaient interrogé Astrid les reçurent. Ils expliquèrent pourquoi ils retiraient la plainte et parce que le vieil homme n'avait jamais eu de problème avec la justice, ils acceptèrent sans trop discuter. Ils donnèrent également l'adresse du vieil homme qu'Alex avait déjà puisqu'Emile se rendait chez lui le matin où il avait déposé Astrid à l'école.

Un moment après, ils sonnaient chez lui.

Le vieil homme ouvrit et eut l'air surpris de les voir :
- Bonsoir monsieur, accepteriez-vous de nous recevoir ?
Astrid s'avança et l'embrassa sur la joue.
- Tu sens le tabac monsieur, maman va te gronder parce que ce n'est pas bon pour la santé de fumer.

Le devoir en bandoulière

- Tu as toujours la langue bien pendue et toi tu es Lilian. Vous vous ressemblez toutes les deux, vous êtes de très belles petites filles.
- Elle va bien ta petite fille Marie ? demandèrent-elles en le suivant dans un petit salon, personne ne manqua les nombreuses photos encadrées posées sur les meubles.
- Elle est fatiguée en ce moment, répondit-il en regardant la photo d'une fillette très souriante.
- Justement monsieur, nous voulions vous informer que nous avions retiré la plainte et Alex, le papa de Lilian a des choses à vous apprendre.

Alex expliqua au vieil homme qu'il pourra disposer de l'argent pour faire opérer sa petite fille. Il sursauta de surprise et murmura :
- Pourquoi ? J'ai commis une faute morale.

Alex continua ses explications, c'est parce qu'il avait pris soin d'Astrid et qu'ils ont tous compris pourquoi il avait agi de cette façon. Il dit aussi que son avocat l'accompagnera dès le lendemain à l'hôpital pour garantir que les soins de Marie seront intégralement payés.

Le vieil homme ému, pleura en silence, secoué par de gros sanglots.
- J'avais déjà perdu ma femme et mon fils alors que son épouse était partie on ne sait où peu après la naissance de Marie. Je ne pouvais pas accepter

de voir s'en aller la seule famille qui me restait, ma mignonne petite Marie… Elle ne mérite pas ces souffrances et l'idée de rester seul, à ne servir à rien ni à personne est terrible. Merci monsieur, s'il y a un Dieu, qu'il vous bénisse.
- Quand elle sera soignée, on ira voir ta petite fille, peut être que maman pourrait nous emmener avant pour qu'elle ait plein de courage pour l'opération et puis tu n'es pas seul, regarde on est là, déclara Astrid.

Pendant qu'Amélie et Marcel, le grand-père, discutaient, Alex observa le petit appartement parfaitement tenu, dans lequel il vivait avec Marie. Il eut une idée qui pourrait être creusée au calme mais il sait qu'il va demander une enquête afin de confirmer ses impressions.

Avant de partir, les filles demandèrent où elles pourront trouver Marie samedi parce qu'elles n'iront pas à l'école et que maman Amélie pourra les emmener. Elles lui apporteront un doudou et un livre pour qu'elle ne s'ennuie pas. Le grand père, tout ému expliqua à Amélie comment trouver Marie à l'hôpital Necker.

Lorsqu'ils partirent, Amélie eut l'impression qu'il se tenait plus droit et que son regard était plus pétillant, moins abattu.

« Il en faut peu pour redonner de l'espoir, une dose de soutien et de compassion et en ce cas précis, un peu d'argent ! »

- Je crois que j'ai eu une idée, dit Alex tout à coup, saurais-tu s'il y a beaucoup d'enfants qui ne peuvent pas être soignés faute de moyens financiers ici ?
- En principe en France, l'assurance maladie prend une grande partie des frais en charge. J'ignore pourquoi Marie ne pouvait pas être soignée, il y a peut-être eu un problème de dossier et d'ouverture des droits. L'enfant a perdu ses parents et c'est le grand père qui doit l'assurer, je suppose qu'il n'avait pas fait les démarches de rattacher Marie à son dossier ou alors il y a de gros dépassements d'honoraires. Une analyse du dossier ne ferait pas de mal parce qu'il n'est pas nécessaire que Marcel paye si une prise en charge peut être faite. Il y a des cas particuliers comme les étrangers avec lesquels notre pays n'a pas de convention. Au fait sais-tu ce qu'il faudrait faire si Lilian était malade ? Ton pays a-t-il signé un accord avec la France ?
- Je l'ignore mais je paierai les frais.
- Toi, peut-être le pourras-tu mais tes compatriotes ?
- Je vais me renseigner et tu as raison, ce serait mieux si un accord de réciprocité existait. Donc samedi après-midi nous irons voir Marie avec des

petits cadeaux. Les filles samedi matin, nous irons au magasin choisir des cadeaux pour donner du courage à Marie.

Les deux filles approuvèrent et se remirent à discuter à voix basse. Alex est enchanté de constater que Lilian suit bien ce qui se passe, elle parait tout comprendre et parvient à s'exprimer même si son vocabulaire est encore limité et ses phrases mal construites. Amélie avait raison trois mois suffiront pour que sa fille puisse communiquer correctement, le reste viendra avec l'école.

Le devoir en bandoulière

11

Depuis quelques jours, une petite routine s'est installée. Alex dort chez Emile mais travaille dans son appartement. Il aime se trouver à proximité d'Amélie et des filles. Il est conquis par l'animation et participe aux tâches comme les courses ou le rangement de la cuisine. Elles lui semblent importantes pour le confort de tous. Pour la première fois, il occupe une place dans la vie de la famille et ressent l'impression de compter pour les autres et ce sentiment tout nouveau le rend heureux.

Aujourd'hui, Marie doit être opérée et il espère que tout ira bien pour la petite malade. Il s'est présenté au rendez-vous avec le chirurgien, qui lorsqu'il l'a vu avec Marcel, paraissait confiant. Le médecin avait eu du mal à reconnaitre le vieil homme dans le quinquagénaire correctement habillé, se tenant droit, rasé de près qui n'avait plus rien à voir avec l'homme au bout du rouleau rencontré plusieurs fois. Le dossier de l'Assurance maladie avait été mis en

Le devoir en bandoulière

ordre par l'avocat, ami d'un ami d'Amélie et la petite fille bénéficiera d'une prise en charge. Marcel, son grand père n'aurait pas eu besoin de l'argent de Sofia s'il avait su à qui s'adresser ou s'il avait été mieux entouré et conseillé dès le départ. Alex a découvert qu'il avait été en arrêt de travail à cause d'une dépression, après la mort de son épouse et de son fils puis licencié de son poste de contremaitre quand il n'avait pas pu reprendre son travail parce que débordé par les mauvaises nouvelles, il s'occupait du nourrisson malade.

Alex lui fit part de son idée, acheter une grande maison avec une maison de gardien et lui proposer de s'occuper du jardin et d'accompagner et récupérer les filles à l'école contre le logement et un contrat de travail.
Marcel fut surpris et il demanda à réfléchir. Il demeure dans son appartement depuis son mariage et il ignore s'il pourra tourner le dos à tous ses souvenirs.
- Marcel, voyez cela comme un nouveau départ. Vous êtes encore loin de l'âge d'être à la retraite, pour Marie qui compte sur vous et pour votre moral, vous ne devez pas vous comporter comme si vous étiez un vieillard. J'aurai besoin d'un homme de confiance surtout lorsque je serai loin de Paris, jamais pour longtemps mais j'aurai des

déplacements inévitables à effectuer et je veux savoir ma famille en sécurité.
- Accordez-moi une semaine et vous aurez ma réponse. Où se trouverait cette maison ?
- J'ai pris des contacts et je cherche quelque chose près de chez les grands-parents d'Astrid en proche banlieue ouest. J'ai deux belles propriétés à visiter, toutes les deux bénéficient d'un pavillon indépendant de quatre pièces.
Il est prévu que j'aille cette semaine avec Amélie les visiter, si vous voulez vous joindre à nous, n'hésitez pas. Les propriétaires seront là.
Il faudra m'aider à prévoir les travaux car j'avoue mon ignorance sur ces sujets et comme dirait Amélie je suis un parfait pigeon à plumer.
- C'est une femme bien madame Amélie, faites attention de ne pas la perdre.
- Elle est la sœur de mon meilleur ami et je ne la connais pas depuis longtemps mais vous avez raison, elle a la tête sur les épaules, des valeurs fortes, elle s'occupe magnifiquement bien de sa fille et elle aime la mienne. Je tiens beaucoup à elle.
- Ah, je vous croyais plus proches, excusez-moi.
- Il faut laisser du temps au temps…
- Je viendrai avec vous visiter cette maison si vous avez besoin d'un autre œil. Prévenez-moi du

Le devoir en bandoulière

jour et de l'heure du rendez-vous, je vais vous laisser mon numéro de téléphone.

L'opération s'est bien déroulée, si Marie passe la prochaine semaine en forme, il est probable que ses ennuis de santé feront partie du passé. Son grand-père est encore tendu mais il va mieux et espère que le plus dur est passé.

Amélie, Alex et Marcel ont rendez-vous avec l'agence qui a les propriétés en portefeuille.
Ils se déplacèrent près de Ville d'Avray où la maison se trouve en lisière du Domaine National de Saint Cloud. Après avoir tapé un code, les lourdes grilles du majestueux portail s'ouvrirent.
Sur la droite derrière un bouquet d'arbres, se trouve la maison dite du gardien. L'agent immobilier s'arrête et les trois visiteurs ont accès au pavillon qui avait été ouvert pour la visite. Construite en pierres calcaire blanches et coiffée d'un toit d'ardoise, la maison a du style. L'intérieur est simple mais il est confortable et a récemment été repeint, au rez de chaussée, se trouvent un salon-salle à manger de belle taille, une cuisine et une pièce qui peut être utilisée en bureau ou en débarras, car elle communique avec le garage. A l'étage se trouvent deux grandes chambres, une salle de bain et un grenier. Marcel ne dit rien mais il a les yeux qui

brillent. Il regarde par les fenêtres et la vue donne sur le parc de la maison. De l'autre côté de la clôture, ce sont les jardins du domaine de Saint Cloud qui s'offrent aux yeux du contemplateur.

- Il est certain que je ne pourrais jamais offrir cette vue magnifique à Marie si je n'accepte pas le job proposé ! marmonne-t-il.

Le petit groupe se dirigea ensuite en voiture vers la maison principale où ils sont attendus. Amélie et Marcel sont surpris par la taille de la « maison ». Elle est comme la petite maison, construite dans un style « Ile de France », en pierre claire avec le toit d'ardoise chapeautant le dernier des deux étages. Il s'agit d'une très grande maison bourgeoise avec un beau parc paysagé.

Un couple âgé se présente sur le perron et salue bas Alex.

- Prince Alexandre, nous sommes très heureux que vous visitiez notre demeure.

- S'il vous plait, ne faites pas de cérémonies, je cherche une maison à habiter assez vite et la vôtre pourrait correspondre. Elle est un peu grande mais je suis appelé à recevoir et j'apprécie avoir de l'espace.

Les propriétaires les accompagnèrent dans la visite et montrèrent leur attachement à cette maison qu'ils quittent pour retourner s'installer dans leur maison de famille en province.

La maison plut à Amélie comme à Alex et Marcel donna l'impression d'être séduit.

- C'est proche de Paris, le parc est superbe et la vue sur le domaine est exceptionnelle, remarqua-t-il.
- Nous avons une autre propriété à visiter. Vous serez prévenus rapidement et la vente se fera rapidement, le temps de transférer les fonds au notaire. Avez-vous besoin de délais ?
- Non, nous pourrions aussi vous céder les meubles s'ils vous intéressent car nous n'en avons pas besoin et n'avons pas eu le bonheur d'avoir des enfants auxquels les transmettre.
- Si nous prenons la maison, nous reviendrons regarder le mobilier en détail. L'ensemble donne un agréable sentiment de luxe et de confort mais aussi de sérénité. Cela m'irait bien. Amélie qu'en penses-tu ?
- La propriété est superbe, tu ne te tromperais pas en l'acquérant.
- Parfait, merci pour cette visite, l'agence vous recontactera très vite.

Ils repartirent après les salutations d'usage pour visiter la deuxième maison.

Le devoir en bandoulière

- Alex, j'ai entendu que ces gens vous ont appelé Prince…
- J'ai effectivement l'honneur de porter ce titre, car j'ai hérité du trône de mon pays à la mort de mon père. Cependant mon pays est devenu une république après la deuxième guerre mondiale et je ne suis plus qu'un diplomate qui essaye de lier des liens commerciaux et diplomatiques avec des pays alliés. Marcel, il n'est pas question que vous m'appeliez autrement qu'Alex. C'est très bien comme ça et je serais satisfait que vous me considériez comme un ami.

Marcel hocha la tête, impressionné alors qu'Amélie arborait un petit sourire amusé.

Ils arrivèrent peu après à Ville d'Avray. La maison est située en ville. Il s'agit aussi d'une grande maison située au bord d'une rue passante. Elle possède un grand jardin derrière dans lequel un bâtiment de dépendances a été transformé en maison d'habitation de quatre pièces. La maison est vide, confortable mais si elle est typique des maisons construites en meulières, elle n'a pas le cachet de la précédente.

Alex demanda son avis à Amélie et à Marcel qui s'accordèrent pour dire que la première maison leur plaisait davantage.

- C'est parfait, organisez la vente madame et prévenez les propriétaires que nous viendrons voir les meubles. Nous prenons l'autre, c'est sans regrets n'est-ce pas ? Vous vous plairez dans cette maison Marcel ?
- Il faudrait que je sois difficile mais je n'ai pas encore accepté le poste.
- Vous voyez ce que vous manqueriez en refusant... les copines pour Marie, un environnement sympa et un patron aimable.
- Une maison confortable et un boulot au grand air dans un endroit de rêve. Je crains que ce soit tout réfléchi, déclara Marcel en souriant.
- Bravo Marcel et merci, je ne serai pas un patron casse-pieds, c'est promis.

Ils déposèrent Marcel à l'hôpital et rentrèrent à temps pour récupérer les filles à l'école.

Alex s'attarda à l'appartement et prévint Emile qu'il restait diner avec Amélie. Astrid er Lilian couchées, il est toujours là et parait préoccupé.
- Que se passe-t-il Alex, c'est la perspective de posséder bientôt une belle maison qui te met dans cet état ?
- Oui et non, je ne regrette pas de l'avoir achetée et d'avoir embauché Marcel, ce n'est pas cela qui m'ennuie….

Le devoir en bandoulière

Il hésite, se tait puis la regardant bien en face, il explique son point de vue :
- En fait, j'aimerais que tu viennes demeurer avec nous au manoir. Je serais plus tranquille de ne pas te savoir loin de moi, de pouvoir te voir régulièrement et d'être certain que Lilian ne sera pas seule avec une nounou dont je ne saurais rien. J'aimerais qu'en attendant que le temps fasse son œuvre, nous puissions continuer à vivre et à partager au quotidien comme en ce moment. Je suis sûr de n'avoir jamais été aussi serein ni aussi frustré que depuis que je te connais. A ton contact, je change, j'ai le sentiment de grandir et de devenir meilleur. Tu me fais découvrir des pans entiers de la vie à côté desquels je passais sans le savoir et sans me poser de question. J'aimerais en contrepartie de tout ce que tu m'apportes, pouvoir t'épauler, t'aider lorsque tu en as besoin, un peu comme une famille recomposée.

Amélie est assommée, elle ne s'attendait pas à ce genre de proposition.
- Et nous vivrions comme un couple ?
- Peut-être pas tout à fait, nous laisserions le temps agir pour être certains que nos sentiments mutuels évoluent dans le bon sens en nous connaissant mieux. Nous avons fait tous les deux, les frais de mariages qui se sont mal terminés, nous

méritons d'être sûrs de nos sentiments mutuels comme de la personnalité de l'autre, afin d'essayer de construire à long terme dans l'intérêt de nos enfants et de ceux que nous pourrions avoir ensemble... Penses-tu que je suis délirant ?
- Non, tu as une approche pragmatique qui me plait. Je me demande comment faire passer cela auprès de mes parents.
- Il suffirait de leur expliquer, Marguerite me parait ouverte et de bon conseil.
- Oui mais elle est ma mère et pour elle il n'y a pas meilleure femme sur terre que sa fille et elle pourrait ne pas avoir la même vision que nous du mieux pour chacun de nous...
- Il me semble que tout peut se discuter et puis nous sommes adultes et c'est avant tout entre nous que nous devons échanger. Ne pas avoir de secrets ou de non-dits, nous confier nos espoirs comme nos déceptions. C'est déjà sur ces bases que nous fonctionnons et nous n'avons pas eu à nous en plaindre. Est-ce que je me trompe ?
- Non, c'est vrai mais tu vas vite...
- Justement non, nous pouvons cohabiter jusqu'à ce que nous soyons prêts. La maison est bien assez grande.
- C'est tentant, donne-moi quelques jours pour y réfléchir. Tu ne m'as pas dit si la maison avait un nom.

Le devoir en bandoulière

- Les propriétaires en parlent comme du manoir. Je voulais te dire aussi que j'ai fait nettoyer et réparer ton appartement aux frais de Sofia, tu pourras le rendre dès que tu le voudras. Il me faudrait une évaluation chiffrée de tes pertes afin que le juge qui a nommé un administrateur judiciaire pour les biens de Sofia et de son père, puisse t'indemniser, ce qui est normal puisqu'elle a admis être la commanditaire du saccage. Il faudra joindre le numéro de ton compte bancaire et les documents photographiques comme le rapport de police, cela suffira pour justifier le montant.
- D'accord, merci d'être intervenu. En clair, à partir de quand imagines-tu vivre chez toi au manoir ? C'est assez chic dit comme cela ! ajoute-t-elle en riant.
- Hé, je suis prince, je ne peux pas me contenter de moins ! Répond-il en riant à son tour et en prenant un ton précieux forcé.

Le transfert de fond a été ordonné, il n'y a plus qu'à passer chez le notaire. Auparavant, j'aimerais y retourner afin de choisir les meubles et le reste. Nous pouvons également tout prendre et faire le tri au fur et à mesure. Les propriétaires ont aimé leur maison, cela se sent mais personne ne prendra leur relève et ils savent que tout ce qu'ils aiment risque d'être bradé lorsqu'ils seront partis.

Le devoir en bandoulière

- Demain j'aurai une matinée à peu près tranquille, si tu es disponible, nous pourrions y faire un saut.
- Je les appelle immédiatement, répond-il enchanté.

Pendant qu'il téléphonait, elle réfléchit à l'offre qu'il lui a faite. A-t-elle raison d'accepter cette tentative de vivre à deux en famille dans l'idée d'unir leurs destinées si l'expérience était concluante ? En temps normal, les membres du couple s'aiment, se marient et vivent ensemble parce qu'ils éprouvent des sentiments l'un pour l'autre… au risque de ne plus s'aimer assez vite et de divorcer. Là il propose de mieux se connaitre puis de s'unir pour s'aimer, ce qui sous-entend de tout mettre en œuvre pour que le mariage réussisse. Il est dans une perspective de temps long et de famille puisqu'Alex a évoqué des enfants, il y a donc réfléchi. Ce ne serait pas pour lui déplaire, même si la façon de faire peut sembler désuète à première vue. Aller ensemble vers l'amour au lieu de partir de l'amour vers l'inconnu au risque de le perdre en chemin, n'est-ce pas déjà la direction vers laquelle ils avancent ? Ils s'apprécient, ressentent de l'amitié pour l'autre, échangent, s'entraident et s'épaulent. C'est déjà beaucoup !

Le devoir en bandoulière

Alex revint en souriant, les propriétaires du manoir les attendront demain à dix heures. Il est heureux, il saisit la jeune femme dans ses bras la serre contre lui et lui donne un baiser léger sur les lèvres.
- Je suis certain qu'à nous deux nous ferons de grandes choses et il l'entraine dans un tourbillon sur le tempo du Beau Danube bleu, une valse de Strauss fredonnée par Alex. Tu verras comme le Danube est beau lorsqu'il traverse un petit coin de mon pays, un jour, bientôt, je t'emmènerai à Montenie.
Amélie le regarde, et lui répond sobrement :
- D'accord !

Ils se regardent dans les yeux et sourient, ils savent tous les deux qu'elle a donné son accord à bien plus qu'à une petite visite au Danube.

Alex respire comme allégé d'un poids, tous les deux sont en marche vers des jours qu'ils espèrent meilleurs.

12

Le lendemain matin, ils déposèrent ensemble les filles à l'école et se dirigèrent vers le manoir. Il y a de la circulation et avancent lentement.

Le téléphone professionnel d'Amélie sonna. C'est un des commerciaux avec lequel elle travaille qui a besoin de précisions sur un dossier de financement.
- Je ne peux pas vous répondre exactement de mémoire et je suis en voiture. Je vous rappellerai en fin de matinée ou en début d'après-midi après mon rendez-vous. …. J'ai compris, je regarderai avant de vous rappeler. A tout à l'heure.
- Tu aimes faire ce boulot ? Tu te déplaces beaucoup, j'ai compris que c'était ta maman qui gardait Astrid en ton absence.
- J'ai beaucoup aimé, je réussis bien et je gagne bien ma vie mais cela fait cinq ans et je commence à avoir envie de faire autre chose. Le souci c'est qu'il n'y a pas de poste susceptible de se libérer qui m'intéresse. Il faudrait que je cherche ailleurs. Le deuxième souci c'est que je risque de

Le devoir en bandoulière

perdre en souplesse et que ma vie soit plus compliquée à gérer avec Astrid.
- Le contrôle de gestion t'intéresserait ?
- Ce n'est pas mon travail. Je suis plutôt dans l'animation des ventes et le management d'équipes.
- Oui mais tu brasses de gros chiffres.
- Effectivement mes commerciaux ont de gros chiffres d'affaires à atteindre et je suis payée sur leurs résultats.
- Si tu étais rémunérée d'une manière équivalente à ton salaire actuel, serais-tu intéressée par le lancement et l'administration d'une fondation qui viendrait en aide aux familles démunies, qui ont un enfant hospitalisé ? Il y a des manques en termes de logement, lorsque l'enfant est loin de chez lui, certaines familles ne font pas face aux coûts médicaux et il peut y avoir d'autres soucis comme l'acquisition d'appareillages coûteux et d'autres choses auxquelles je n'ai pas pensé.
- C'est toi qui financerais ?
- Je pourrais doter la fondation par un apport initial ensuite il faudrait chercher des fonds, bien les dépenser et contrôler leur emploi afin de rendre des comptes transparents aux donateurs.
- Voilà qui me sortirait de ma routine et je suis sûre que j'aimerais ! Pourquoi pas ? Je vais y réfléchir. Nous avons du temps puisque j'ai trois mois de préavis. Tu as le nom de la fondation ?

- Il est d'usage de lui donner le nom de la personne qui la crée ou en mémoire de celui qui la fonde mais pourquoi ne pas l'appeler « La fondation Petit Prince ». Ce serait un peu d'autodérision car je n'ai rien d'un grand prince.
- Tu es peut-être un petit prince au grand cœur ! Je vais réfléchir mais je suis très tentée. Une fois que la fondation serait lancée qu'y aurait-il à faire ?
- Tu ne ferais pas l'administration mais tu t'occuperais des Relations Publiques ... et peut-être de ton époux et du bébé que nous pourrions avoir. Déclare-t-il en lui prenant la main pour l'embrasser.

A ces mots, une bouffée de chaleur envahit Amélie. « Il se projette pour de bon, époux, bébé ! Suis-je prête pour tout ce que ça implique ? Avec lui, oui, trois fois oui ! »

Elle est choquée par ce constat, elle est prête à suivre Alex, il lui plait vraiment et elle se découvre plus attachée à l'homme qu'elle connait depuis quelques semaines qu'elle le croyait !

Elle n'a plus le temps de réfléchir parce qu'ils arrivent au manoir. Alex descend de voiture et sonne au portail. Une voix lui demande de se présenter, il répond « Alex et Amélie ».

Le devoir en bandoulière

Le lourd portail s'ouvrit pendant qu'il remontait en voiture. Il se gara près du perron où le propriétaire les attendait.

Après les salutations d'usage, ils furent introduits dans le petit salon, un lieu intime dans lequel le couple se tient de manière courante.
- Je peux vous proposer un café ou un jus de fruits si vous préférez, déclare la propriétaire. C'est un déchirement pour nous que de quitter cette maison, nous l'avons beaucoup aimée. Nous avons choisi chaque meuble avec beaucoup de soin afin que l'harmonie des pièces soit respectée aussi dites-nous comment vous l'imaginez ?
- Nous avons des goûts classiques et simples. Je crois pouvoir dire que c'est ce qui nous a surpris en visitant la maison, nous avions la sensation d'être chez nous, c'est un peu fou mais nous avons eu la sensation que la maison nous accueillait. Le château de mes ancêtres est immense et somptueux, les pièces sont grandes et pompeuses, l'on s'y sent petit et insignifiant. Je possède quelques demeures près de la mer ou à la montagne, elles ne sont que des lieux de passages pour de courts séjours. Ici, j'ai ressenti le besoin de poser mes valises et c'est la première fois que cela m'arrive. Donc pour répondre à votre question je dirais que tout est parfait et que rien n'est à changer. Sans doute mettrons nous des

photos pour personnaliser mais le manoir est magnifique tel qu'il est.

- Donc si vous voulez tout garder en l'état, nous allons vous offrir le mobilier. Nous n'avons pas besoin d'argent mais nous ressentions la nécessité de savoir que vous aimerez demeurer ici et que vous apprécierez chaque détail de la propriété.

- Avez-vous du personnel ? Nous viendrons avec Marcel et sa petite fille. Ils demeureront dans le pavillon de l'entrée et lui s'occupera du jardin et surveillera le bon fonctionnement général. Il nous faudrait une femme d'une quarantaine d'année qui prendrait la maison en charge.

- Nous pourrions vous présenter Camille qui était notre gouvernante. Elle est veuve sans enfants et occupait le petit appartement du rez de chaussée, au nord. Sachant que nous allions partir, nous lui avons donné son congé. Nous pouvons la rappeler, c'est une perle, assez autonome et très sérieuse. Elle n'avait que vingt ans lorsqu'elle est entrée à notre service, elle venait de se marier avec un beau gendarme mais parti en mission avec son groupe dans les îles, il est mort lors d'une échauffourée avec des rebelles locaux. Elle est restée longtemps inconsolable et était triste d'avoir à nous quitter. Elle sera ravie d'avoir une petite fille à gâter.

- Oh, il y aura dans les parages, trois fillettes à peu près du même âge. Marcel a perdu son épouse

Le devoir en bandoulière

et son fils qui lui a laissé Marie, sa fille. Elle vient de subir une opération délicate et sera convalescente encore quelques mois avant de pouvoir retourner à l'école, Amélie a une fille, Astrid et je suis le père de Lilian. La maison ne manquera pas d'animation.
- Quelle chance vous avez ! Avoir des petits nous a manqué. A notre âge nous repartons sur nos terres d'origine, ce sera notre dernière demeure.
- Nous sommes prêts à partager nos enfants, si vous souhaitez les rencontrer il suffira de nous le dire. Nous serons heureux de vous recevoir si vous désirez passer quelques jours ici pour revoir vos amis. Il suffira de nous appeler avant afin de vous assurer que nous serons présents.
- Je suis très touchée par votre offre et sans doute nous reverrons nous assez vite.
- Bien, nous allons retourner à Paris car Amélie a des rendez-vous téléphoniques à assurer. Nous nous reverrons chez le notaire bientôt. Merci pour tout et demandez à Camille de me rappeler.

Amélie et Alex repartirent contents de cet entretien. Ils ont le sentiment d'avoir créé des liens presque affectueux avec le vieux couple assez solitaire.
- Tu n'as pas été très bavarde Amélie. Quelque chose t'a dérangé ?
- Dérangée ? Pas du tout, tu étais l'acheteur et c'est à ce titre que tu t'exprimais, je n'avais rien à dire et j'aime que tu aies laissé ta porte ouverte à ces

gens qui me paraissent très seuls. Je les imaginais, isolés dans leur grande maison familiale, coupés de leurs amis. C'est triste ! Si les filles leur donnaient un peu de chaleur humaine voire d'affection, ils se sentiraient mieux. C'est sûr.
Ils retournèrent à Paris en silence, où ils ont tous les deux du travail qui les attend.

Alex effectua les tâches qui étaient prévues et après un moment de réflexion, il se pencha sur son idée de fondation. Il est né avec la chance d'avoir un capital important légué par sa famille, il considère comme normal de participer à l'amélioration des soucis vécus par ceux qui ont moins de chance que lui.
Il observa en silence la concentration d'Amélie installée en face de lui, elle avait bien accueilli son idée de vivre avec lui et il s'en trouve ragaillardi.
Lio et Sofia lui avait ôté toutes certitudes sur ses qualités humaines et sur sa capacité de plaire et son égo avait souffert. Grâce à l'accompagnement discret d'Amélie, la prise de conscience et le travail qu'il a fait sur lui-même ont été douloureux mais supportables et profitables. Il a le sentiment d'en sortir grandi et l'homme qu'il est parait plaire à la jeune femme, ce qui le rassure.
Elle est si belle et tellement attentive aux autres qu'elle serait parfaite à son bras et une magnifique

figure de proue pour sa fondation, si elle acceptait sa proposition.

Marcel appela pour lui demander la date à laquelle il emménagerait dans la maison du parc. Il profite de ce que Marie est encore hospitalisée pour commencer à faire ses cartons et les transporterait dès qu'il aurait accès à la maison de façon à n'avoir à louer un camion que pour transporter son mobilier.

- Mais non Marcel, j'ai déjà prévu de faire appel à un déménageur, vous n'allez pas vous casser le dos à porter ces meubles seuls. Je vous préviendrai dès que j'aurai une date. Occupez-vous de Marie et résiliez votre contrat. Avez-vous pensé à la scolariser ?
- Elle ne pourra pas retourner à l'école cette année. J'ai le programme et je pourrai m'en occuper lorsque je ne travaillerai pas pour vous.
- Nous demanderons à Camille de vous aider lorsque vous serez occupé. Nous reprenons le contrat qui liait les actuels propriétaires du manoir à leur gouvernante qui est d'après eux quelqu'un de très bien.
- Vous pensez à tout le monde Alex, quand vous occupez-vous de vous ?
- Ne vous inquiétez pas je me garde du temps, répondit-il en riant et puis il est bien plus facile de voir la paille dans l'œil de l'autre que la poutre qu'on a

dans le sien. C'est bien ce que vous dites n'est-ce pas ?
- C'est sûr et ça fait moins mal ! Alors Alex, j'attends de vos nouvelles tout en faisant mes cartons.

Trois semaines après, ils aménageaient au manoir. Les déménageurs sont venus dès huit heures chercher les quelques affaires d'Amélie, des filles et celles d'Alex avant d'aller chez Marcel qui supervisera le chargement de ses meubles et de ses cartons.

C'est la larme à l'œil qu'il fait le dernier tour de son appartement maintenant vide et nettoyé. Il y avait emménagé alors qu'il avait à peine vingt ans, sa fiancée plus jeune que lui déjà enceinte de leur fils. Ils y avaient été heureux, puis dix-huit ans plus tard, ils avaient été contrariés de constater que la trop jeune fille choisie par leur fils, encore un gamin, n'avait pas plus été mère qu'épouse, l'abandonnant abasourdi, avec Marie à la sortie de la maternité. Le drame qui lui avait enlevé sa femme et son fils était ensuite survenu, le laissant seul responsable de Marie et là, le ciel lui était tombé sur la tête, le diable avait pris la forme de la maladie !
Il fit un dernier tour rapide, il ferma la porte d'un appartement impeccable et glissa les clefs dans la boite aux lettres du concierge comme convenu.

Le devoir en bandoulière

Dans la rue, laissant son passé derrière lui, il respira et se redressa, à partir de cet instant, une nouvelle vie commence pour Marie et lui. Sans perdre de temps, d'un bon pas, il se dirigea vers sa voiture pour suivre les déménageurs et les aider à déposer les meubles à leur place dans la maison du parc.

Demain, Marie sortira de l'hôpital pour intégrer une nouvelle maison, bien plus chic que l'ancienne et elle retrouvera ses petites amies. Leur avenir lui parait se profiler sous de bons augures.

Au manoir, il retrouva Amélie, Alex et Emile venus l'aider malgré ses protestations. Ils portèrent tous les cartons en suivant les ordres qu'il donnait aux déménageurs et aux trois aides qui le laissèrent seul lorsqu'il ne resta plus dans le camion que les valises à déposer au manoir.

- Dites-moi, ai-je raté quelque chose, Amélie et Alex, vous vivez ensemble maintenant ? demanda Emile surpris de trouver les affaires de sa sœur dans le camion.
- Techniquement oui, nous aurons la même adresse mais nous ne sommes pas encore un couple même si je pense que nous sommes sur le chemin. Tous les deux, nous avons besoin de temps et de mieux nous connaitre avant de nous décider à essayer la vie en couple. Penses-tu que nous

commettons une erreur ? demanda Alex inquiet de la réaction d'Emile
- Non, je peux même dire que je l'espérais. Le gite est sympa, pas un château mais pas loin ! Les filles pourront courir dans les couloirs sans déranger personne ! Et le parc avec cette vue sur le domaine voisin, c'est une splendeur.
- Nous allons nous arranger pour les sorties de classe des filles et je vais probablement changer d'employeur pour un poste plus sédentaire. Ma nouvelle vie commencera à la fin de mon préavis.
- Et que feras-tu ?
- Alex voudrait me confier la création et la mise en route de sa fondation destinée à aider les familles qui ont des enfants malades.
- Psst... Le travail ne va pas manquer ! Je n'aimais pas te savoir autant sur la route, ce boulot t'ira bien.
- Dépêchons-nous, il faudrait aller chercher les filles.
- Madame Amélie, bonjour, je suis Camille, la gouvernante. Je pensais que vous arriveriez demain et je suis allée faire les courses. Pourriez-vous m'accorder un moment ?
- Excuse-moi Emile, bonjour Camille, je suis heureuse de vous rencontrer. Je vous présente mon frère Emile qui est venu voir comment il pouvait nous aider. Je vais devoir aller chercher les filles à l'école

aussi n'ai-je pas beaucoup de temps à vous consacrer aujourd'hui. Si vous avez un peu de temps, pourriez-vous préparer un petit diner simple, à réchauffer vers dix-neuf heures ? Tu resterais Emile ? Bien il y aura sans doute Marcel qui demeurera avec Marie dans la maison du parc, les filles, Alex et moi et vous si vous n'avez rien de mieux à faire. Ce sera l'occasion de tous faire connaissance.
- Je ne peux pas diner à table avec vous. Monsieur et Madame m'ont dit que Monsieur est un prince.
- Oui c'est vrai mais il n'en fait pas grand cas et puis ce soir est un peu exceptionnel, vous êtes invitée à vous joindre à nous. Emile les déménageurs sont partis ?
- Oui et tu dois y aller si tu veux récupérer les filles à l'heure, il faudrait envisager de les changer d'école, ces trajets vont vite devenir contraignants... Je vais aller voir ce que fait Alex, à tout à l'heure mesdames.
- Pour le diner ne vous tracassez pas, les filles seront ravies avec un peu de purée et du jambon.
- Je devrais pouvoir faire mieux, à tout à l'heure. Où se trouve la vaisselle ?
- Oups ! Je n'y ai pas pensé, nos prédécesseurs ont-ils laissé quelque chose ? Autrement, il va falloir équiper la cuisine et la salle à

manger. S'il n'y a aucune vaisselle, pouvez-vous aller acheter quelques bricoles je vous rembourserai ce soir.

- Madame a laissé la cuisine, la porcelaine et les cristaux en revanche, je crois qu'elle a pris l'argenterie.
- Ça j'ai, dans un carton marqué argent, que c'est gentil d'avoir tout laissé.
- Ils étaient formidables et généreux, ils vont beaucoup me manquer.
- Nous les reverrons, c'est déjà convenu. J'y vais Camille. A tout à l'heure.

13

Les filles sont très excitées à l'idée de changer de maison et Amélie s'aperçoit que les allers-retours lui prendront plus de temps qu'elle l'avait pensé. Son frère a raison, ce ne sera pas gérable.

« Nous ne sommes plus très loin de la fin de l'année, il faudra profiter des vacances pour les changer d'école. Je dois voir avec Alex s'il veut les laisser dans le public. »

Elles arrivèrent vers dix-sept heures quinze au manoir et s'arrêtèrent à la maison du parc pour prévenir Marcel qu'il sera attendu à dix-neuf heures pour diner. Il protesta un peu mais n'obtint pas gain de cause.

- C'est le premier soir, demain sera un autre jour, et vous aurez le temps de faire vos courses, répliqua Amélie.

Les filles ont filé en courant vers la grande maison, heureuses d'avoir un grand jardin pour jouer. Elles

pilèrent devant le perron en haut duquel se tient Camille.
- Bonjour mesdemoiselles, je suis Camille.
- Moi je suis Astrid et ma sœur, Lilian ne parle pas encore bien le français mais je lui apprends.
- Ah parce que vous êtes sœurs ? Je n'avais pas compris, C'est vrai que vous vous ressemblez un peu. Laquelle de vous est l'ainée.
- C'est quoi ainée ?
- C'est la plus âgée.
- Ah, moi je suis née le 2 juin et toi ?
- Moi le, elle montre six doigts, in march, the six.
- Les six mars et le 2 juin de la même année ? Bien je m'en souviendrai pour les anniversaires.

Amélie arriva et présenta Lilian comme la fille d'Alex et Astrid comme la sienne.
- Elles sont amies et aime bien se présenter comme étant des sœurs. Mais il n'en est rien. Vous avez sans doute remarqué qu'Alex et moi sommes des amis mais que des amis aussi nos vies si elles se croisent, ne fusionnent pas. Nous avons choisi ce mode de vie à cause des trois filles.
- Mon rôle n'est pas d'avoir de point de vue sur la manière dont vous vivez, madame.
- Je sais bien, mais je préfère que les choses soient claires et ainsi éviter les interprétations... Je conviens toutefois que cette cohabitation que nous commençons soit surprenante mais Alex et moi

commençons à travailler ensemble sur un gros projet et ce sera plus simple. Nous nous adapterons au fil des mois.

- Ah vous êtes arrivées, déclara Alex en sortant de la maison. Je vous propose de découvrir le parc si vous êtes d'accord mes demoiselles et les endroits dangereux qui vous seront interdits.

Ils s'éloignèrent de la maison en discutant d'arbres et de fleurs, pendant que les filles couraient devant eux. Ils découvrirent que cinq hectares de parc arboré, c'est beaucoup et se posèrent la question de son entretien.

- Je vais contacter une entreprise paysagère pour l'entretien.
- Tu as déjà embauché Marcel, ne confie pas son travail à d'autres sans lui en parler auparavant, il ne le vivra pas bien.
- C'est pour l'aider, il n'arrivera pas à tout faire.
- C'est son boulot, laisse-le gérer et faire appel à des extras si c'est nécessaire. Il a sa fierté !
- Ok, ma générosité est malvenue…
- Pas malvenue, tu vas trop vite et ne fais pas grand cas de l'amour propre de ton personnel.
- Je ne voulais pas…
- Je sais, mais laisse-le décider, il te le revaudra ou même confie lui un budget pour le jardin qu'il ne soit pas toujours en train de mendier pour l'achat d'une plante ou d'un produit, voire l'embauche d'un

aide, ce sera une marque de confiance qui lui fera du bien pour pas grand-chose.
- Il tiendrait une sorte de comptabilité ?
- Oui, il sera important qu'il rende compte de son travail et ce sera plus transparent pour tous et tu sauras ainsi combien te coûtera l'entretien de la propriété. Puisque nous parlons gros sous, j'ai l'intention de participer au pot commun, à hauteur d'une somme équivalente à celle que je dépensais pour l'alimentation et l'entretien de mon appartement.
- Je ne veux pas, tu es invitée.
- J'ai accepté de vivre au manoir ce qui va améliorer notre confort mais je tiens à participer aux frais et tu ne me feras pas changer d'idée. Tu n'as pas à nous prendre en charge.
- Pourtant, j'aimerais…
- Peut-être un jour, mais le moment n'est pas venu !
- Dis-moi que tu y songes… moi, je me projette et je suis certain que ce ne serait pas une erreur. Ton frère m'a tellement parlé de toi, depuis si longtemps, que tu es loin d'être une inconnue.
- Peut-être mais moi j'ai besoin de te voir à l'œuvre et d'être sûre de toi autant que de moi.

Alex se tut, elle espère qu'il n'est pas vexé ; Ils firent le tour en devisant puis se retrouvèrent devant l'escalier d'accès au manoir.

Le devoir en bandoulière

- A la douche les filles, nous dinerons après.
- Comment faut-il qu'on s'habille maman ?
- Enfilez une jupe et un tee-shirt pour venir à table.
- Maman Amélie, il faudra mettre une culotte ?
- Evidemment, le port de la culotte est obligatoire, répond-elle au bord de l'éclat de rire alors qu'Alex ouvre de grands yeux et que ses joues rosissent.
- Je t'avais dit pas fesses à l'air, rétorqua l'enfant en se retournant vers Astrid, toi vouloir moi grondée.
- Non, c'était une blague, regarde papa Alex rigole !

Ce qui déclencha un franc éclat de rire de la part d'Alex :

- Si l'on m'avait dit il y a quelques mois, que j'aurais à participer à… à ça, je n'y aurais pas cru ! Vous me faites un bien fou les filles ! Venez ici chercher un bisou, vous êtes les meilleures ! Allez à la douche à présent et n'oubliez pas la culotte ! Termine-t-il en riant puis il les suivit des yeux, un grand sourire aux lèvres.
- Eduquer des petits n'est pas sans surprise et ils n'ont aucun frein, toutes les questions sont importantes et toutes méritent une réponse. Il ne faut pas oublier que l'imagination est au rendez-vous et

que leur réel est souvent mâtiné de chimérique. Murmura Amélie.
- Elles m'amusent et me font rire. Je crois que je suis bien plus heureux depuis qu'elles font vraiment partie de ma vie, grâce à elle, j'ai le sentiment que ce que je fais ou ce que je dis est important pour quelqu'un, et cela me fait un peu peur.
- Le père est important pour les filles, il marque parce qu'il est une figure d'autorité, il ne transmet pas tout à fait les mêmes choses que la mère qui peut être là pour les confirmer. Enfin, c'est mon point de vue.
- C'est ainsi que j'ai vécu mon père. Ma mère est morte jeune et c'est ma grand-mère paternelle qui a repris le collier et lorsque j'étais adolescent, mon père a eu un cancer des poumons. J'étais devenu chef de famille à seize ans mais elle a conservé la tutelle jusqu'à mes vingt et un ans. Mon père n'était pas enterré que ma grand-mère m'avait envoyé en pension et ensuite, j'ai fait une école d'officier tout en écoutant d'une oreille distraite mes conseillers me dire ce qu'un prince devait faire ou ne pas faire, où investir, avec quels genres de filles sortir… Puis adulte, pour reprendre la direction de nos affaires, j'ai dû me former aux finances afin d'administrer les avoirs de ma famille au sens large c'est-à-dire les cinq branches.

Le devoir en bandoulière

J'ai étouffé une grande partie de ma vie et je n'ai pas envie de cela pour mes enfants même s'il faudra leur inculquer les règles qui régissent notre société et l'indispensable protocole…et la gestion des finances de la famille. Je préfère de loin les voir enfourcher leurs licornes !
Je ne me plains pas de l'éducation que j'ai reçue mais elle n'est pas enviable et doit être adaptée aux temps que nous vivons.

- J'appréhende mieux le contexte… Je comprends aussi pourquoi tu as pu être si facilement grugé. Tu n'as pas été préparé à vivre au milieu des requins ou au moins éduqué à les repérer. Je pense toutefois qu'à présent, tu as fait la triste expérience de cet écueil et pourras en tirer quelques leçons. Excuse-moi, je dois rejoindre les filles avant qu'elles soient victimes d'une brillante idée !

Elle retrouva les deux fillettes dans une baignoire débordante à jouer au sous-marin.
- Les filles vous nagerez ainsi dans la piscine, la baignoire n'est pas faite pour cela. Rincez-vous et sortez du bain. Camille va nous attendre pour servir.

Les fillettes partirent s'habiller entortillées dans les serviettes pendant qu'Amélie épongeait le sol en bougonnant :
- Il n'y a pas moyen de les laisser seules cinq minutes…

Elle les aida à s'habiller et à se coiffer puis après avoir remis un peu d'ordre dans sa tenue, elle descendit dans les pièces à vivre pour rejoindre Marcel qui venait d'arriver et Alex. Elle abandonna les filles assises sur le canapé, qui « prenaient l'apéritif » avec un fond de verre de jus d'orange servi par le maitre de maison, tout en imitant en pouffant de rire, les deux hommes en train de siroter leur whisky.

Tranquillisée, elle se dirigea vers la cuisine afin d'aider Camille.

- Venez prendre un verre Camille, Marcel est arrivé. Je vous aiderai pour le service.

- Vous n'avez pas à faire cela madame, c'est mon travail.

- Je sais mais j'ai deux mains et je peux vous soulager un peu ce soir. Profitez de la soirée, vous savez qu'il y a des jours où je rentrerai tard et où vous aurez à surveiller qu'Alex s'occupe des filles. Il est plein de bonne volonté mais n'a jamais fait cela et il n'est pas encore très à l'aise avec elles même s'il commence à se détendre en leur compagnie.

Elles se rendirent dans le salon et Camille fut présentée à Marcel qui lui proposa un verre.

- Je veux bien un verre de vin blanc si vous en avez, autrement je ne prendrais rien, ce n'est pas grave.

- Je vais ouvrir une bouteille…

Le devoir en bandoulière

- Non, laissez il y a une bouteille au frais, je vais la chercher. Prendrez-vous un verre de vin Madame Amélie ?
- Non désolée, je ne bois pas d'alcool parce que je n'aime pas mais je n'oblige personne à me suivre. Servez-vous un verre de vin si vous en avez envie Camille.

La conversation démarra sur le tour du jardin qu'avait fait Marcel et son idée de construire une cabane au sol pour les filles. Elles ne dirent rien mais l'échange de regards pétillants de bonheur n'échappa pas aux adultes.

- Vous irez chercher Marie demain ?
- Oui, j'irai demain matin. Elle devra se ménager encore quelque temps mais elle va bien.
- Marie est votre épouse ? Si vous avez besoin d'aide, dites-le-moi.
- Non Camille, mon épouse et mon fils sont morts dans un accident il y a plus de trois ans, me laissant seul avec un nourrisson que je ne savais pas par quel bout attraper. Je me suis débrouillé, puis nous avons découvert que Marie avait un gros problème cardiaque et là, j'ai largué les amarres. Grâce à Alex qui m'a sorti du trou dans lequel je m'enfonçais, elle vient d'être opérée avec succès et elle est sortante de l'hôpital. Elle a maintenant hâte de retrouver Lilian et Astrid, ses seules amies. J'irai la chercher demain et le cardiologue me donnera les

dernières instructions. J'espère que j'arriverai à faire face à cette nouvelle vie sans flancher.

- Marcel, vous n'êtes pas seul et si vous avez des soucis, parlez, il y a trois paires d'oreilles adultes pour vous écouter.
- Oui, enfin… merci à tous.
- Monsieur Marcel, on pourra aller avec vous à l'hôpital chercher Marie ?
- Non les filles, intervint Alex, demain vous avez école. Si Marcel avait besoin d'aide, il pourrait demander à Camille de l'accompagner parce que Maman Amélie a des rendez-vous et moi aussi.
- Je voulais aller à l'hôpital, ce n'est pas drôle l'école.
- Si c'est drôle, demain nous répétition, père Noël.
- Ah oui !

Et voilà les deux fillettes à discuter à voix basse de Noël sous l'œil attendri des adultes.

Dès le dessert avalé, les filles quittèrent la table et allèrent se brosser les dents avant d'aller se coucher chacune avec son parent.

Marcel aida Camille à desservir et à ranger la cuisine en dépit de ses protestations, lorsqu'Alex et Amélie redescendirent, il rentra chez lui après avoir remercié Camille, Amélie et Alex pour l'excellent diner partagé.

Le devoir en bandoulière

- J'ai encore passé une bonne journée, j'ai l'impression que Marcel va mieux qu'en penses-tu ?
- Il doit encore se sentir fragile pour avoir fait la réflexion sur sa crainte de flancher. Il faudra que le temps lui prouve qu'il peut avancer sans avoir peur.
- Ce n'est pas évident de tout recommencer.
- Non, il faut du courage et au moins un objectif. Recommencer peut-être vivifiant, dynamisant, faire des projets lorsqu'on n'en avait plus, voir son chemin de vie s'éclairer parce que l'espoir renait, ... c'est géant comme sensation !
- On pourrait croire que tu sais de quoi tu parles.
- Oh oui, je sais... J'étais amoureuse de mon mari, Maman ne le sentait pas mais je le voulais. Nous nous sommes fréquentés pendant deux ans avant de nous décider à nous marier. Manque de chance, j'ignorais qu'il était infidèle. Lorsque je l'ai découvert, il m'a dit avoir besoin de changer d'air régulièrement pour supporter la vie en couple. Je lui ai demandé de partir et je crois qu'il n'a pas compris. J'ai eu l'impression que ma vie s'écroulait, j'ai remis en question tout ce en quoi je croyais, mais j'étais enceinte et pour ce bébé, j'ai petit à petit remis ma vie en perspective et je me suis juré que je ne lui donnerai pas pour modèle quelqu'un qui ne sait pas respecter ses engagements. J'ai donc revu mes projets et je me suis aperçue que ma vie était

différente mais sympa quand même. J'ai eu raison puisqu'on peut considérer qu'à présent, il a laissé sa fille tomber.
- Il ne lui manque pas ?
- Elle l'a peu vu parce qu'il ne la prenait que rarement. Elle n'en parle pas ou il faut une occasion.
- C'est triste, un jour il regrettera.
- J'aviserai... pour le moment il est à Tahiti. Nous n'avons plus de nouvelles et c'est parfait, je suis libre d'éduquer ma fille comme je l'entends.

Ils échangèrent encore un moment à voix basse mais comme il était encore tôt ; ils décidèrent de regarder un film d'action à la télévision.
Assis l'un près de l'autre, leurs épaules se frôlent au moindre sursaut ou à la moindre respiration précipitée par le rythme du film. Ils sont très conscients de la présence de l'autre et de manière peut être involontaire, ils finissent appuyés l'un sur l'autre par partager leurs émotions en se tenant par la main.

Le film terminé, ils restèrent silencieux, deux ou trois minutes à profiter du calme de la pièce, soudain Alex prit le visage d'Amélie entre ses paumes et la regarda. Contre elle, elle sentait sa large poitrine s'élever et retomber sur un rythme précipité, et son

cœur se mit au diapason en battant plus fort, répandant en elle une douce chaleur.
Amélie lui rendit son regard, son pouls battant dans ses tempes. Elle eut le sentiment que brutalement, il était soumis à une pression à laquelle il ne pouvait plus résister. Il l'attira contre lui et l'embrassa avec force, comme s'il voulait la priver de la moindre parcelle d'oxygène, lui ôter toute possibilité de penser pour qu'elle ne puisse plus que ressentir.
Il reprit vite contenance et sans qu'elle s'y attende, murmura dans ses cheveux, contre son oreille les vers du lac de Lamartine universellement connus :

« Ô temps ! suspends ton vol,
Et vous, heures propices,
Suspendez votre cours :
Laissez-nous savourer les rapides délices
Des plus beaux de nos jours ! »

Puis un silence profond s'installa, Amélie est muette de saisissement et Alex parait sortir confus d'une sorte de transe :
- Amélie, il faut monter, soupire-t-il, puis il embrassa les doigts de sa compagne, toujours entrelacés aux siens.
- Tu as raison à demain, répondit-elle la voix enrouée, l'air de sortir d'une espèce d'hébétude, et sans plus de mots elle s'en alla, le laissant pétrifié.

« Que s'est-il passé là ? Nous avons passé une belle soirée, calme et nous nous sommes rapprochés. Elle est tellement tout ce que j'espère ! » pensa-t-il frustré, à son tour il se leva pour vérifier la fermeture des issues avant de monter à l'étage.

14

C'est assez perturbée qu'Amélie regagna sa chambre. Elle ne s'attendait pas à l'expression de tant de tendresse et encore moins aux vers de Lamartine.
Gênée elle réalisa que son départ avait tout d'une fuite.
« Je suis stupide ! qu'a-t-il dû penser ? J'ai trente ans pas dix-huit ! Je ne vais pas pouvoir le regarder en face alors que je fondais dans ses bras et que j'ai aimé chaque seconde passée dans son étreinte ! »
Elle réfléchit à ses sentiments et à ses freins :
« C'est au fond peut être ce qui me fait peur, perdre une indépendance chèrement gagnée et avoir des comptes à rendre à quelqu'un. »

Elle se coucha et ne pensa qu'à cette soirée sympathique, ouverte sur les autres puis tellement intime.
« Demain, je m'excuserai, je me suis mal comportée alors que j'ai envie d'être près de lui et de sentir que nous sommes sur la même ligne de pensée. »

Le devoir en bandoulière

Elle songea aux quelques vers récités dans ses cheveux et une phrase du « cercle des poètes disparus de John Keating à ses élèves, revint à sa mémoire :
« *…l'humanité est faite de passions. La médecine, le droit, le commerce sont nécessaires pour assurer la vie, mais la poésie, la beauté, la romance, l'amour, c'est pour ça qu'on vit.* »

Puis elle s'endormit doucement le sourire aux lèvres. Lorsqu'elle se réveilla le lendemain matin, elle s'aperçut qu'elle était en retard. Elle s'habilla et se rendit dans la chambre d'Astrid qu'elle trouva vide, la couette pendouillant d'un côté du lit et aucun bruit ne se faisant entendre dans les étages.
Elle descendit à la cuisine et y trouva Camille en train de ranger la vaisselle.
- Bonjour Camille, savez-vous où sont les filles ? Je n'ai pas entendu mon réveil.
- Monsieur est déjà parti avec elles pour l'école.
- Oh, je suis donc très en retard, je me suis endormie très tard et ce matin… Bon, je vais prendre un petit café et tout ira bien après. C'est moi ou le temps a beaucoup fraichi ?
- Nous sommes fin octobre, l'automne est installé. Lilian était habillée légèrement, monsieur m'a dit qu'elle n'avait pas de manteau.
- Non, c'est vrai, lorsqu'elle est arrivée fin septembre, elle n'avait rien à porter et a emprunté les

vêtements d'Astrid quelques jours. Alex lui a acheté des vêtements mais nous n'avions pas trouvé de manteau c'était un peu tôt. Nous allons devoir y penser. Vous avez fait des courses hier, il faudra dire combien nous vous devons. Avez-vous un budget pour le mois ? Comment fonctionniez-vous avec nos prédécesseurs ?

- J'aime bien avoir un budget à administrer et ne rendre des comptes qu'une fois par quinzaine. Si vous voulez préparer les menus ou me dire si vous avez des invités, un peu à l'avance, cela me permettrait de m'organiser.

- Mes parents viendront certainement avec mon frère un jour prochain, pour le reste, je recevais mes amis simplement. J'ignore si Alex aura des obligations, il n'en a pas parlé, en tous cas, je suppose qu'il n'y a rien de prévu pour les prochaines semaines, il n'est pas en France depuis assez de temps.

- Il faudrait également que je connaisse les préférences de monsieur Alex et les vôtres.

- Je ne suis pas difficile et je mange de tout, ainsi que les filles, en ce qui concerne Alex, j'ignore ses préférences, il faudra lui poser la question. De quel budget pensez-vous avoir besoin pour la quinzaine ?

- Je ne sais pas, disons mille euros et nous ferons le point.

- D'accord, je peux vous donner un chèque, vous vous rembourserez de ce que vous avez dépensé hier et Alex vous donnera la même somme et nous ferons le point. Est-ce que cela vous convient ? Nous allons un peu tâtonner, Alex et moi n'avons pas les mêmes habitudes ni les mêmes budgets aussi n'hésitez pas à nous dire ce que vous en pensez et si vous avez besoin d'un appareil ou de quoi que ce soit.
Je suppose que Marcel aura lui aussi un budget, il ne faut pas que vous mettiez votre argent dans le fonctionnement de la maison, autrement nous ne sortirons pas des comptes. Bien il faut que j'aille travailler. Je vais m'installer dans la bibliothèque, j'aime l'ambiance et la lumière de cette pièce. N'hésitez pas à venir me voir si vous en avez besoin.
- Que voulez-vous pour le déjeuner ?
- Quelque chose de simple et de rapide fera l'affaire. Je ne dispose souvent que de peu de temps.

Elle s'éloigna avec son ordinateur et ses documents et n'entendit pas la porte, Alex revenait de l'école. Il accrocha son gilet sur la boule de la rampe de l'escalier et se dirigea vers la cuisine pour se servir un café.

Il entama la conversation avec Camille qui lui fit le compte-rendu de son échange avec Amélie.

Le devoir en bandoulière

- Elle va participer à hauteur de mille euros, d'accord. Je vais d'emblée vous donner une somme plus importante pour que vous soyez à l'aise. Je ne suis pas difficile mais lorsque nous recevrons je veux une belle table et des mets de choix. N'hésitez pas à faire appel à un bon traiteur si vous ne vous sentez pas capable d'organiser le repas, surtout si nous sommes nombreux. Faites bien la différence entre les moments où nous serons entre nous ou en famille et ceux où il faudra que je représente mon pays. Soyez en confiance et n'hésitez pas à nous parler. Où s'est installée Amélie ?
- Dans la bibliothèque.
- Je lui avais dit que nous pouvions partager le bureau... Quelle tête de mule !
- Elle devait téléphoner, elle n'a sans doute pas voulu vous déranger. A quelle heure voulez-vous déjeuner ?
- Je vais demander à Amélie et je me calerai sur ses horaires. Je suppose que sa pause sera courte.
- Oui elle m'a demandé quelque chose de simple.
- Je crois qu'elle aime les salades composées, ne préparez pas de menu spécial pour moi. Je suis capable de manger de la salade et un yaourt.
- Je pourrais ajouter un steak si vous voulez.
- Oh oui, bleu mais chaud, ce serait parfait.

Le devoir en bandoulière

Puis il se dirigea vers la bibliothèque.
Amélie raccrochait de la main droite, la gauche soutenant sa tête, lorsqu'il entra.
- Bonjour, tu as bien dormi ? Pourquoi n'es-tu pas dans le bureau ?
- J'avais des appels à passer et ne voulais pas te parasiter.
- Non, j'aime te voir et t'entendre, savoir que tu n'es pas loin de moi.
- Je... je voulais te demander de m'excuser pour hier soir. J'ai été surprise par ton romantisme et je n'ai pas su comment réagir. J'espère que tu ne t'es pas vexé.
- Non, je n'étais pas vexé, j'étais frustré et j'ai bien vu que tu étais perturbée. Tu n'aimes pas la poésie ?
- Oui, j'y suis sensible mais je ne m'attendais pas à ce que toi, tu déclames des vers.
- Et ?
- Cela m'a bouleversé, c'est idiot et je n'ai pas pu dormir parce que je t'avais laissé en plan.
- Amélie... tu vas me rendre fou. Dit-il en l'attirant contre lui. Ne t'inquiète pas pour ça, il m'en faut davantage pour me vexer. Alors pourquoi la bibliothèque plutôt que le bureau ? Tu te cachais ?
- Je peux te dire que j'aime la lumière de la pièce ?

Le devoir en bandoulière

- Tu peux mais je te préfère près de moi. Je vais donc venir m'installer ici, sauf si tu n'es pas d'accord. La pièce est assez grande pour supporter deux bureaux. Nous profiterons de la lumière ensemble et lorsque nous recevrons nous utiliserons le bureau pour donner du sérieux à l'entretien.

Le téléphone d'Amélie sonna à nouveau, elle se dégagea de son étreinte et décrocha, fronça les sourcils en écoutant son correspondant, leva les yeux au ciel et chercha un fichier sur son ordinateur. Alex repartit sur la pointe des pieds, happée par ses correspondants, elle n'était plus disponible pour lui mais elle s'est excusée et l'a laissé la serrer dans ses bras.
« Je progresse, lentement mais j'avance... Je vais me préoccuper de l'installation d'un deuxième bureau, c'est vrai que la pièce est vaste et plus lumineuse. Le bureau est plus formel, moins sympa à fréquenter au quotidien et ici, la vue sur le parc est inspirante. »

Pendant le déjeuner, Amélie prévient Alex qu'elle s'arrêtera avec les filles pour acheter un manteau à Astrid et qu'il faudrait qu'il fasse la même chose pour Lilian.
- Très bien, j'y pensais ce matin en voyant les enfants arriver déjà emmitouflés à l'école. Je viendrai

avec toi, cela me fera prendre l'air. Il faudrait que nous inscrivions les enfants à l'école et que nous prévenions la directrice. Dommage, elle était sympathique. Si tu veux, je pourrais m'en charger demain matin.

- Très bien c'est gentil, avec ma démission, il faut que je boucle des dossiers et que j'informe les équipes de mon secteur. Nous avions pris ensemble des habitudes qui nous permettaient de bien travailler mais qui vont changer avec mon successeur. J'aurai du travail les prochaines semaines et peut être à former la personne qui sera embauchée, je risque de ne pas être très disponible.

- Amélie, je serai là pour toi. Repose-toi sur moi et sur Camille de manière que tout continue à bien fonctionner. Je ne veux pas que tu t'inquiètes.

- Merci Alex mais je n'ai pas l'habitude de pouvoir compter sur quelqu'un d'autre qu'Emile ou ma mère et de te rajouter dans le circuit me trouble.

- Eh bien ma chérie, tu vas devoir apprendre, je rêve de m'occuper de toi et d'Astrid évidemment. Je vous veux toutes les deux. Voilà c'est dit et c'est officiel !

Et il prit sa main pour déposer un baiser dans sa paume.

Ils furent interrompus par quelqu'un qui frappait à la porte. Alex regarda Amélie l'air agacé pendant qu'elle répondait les yeux rieurs.

Le devoir en bandoulière

Marcel entra dans la pièce en tenant Marie par la main.
- Madame Amélie, Alex, je voudrais vous présenter Marie, elle est un petit poids plume mais le docteur pense que mon petit oiseau va se remplumer. Sa nouvelle maison lui plait et elle espère aller bientôt à l'école avec ses amies.
- Bonjour Marie, nous sommes très heureux de te voir. Tu pourras venir voir tes amies quand tu en auras envie mais il faudra prévenir ton papi afin qu'il évite de te chercher. Nous allons bientôt aller chercher les filles à l'école mais je ne voudrais pas te fatiguer en te demandant de venir avec nous. Y a-t-il quelque chose qui te ferait très envie ?
La petite ne répondit pas mais regarda son grand-père sollicitant son accord.
- Répond ma chérie, l'encourage-t-il.
- Je pourrais t'appeler Maman Amélie comme Lilian et Astrid ?
- Si tu veux ma poupée, pour toi aussi je serai maman Amélie.
- Tu me feras des bisous et tu me gronderas comme les filles ?
- Si tu mérites des bisous tu en auras et si tu fais des sottises ou n'obéis pas à ton papi, je te gronderai, tu peux en être certaine. Viens que je puisse t'embrasser pour te souhaiter la bienvenue.

L'enfant lâcha la main de Marcel et se précipita sur Amélie qui la serra légèrement contre elle. Elle sentit bien que l'enfant était d'une grande maigreur et redouta de la blesser.
- Je vais aller me reposer pendant que papi me lira une histoire. Les filles viendront me voir après ?
- Nous irons acheter un manteau bien chaud, comme le tien aux filles et en revenant, nous nous arrêterons chez vous. Elles auront le temps de te raconter ce qu'elles font en classe avant de revenir pour diner. Nous nous verrons plus longuement en fin de semaine.
Marie rejoignit Marcel avec un grand sourire.
- Marcel, ne vous laissez pas envahir, renvoyez les filles quand vous voudrez ou dès que vous sentirez que Marie se fatigue, les enfants ne savent pas quand s'arrêter.
- Ne vous inquiétez pas, je ne serai pas loin. Je fais des plans pour aménager certains coins du parc et je vous les soumettrai. Je pense aussi à un petit terrain de jeux pour les filles avec une balançoire, une cabane et un petit potager qu'elles devront entretenir. Je vous en reparlerai.
- J'envisage de vous confier un budget, comme à Camille de sorte que vous soyez un peu indépendant et que vous puissiez vous faire aider, parce que le parc est grand et vous ne pourrez pas être partout, déclara Alex.

- Merci Alex, pour votre confiance.
- Nous irons demain, inscrire les filles à l'école pour la reprise de janvier. Voulez-vous qu'on prévienne l'institutrice que Marie pourrait arriver afin qu'elle soit dans la même classe que ses amies ?
- La rentrée de janvier sera dans presque trois mois, d'après le cardiologue, elle sera totalement rétablie, donc oui, faites la pré-inscription et si vous pouviez me dire ce qu'apprennent vos filles, je pourrais essayer de faire travailler Marie pour qu'elle n'ait pas de trop gros retard.
- Oh pour le moment, elles chantent beaucoup apprennent les jours et les couleurs et font des ronds et des boucles. Elles essayent surtout de domestiquer les crayons qui ne font pas ce qu'elles veulent qu'ils fassent. Vous verrez certains travaillent bien et d'autres sont beaucoup plus indépendants et s'échappent du contrôle des petits doigts.
- Je fais de beaux dessins, papi m'a appris.
- C'est bien tu ne seras pas en retard ne t'inquiète pas. Je vous donnerai les informations.

Marcel et Marie partirent vers la cuisine pour y rencontrer Camille qui embrassa l'enfant et lui proposa un cookie fait spécialement pour les trois petites filles.
- Et moi ? Je ne peux pas en goûter un ? demanda Marcel sur un ton déçu mais l'œil rieur.

- Marie, est ce que ton papi mérite un gâteau ?
- Oh oui, mon papi est le plus gentil et le plus beau des papis. Il s'occupe bien de moi mais maintenant que je suis guérie je vais aller à l'école avec mes amies et papi va travailler pour qu'on ait un beau jardin et une cabane rien qu'à nous.
- Tu en a de la chance…
- Toi aussi tu as une fille ?
- Non je n'ai pas d'enfant.
- Alors tu nous as maintenant, tu connais Astrid et Lilian et nous sommes meilleures amies et nous allons aller dans la même école.
- Tu as raison, je vous ai et je vais être très occupée, dit-elle l'œil triste.
- Papi, je suis fatiguée.
- Rentrons à la maison du parc, tu pourras dormir avant que tes amies reviennent de l'école.
- Et des courses, elles vont acheter des manteaux, c'est madame Amélie qui l'a dit et toi, tu vas dessiner notre coin de jeux.

Ils s'en allèrent, Marcel tenant la main de Marie. Camille les observa par la fenêtre en essuyant une larme.

« J'aurais dû avoir un bébé moi aussi mais le sort en a décidé autrement. »

De toutes ses forces, elle repoussa les souvenirs de son bébé perdu après l'annonce de la mort de son

mari. Elle avait bien failli mourir de chagrin pendant ces affreuses semaines.
Son téléphone la tira de ses réflexions. Les anciens propriétaires lui demandèrent si tout se passait bien et si elle s'adaptait à cette famille.
- Oui, ils sont aimables et accommodants. Ils ont deux filles et Marcel, le jardinier qui demeure dans la maison du parc est très gentil et il s'occupe de sa petite fille qui vient d'être opérée du cœur. Tout le monde semble bien s'entendre et les fillettes sont jeunes mais très mignonnes et correctement éduquées.
- Nous viendrons peut-être pour Noël, puisque nous sommes invités. Ils nous avaient fait une bonne impression.
- Prévenez Madame Amélie ou Monsieur Alex un peu à l'avance qu'ils s'organisent, parce qu'ils travaillent beaucoup.
- N'hésitez pas à nous dire si quelque chose n'allait pas, mais je pense que vous devriez bien vous entendre avec eux. A bientôt Camille.
Elle raccrocha contente d'avoir entendu celle qui l'avait tant soutenue après son veuvage, puis elle retourna à l'office où elle voulait faire l'inventaire du linge de maison. Amélie ne lui a rien demandé mais elle veut s'assurer d'avoir assez de beaux linges en bon état pour dresser une ou plusieurs tables d'apparat. Les occupants précédents ne recevaient

plus beaucoup et les jolies nappes avaient peut-être jauni.

Elle consulta la pendule du regard, il est déjà quatre heures et elle n'a pas entendu Amélie partir.

Elle se rendit à la bibliothèque pour lui demander si elle souhaiterait du thé, mais elle trouva les dossiers rangés et l'ordinateur éteint.

Elle est partie chercher les enfants.

15

Les filles sont sorties de l'école et la directrice avait compris qu'elles demeuraient dans une nouvelle grande maison, et s'attendait à un changement d'école aussi n'a-t-elle pas été surprise par l'annonce.

- Remettez-moi l'adresse de la nouvelle école que je puisse faire suivre les dossiers. Vous allez vous installer avec le papa de Lilian ?
- Pas tout à fait, nous allons nous rapprocher de mes parents qui pourront plus facilement me dépanner et nous limiterons les déplacements et le temps perdu dans les embouteillages.
- Ah, les filles racontent que vous allez vivre dans un château et former une famille.
- Pff... Les filles et leur imagination ! Je leur ai pourtant expliqué mais rien n'est aussi beau qu'une vie rêvée. Vous ont-elles parlé de leur troisième sœur ?
- Elles sont amusantes mais leur histoire était crédible. Excusez-moi si j'ai été indiscrète.

Le devoir en bandoulière

- Mais de rien, ne vous inquiétez pas !
Ils se rendirent au supermarché et trouvèrent deux manteaux à capuche, une écharpe, des moufles et un bonnet assorti. Lilian qui n'avait pas l'habitude du froid découvrit les gants et s'amusa d'avoir à se cacher les mains.
- Tu verras quand il fait l'hiver, tu peux avoir mal aux doigts quand il fait froid.
Lilian ne sembla pas comprendre pourquoi il peut faire froid alors que le soleil brille.
- C'est parce que le soleil qui est une boule de feu s'éteint, alors il ne nous chauffe plus.
- Voilà une explication intéressante qui ne l'a donnée ? demanda Amélie.
- C'est Coralie qui est dans notre classe, elle a dit que son papa lui avait expliqué l'hiver. Le feu du soleil s'éteint et il fait froid, la neige tombe et le père Noël peut venir.
- Eh bien, voilà un mystère résolu dit-elle en riant.
- Alors nous, on a envie de sentir le froid et on attend le père Noël !

Sur le chemin du retour, Amélie pensa aux filles et s'extasia sur leur imagination, leur curiosité et leur ouverture à leur environnement. Dans leur cerveau, tout s'imprime immédiatement les bonnes informations comme les mauvaises. Il faudra qu'ils soient vigilants.

Comme promis, elles s'arrêtèrent à la maison du parc. Marcel sortit pour les accueillir.
- Bonsoir demoiselles, Marie va vous rejoindre, elle se coiffe afin d'être belle pour ses amis.
- Tu pourras faire travailler Marie mais si tu veux, Lilian et moi, nous pourrons lui montrer comment il faut faire. On y arrive bien maintenant mais il faut un crayon taillé.
- C'est gentil d'avoir pensé à Marie, la voilà, je l'entends descendre.
Les deux petites se précipitèrent vers le pied de l'escalier descendu prudemment par leur amie et les trois partagèrent aussitôt une discussion animée.
- Pourrez-vous me les renvoyer dans une demi-heure s'il-vous-plait. Elles devront se lever tôt demain. Il faudra préparer les indications de l'état civil de Marie et votre nom pour son l'inscription. Je suppose qu'un dossier plus fourni sera à remettre à la rentrée. En principe, Alex ira demain matin à l'école.
- C'est gentil, il m'a appelé tout à l'heure pour me le dire.
- Je vous laisse, laissez les filles rentrer seules qu'elles apprennent et elles auraient du mal à se perdre.

- Vous êtes sûre ?
- Oui, elles seront fières d'elles !

A dix-huit heures quarante-cinq, ne les voyant pas arriver, Amélie téléphona à Marcel qui répondit que les petites filles sont parties en courant à l'heure. Il arriva avec Marie parce qu'il faut les chercher.
- Oh non, pas à nouveau !

Elle se précipita dans la bibliothèque où Alex se trouvait. Il lui fit un signe pour qu'elle se taise, écoute, raccroche et se passa les deux mains dans les cheveux.
- Les filles…
- Je sais, je viens d'avoir une demande de rançon et je ne dois pas prévenir la police.
- Qui ?
- Quelqu'un du Montenie, il parlait la langue sans accent.
- Comment a-t-il appris que nous demeurions ici ?
- Nous avons dû être suivis. Je vais m'en occuper, chérie, ne panique pas. Je vais m'en occuper.
- Comment ?
- Je vais payer pour les récupérer.
- Je ne suis pas certaine que ce soit le mieux. Nous devons en parler à la police.

Le devoir en bandoulière

- Non, ils prétendent que nous sommes écoutés.
- Alors je vais aller m'en occuper de chez mes parents, mais il faut les retrouver et ils savent bien que les banques sont fermées à cette heure. Ils sont obligés d'attendre !

Marcel arriva inquiet. Par geste ils lui firent comprendre qu'ils doivent sortir dans le parc.
Amélie prit la main de Marie et elle se rendirent ensemble dans la cuisine où la table est mise pour deux. Amélie retira deux couverts et installa Marie sous l'œil médusé de Camille qui comprit que quelque chose s'était passé.
- Camille je suis désolée, je ne vous ai pas prévenue mais les filles sont retenues et ne rentreront pas ce soir. Annonça-t-elle les yeux pleins de larmes.
Camille fronça les sourcils, écarquilla les yeux et mit sa main devant sa bouche lorsqu'elle comprit.
- Pouvez-vous vous occuper de Marie ? Elle devrait dormir ici ce soir parce que son papi avait un rendez-vous avec un aide jardinier potentiel.
- Bien sûr, c'est vrai monsieur Marcel m'en avait parlé, répond Camille se prêtant au jeu.

Les larmes débordèrent aussi Amélie partit-elle dans sa chambre.

Le devoir en bandoulière

Pendant ce temps, Marcel s'était discrètement rendu chez les parents d'Amélie d'où il put appeler Emile et un numéro qu'Alex lui avait confié.
Il s'agissait d'une agence de protection rapprochée à laquelle Alex pense qu'il aurait dû faire appel plus tôt. Tout en conduisant, Marcel secoua la tête, comment Alex pouvait-il imaginer qu'il pourrait vivre tranquillement en restant anonyme. Il ne voulait pas avoir de gardes mais les petites filles se sont volatilisées et le montant de la rançon exigée lui parait colossale.
Il sonna chez les parents qui répondirent par l'interphone et ouvrirent le portail.

Marcel se présenta et expliqua ce qui le conduisait à les solliciter. Les grands parents furent horrifiés et le firent entrer.
- Alex m'a demandé de passer quelques appels. Votre téléphone ne doit pas être écouté, le sien n'était pas sûr. Je dois commencer par le juge suprême de son pays mais mon anglais n'est pas bon, si vous pouviez m'aider monsieur... je me débrouillerais avec Emile et la police.
- Je vais demander à Emile de venir diner, déclara Marguerite puis elle sortit de la pièce la mine affectée par la mauvaise nouvelle.

Le devoir en bandoulière

Pendant ce temps, le père d'Amélie et Marcel parvinrent à joindre le juge et à l'informer de la situation.
- Alex pense que l'ordre est parti du Montenie parce que l'homme qui l'a appelé s'exprimait dans votre langue.
Une discussion s'engagea, le juge va mandater une équipe efficace et tiendra le père d'Amélie informé des progrès éventuels. Il considère qu'il n'est pas impossible que le père de Sofia essaye encore à tirer quelques ficelles de sa prison et soit parvenu à alerter des opposants faisant partie de la diaspora. Il leur conseille d'appeler l'équipe de sécurité qui aurait dû être mise en alerte plus tôt par Alex et de prévenir la police de la disparition des deux fillettes et de la demande de rançon, une procédure normale en cas de disparition.
Marcel, fait ce qui lui a été demandé et sa mission accomplie mais le cœur lourd, il retourna au manoir.

Là s'organisa une veillée au manoir afin que personne ne soit isolé et vulnérable. Aucun des adultes n'a envie de diner mais Camille prépara un plateau de bouchées à manger sans faim. Elle avait couché Marie dans le lit d'Astrid et demanda à Marcel lorsqu'il arriva, d'aller chercher l'un des doudous de la fillette. Il y alla en voiture et revint très vite après avoir fait le tour les fenêtres et des portes de sa maison afin de vérifier que portes et fenêtres soient correctement verrouillées.

Il alla embrasser Marie et retourna au salon où il trouva Alex et Amélie assis sur le canapé, dans les bras l'un de l'autre, terriblement en colère et inquiets.

- Monsieur Alex, Camille a préparé un plateau, vous êtes inquiet et c'est normal mais ce n'est que de l'argent. Je suppose que les gens de votre pays en ont besoin.

- J'ignore qui mène la danse et peut-être cela est-il mieux car je me sens capable du pire ! S'en prendre à des fillettes de quatre ans est un geste indigne et lâche. Mon ex-beau-père est en prison, ce ne peut être lui. J'imagine que l'enlèvement d'Astrid a donné une brillante idée à un pauvre type issu de la diaspora ! Le montant exigé est tellement important que rien ne pourra être fait ce soir, en plus, ils veulent des sacs de billets, j'ignore comment ils imaginent transporter tout ça discrètement, ce sera lourd et encombrant. Attendons, peut-être essaieront-ils de nous joindre cette nuit.

Vers vingt heures trente, le téléphone sonna. C'était Astrid qui voulait parler à sa maman. Dès qu'elle eut sa mère, elle débita d'un ton précipité

- Maman, j'ai été sage et je peux te raconter l'histoire du soir pour que tu fasses un bon dodo. Lilian et moi, on ne va pas dormir à la maison ce soir,

Le devoir en bandoulière

on dormira à côté de la maison des princesses qui ont des cheveux blonds comme la reine des neiges. Le Prince n'est pas beau, il a un gros ventre et parle mal. Ma sœur et moi, on a du courage mais il faudra demander à monsieur Marcel de clôturer le jardin. On a mangé la soupe avec des pommes de terre comme celle que nous fait la femme du frère de Camille. Je vais devoir rendre le téléphone aux sept nains, ils vont revenir du boulot. Je t'embrasse maman.
- Je n'ai rien compris à son discours, déclare Alex effaré.
Amélie s'est redressé les yeux brillants.
- Elle nous a donné plein d'indices, les princesses blondes pourraient être deux petites filles de sa classe qui demeurent sur le chemin. Elles pourraient être retenues dans une maison voisine. L'homme qui les retient serait gros et parlerait mal soit parce qu'il ne s'exprime pas bien en français ou parce qu'il dirait des grossièretés. Elle a dit de faire clôturer le jardin par Marcel, soit parce qu'il y a une brèche ou... je ne sais pas. Elle a ensuite parlé de la femme du frère de Camille et de la soupe aux pommes de terre. Je ne savais pas que Camille avait une belle sœur et elle aurait rendu le téléphone aux sept nains. Serait-ce une indication sur le nombre d'adultes qu'elle aurait dénombré ?
- Eh bien, tu en as tiré des indices de cette histoire. Tu devrais noter, je vais appeler le service

de sécurité et les deux policiers auxquels nous avons déjà eu à faire. Quelque chose ne va pas Camille ?
- La femme de mon frère est originaire d'un pays voisin du vôtre. Je lui avais dit que vous étiez le Prince du Montenie. Pensez-vous qu'elle aurait pu bavarder ? Elle est en principe très discrète.
- Tout comme vous Camille, vous avez communiqué sans le vouloir une information qui est tombée dans l'oreille d'un homme malhonnête.
- C'est ma faute…
- Ne vous tracassez pas, je nous croyais tranquille et j'ai commis l'erreur de ne pas faire appel à l'équipe de sécurité. Nous sommes tous impliqués aussi ne vous sentez pas coupable. Les filles vont bien et c'est le plus important. Restez ensemble, j'ai quelques appels à passer.
- Alex a raison Camille, ce n'est pas plus votre faute que la nôtre, j'ai accepté qu'elles reviennent seules de la maison du parc, nous partageons tous la responsabilité de cet enlèvement.

Alex revient après avoir joint ses correspondant. Il explique aux deux femmes qu'avec l'équipe de sécurité et la police, une intervention est mise au point. Il sera trop tard pour intervenir ce soir en revanche dès six heures, les policiers pourront aller réveiller les habitants des maisons.

Le devoir en bandoulière

- Je compte sur vous Camille pour éviter de partager l'information avec qui que ce soit. S'il y avait une fuite, vous seriez la première soupçonnée et je ne pourrais rien faire pour vous.
- Je vous assure que j'ai juste répondu à une question banale concernant mon nouvel employeur. Je n'imaginais pas...
- Nous le savons et personne ne vous en tient grief mais là c'est trop important et il ne faut pas que les enfants soient choquées. J'irai avec les forces de l'ordre, allez vous coucher mesdames, demain sera sans doute agité.

Camille se retire encore perturbée mais Amélie reste et voudrait participer aux réunions assurant qu'elle ne pourra pas dormir.

- Mon cœur, je t'accompagne à ta chambre, restons ensemble ce soir. Je me lèverai tôt pour rejoindre les équipes et récupérer nos filles.
- J'ai besoin de toi, de ta force...
- Et moi de toi et de ton courage. Viens, Emile passera me chercher à quatre heure et demie. Il dort chez tes parents ce soir. Marcel s'est installé dans la petite chambre près de la cuisine et fermera derrière moi. Il restera pour vous protéger Camille, Marie et toi en mon absence et avant de planter des fleurs il vérifiera la clôture. Elle a dû être coupée quelque part.

Le devoir en bandoulière

Ils rejoignirent la chambre d'Amélie et ne tardèrent pas à se coucher, quasiment tout habillé et sur la couverture pour Alex. Il prit tout de même la jeune femme contre lui.

- Ce n'est pas ainsi que j'avais rêvé notre première fois, je n'avais pas imaginé quelque chose d'aussi original ! Dors ma chérie et oublie tes craintes, je veille sur toi.

Puis pressant le dos d'Amélie contre sa poitrine, il s'endormit lorsque le souffle de la jeune femme se fit régulier, après s'être repu de son parfum de femme.

16

A quatre heures, le téléphone qu'Alex avait gardé dans sa poche vibra et le réveilla.
Il se dégagea doucement de l'étreinte d'Amélie afin d'éviter de la réveiller et quitta la chambre, ses chaussures à la main.
Dans la cuisine, il se passa de l'eau fraîche sur le visage pour se réveiller et se heurta en se retournant à Marcel qui lui tendit un torchon.
- Ça va aller Alex ?
- Oui, ce n'est pas mon heure mais Emile va passer me récupérer. Restez là jusqu'à notre retour.
- Camille n'a pas fait exprès vous savez. Elle est très ennuyée.
- J'ai compris et elle ne doit pas se tracasser, je lui ai dit hier soir. Il me faut un café avant de partir.
- Finissez de vous préparer, je m'occupe de votre jus.
Pendant qu'Alex enfilait ses chaussettes et ses chaussures, Marcel préparait deux cafés.
- Vous voulez une tartine de pain ?

- Non, merci, pas à cette heure ! A notre retour probablement aurons-nous faim, surtout si nous ramenons les filles en bonne forme.

Quelques instants après, quelqu'un frappa à la porte de la cuisine.

Emile entra et désigna les tasses de café :

- Je ne dirais pas non à un café, j'ai été aussi silencieux que possible chez mes parents. Ils sont dévastés par l'inquiétude et se sont couchés tard.
- Tu aurais dû venir camper ici.
- Non j'ai fait exprès de rester chez eux, j'ai fait ce que j'ai pu pour les tranquilliser et vous éviter de les voir débarquer. Je ne garantis rien pour ce matin en revanche. Comment va ma sœur.
- J'ai fait ce que j'ai pu pour la tranquilliser et elle a passé une nuit calme.
- Comment sais-tu cela ?
- Je suis resté avec elle et nous avons dormi ensemble, Emile. Elle l'a voulu et ne me cherche pas avec ça.
- Non, tu sais ce que je pense et tu es mon ami. Prend soin d'elle, c'est tout ce que j'ai à te dire.
- C'est trop tôt pour en parler mais elle a été chamboulée. Elle adore les deux filles et elle est un peu mère poule avec elles. Ne pas savoir dans quelles conditions elles étaient l'inquiétait, bien que d'entendre l'incroyable petite histoire d'Astrid l'a beaucoup rassurée. C'est un sacré numéro cette

Le devoir en bandoulière

enfant, elle est brillante ! Elle a mine de rien, confié à sa mère des informations suffisantes pour faciliter leur localisation. Je n'en reviens pas !
- Elles se racontent des histoires sous forme de devinettes depuis qu'Astrid sait parler. Je trouvais ça idiot mais j'admets qu'Amélie savait ce qu'elle faisait.
- Il faudrait y aller. Vous restez ici Marcel ?
- Je veille sur les femmes, allez nous chercher les petites, messieurs. Que Dieu vous garde !
« Il y a longtemps que personne n'a prié pour moi. » se dit Alex, sentant un frisson parcourir son dos.
« Il ne devrait pas y avoir de risque majeur, ce matin. »
Les deux hommes, attendirent d'entendre les verrous être tirés pour se diriger vers la voiture stationnée devant l'escalier.
Sans un mot, légèrement tendus, ils prirent la route pour se rendre non loin de l'école près de l'endroit où demeureraient les deux fillettes blondes de la classe des filles.

Une demi-heure après ils arrivèrent près du quartier visiblement bouclé par les forces de l'ordre. Ils furent arrêtés et durent expliquer qu'ils avaient rendez-vous. Après des vérifications, ils furent dirigés vers une équipe qui les attendait.
- Tout est OK, nous avons identifié l'homme un peu gros de la description. C'est un ami du beau-

père du frère de votre employée. Une information innocente est tombée dans une mauvaise oreille. Nous avons des doutes sur les sept nains, ce sera à vérifier. Quelle heure est-il ? Moins dix, nous devons attendre ; légalement nous ne pouvons rien faire avant six heures et à partir de ce moment-là, la circulation devrait être plus importante. Nous avons discuté avec votre service de sécurité, vous devez revoir les besoins de votre propriété.

- Nous étions tranquilles, incognito et au calme et nous n'avions pas pensé à un tel scénario.

- Les gars de la sécurité vous diront qu'en règle général leur boulot sert à dissuader et qu'il est d'un ennui à peine supportable. Ils vont vous entreprendre après cette affaire.

- Nous nous connaissons depuis longtemps, mais nous venons d'aménager dans cette maison et je ne pouvais pas imaginer une menace aussi rapide. Une petite indiscrétion est tombée par hasard dans la mauvaise oreille. C'est d'un banal !

- Comme toujours, l'information provient d'une indiscrétion ordinaire. Allons-y, ce devrait être bon. Les groupes se mettent en place, prêts à l'assaut.

- Avant de frapper aux portes nous allons essayer les clefs. Je serai surpris qu'on soit attendus et évitons de choquer les enfants en faisant trop de bruit.

Le devoir en bandoulière

Les hommes patientent que la porte soit ouverte. Une équipe pénètre et vérifie la sécurité des lieux. Les hommes arrêtés à moitié endormis, n'opposent aucune résistance quand arrivent les deux fillettes ensommeillées, pieds nus, en culottes et tee-shirt. Elles aperçoivent leur père et leur oncle et se précipitent vers les deux hommes en criant : « Papa ! Oncle Emile ! » et leur saute au cou.

Les deux hommes repartirent aussitôt, les enfants dans les bras et se dirigèrent vers leur voiture. Le reste se fera sans eux ! Ce qui leur importe est d'avoir retrouvé les deux fillettes en bonne santé.
L'air est frais, ils leur enfilent leurs blousons afin qu'elles ne s'enrhument pas et mettent le chauffage avant de démarrer. Ils sont heureux, la journée a bien commencé.
Pendant qu'Emile conduisait, Alex appelait Amélie pour l'informer qu'ils revenaient avec leurs petits paquets, obtenus sans problème. Amélie éclate en sanglots de soulagement.
-   … Merci Alex. Nous vous attendons.

Peu de temps après, les deux hommes arrivent au manoir, attendus par Amélie et ses parents venus très tôt aux nouvelles, Camille, Marcel et Marie. Tout le monde s'embrasse et remarque le rapide mais tendre échange entre Amélie et Alex puis les filles

sont vite entrainées par la grand-mère rassurée, vers les chambres parce qu'il faut les habiller plus chaudement, pendant que Camille prépare un petit déjeuner roboratif pour tous.
Le manoir retentit à nouveau de rires et vibre de joie.
« C'est ainsi que cette maison est la plus belle, frémissante de bonheur. »
Marie réveillée par le bruit retrouve ses amies. Elle manifeste elle aussi sa joie en participant bien que plus discrètement, surveillée par Marcel et Camille qui veillent qu'elle ne soit pas bousculée ou ne prenne pas un mauvais coup par mégarde. Ils sont sans aucun doute plus inquiets pour elle qu'ils ne devraient, toutefois ils la laissent agir, tout en ne la quittant pas du regard et en calmant l'impétuosité de ses amies, d'un geste discret.

- J'avais dit au gros monsieur que maman attendait mon histoire du soir et qu'elle pleurerait si je n'appelais pas. Il m'a laissé toute seule avec le téléphone parce qu'il était appelé à côté par les sept hommes, alors je ne pouvais pas parler mais j'ai dit des choses et maman a compris l'histoire.
- C'était absolument parfait ! Maman et Camille ont tout de suite compris.
- C'était ton frère le gros monsieur, Camille ?
- Non, c'est le beau-père de Ela qui est la femme de mon frère.

Le devoir en bandoulière

- Elle pleurait, elle ne voulait pas que le gros monsieur nous garde. Elle disait qu'elle n'était pas compice. C'est quoi compice maman ?
- Complice c'est lorsque tu commets une faute avec d'autres. Dans une discussion ordinaire, Camille a dit qu'elle travaillait pour un prince et des méchants ont eu l'idée de vous prendre et de demander de l'argent pour vous libérer. Donc la police peut penser que Camille est complice pour avoir donné l'information. Tu comprends ?
- Oui et si je sais qui a fait le trou dans la clôture mais que je ne le dis pas, je suis complice ?
- Exactement. Qui a troué la clôture ? demande Alex l'air sévère.

Les deux filles se regardent et se dandinent, la mine coupable.

- On va être punie ?
- C'est grave ? demande-t-il

Elles hochent de la tête.
Marcel et Alex s'approchent.

- Les filles c'est peut-être un voleur ou quelqu'un qui vous voudrait du mal...

Elles se regardent et éclatent de rire :

- C'est nous, pas un voleur ! le grillage était un peu cassé et de l'autre côté il y avait un chien malheureux qui pleurait pour rentrer dans le jardin. Lilian et moi, nous avons tiré sur le grillage pour agrandir le trou, le chien est rentré c'est notre ami.

Quand un autre monsieur que le gros monsieur est venu nous chercher, il nous a fait passer par là. Le chien nous a défendu, il a mordu l'homme à la jambe mais il a pris un grand coup de pied. Il a crié et il a couru derrière nous mais il n'a pas pu rattraper la voiture.
- Il faudrait le rechercher. Il doit dormir dans le parc près de la maison parce que j'ai trouvé des traces sous un bosquet. Il a l'air d'être grand ce chien.
- Viens papa, on va chercher chien.
- Prenez les restes de poulet, il aura sans doute faim, suggère Amélie.

Les trois hommes et les enfants partirent vers la maison du parc, les filles donnant la main aux adultes. Non loin de la maison, elles tournèrent derrière un bouquet d'arbustes et Marcel comprit comment elles avaient pu si vite disparaitre de sa vue.
- Etiez-vous venues voir le chien après avoir quitté Marie, l'autre soir ?
- Oui, on était venues lui faire un bisou-câlin pour la nuit. Tu vois, il est là le gros trou, c'est le monsieur qui l'a fait comme ça, nous il était plus petit. Devant eux, sur un mètre de large, le haut grillage rouillé près du sol, était arraché et nécessite à présent d'être sérieusement réparé.

Le devoir en bandoulière

Un grondement les arrêta venant d'un coin à l'abri des regards.

Astrid et Lilian appelèrent et s'approchèrent en parlant doucement, laissant les hommes et Marie derrière elles.
Lentement, un museau apparut et un gros chien, un grand berger allemand, magnifique mais efflanqué se montra et vint quêter une caresse des filles tout en surveillant les hommes derrière elles.
- Chien vient, papa poulet, dit Lilian.
Alex fit un pas qui déclencha un grognement.
- Non papa gentil, poulet pour toi, dit-elle d'une voix ferme.

Puis elle alla chercher un petit morceau dans la boite et le donna au chien qui le saisit délicatement mais l'avala tout rond.
- Papa, viens donner poulet, doucement chien peur.
Alex s'approcha lentement et s'accroupit présentant la boite qu'il déposa devant le chien qui après les avoir regardé, peut-être rassuré sur leurs intentions, se précipita sur son repas.
- Ecartez-vous les filles et ne le touchez pas quand il mange, qu'il ne se sente pas menacé. Il est très maigre mais il a dû être très beau. Nous

pourrions l'apprivoiser et le garder pour surveiller le parc. Il est assez impressionnant pour dissuader les intrus.

Pendant ce temps, observé par l'animal, Marcel tirait sur le grillage en faisant une grossière réparation.

« Le chien ne pourra plus sortir. »

- Il faudrait aller acheter un sac de croquettes et faire le tour de la clôture, dit Marcel.
- Non, un mur serait plus durable, déclara Alex.
- Peut-être mais ce serait plus long à construire, beaucoup plus cher et il est probable que ce ne sera pas autorisé par la mairie ou les services préfectoraux à cause de l'esthétique et de la proximité du domaine classé. Un bon grillage renforcé fera l'affaire.
- D'accord ! Vous vous chargez de ça Marcel, la sécurité est prioritaire sur tout le reste et ce molosse nous aidera, dit-il sans quitter le chien des yeux.

Le chien a fini les restes et regarde ses compagnons. Alex lui tendit la main sans bouger, le chien s'approcha et lui lécha les doigts empreints de l'odeur du morceau qu'il avait tendu à Lilian.

- Je peux faire câlin papa ?
- Doucement et pas trop, il a peut-être des puces. Demain, nous le traiterons.

La petite lui fait un câlin sur la tête, le chien ne bouge pas et regarde Marie qu'il ne connait pas, restée en arrière.

Le devoir en bandoulière

Il s'approcha de la petite fille et s'aplatit devant elle.
- Pourquoi il se couche ? murmure Astrid.
- Il a senti que Marie a peur de lui, il s'est couché pour lui faire comprendre qu'il ne lui fera rien et qu'elle peut le caresser.

Marie s'accroupit en souriant et donna une caresse sur la grosse tête du berger. Marcel est raide et silencieux, prêt à arracher l'enfant au moindre signe d'agressivité, mais le chien ne quitte pas des yeux les enfants et ne bouge pas lorsqu'elles s'approchent.

Il finit sur le dos montrant son ventre, ce qui fit rire les fillettes.
- Bien mesdemoiselles, vous avez adopté un gros chien. Vous n'ignorez pas que c'est une responsabilité, parce que vous vous engagez à l'aimer et à vous en occuper. C'est un être vivant qui aime et qui souffre de la faim, du froid, du manque d'amour, comme les enfants ou les moins jeunes. Nous sommes bien d'accord ?
- Il faut lui donner un nom, comment il s'appelle ?
- C'est un berger allemand, appelé aussi un chien loup et si vous l'appeliez Loup ? dit Marcel.

Il s'arrêta de parler parce que le chien vint se frotter contre ses jambes et s'assit à ses côtés pour regarder les autres membres du groupe.

Le devoir en bandoulière

- On pourrait croire qu'il vous a choisi Marcel, murmure Emile. Ça m'arrange, il aurait manqué d'espace chez moi. Ce qui fit rire les autres.
- Rentrons présenter Loup à Camille et à Amélie. Il est magnifique et regardez, il marche aux pieds de Marcel. On pourrait croire qu'il a été dressé.

Ensemble, ils arrivent près de la porte de la cuisine. Amélie ouvre étonnée et les regarde en souriant puis elle avise Loup aux pieds de Marcel.
- Mon beau loup mais qu'est-ce qu'il t'est arrivé mon tout beau ? dit-elle en s'accroupissant près, du chien. C'était le chien des amis de Monsieur et Madame, ils habitaient tout près mais ils sont morts dans un accident, il y a plus de six mois. Le chien connaissait bien la maison mais comme Monsieur et Madame avaient le projet de vendre la propriété, ils ne l'ont pas pris. Je crois qu'il avait été placé dans un chenil. Il est remarquable de gentillesse et d'intelligence. Il a su revenir ici. Il est maigre à faire peur.
- Nous lui avons donné le reste de poulet qui était dans le frigo Camille. Je vous rends la boite. Il est couvert de puces, ne le faites pas entrer tant qu'il n'aura pas été traité. Hum, je crois qu'il a choisi Marcel pour nouveau maitre, il ne le quitte plus.
- Si vous êtes d'accord Alex, je garderai le chien. Nous travaillerons ensemble. Je vais aller

chez le véto lui acheter les comprimés contre les puces et prendre un rendez-vous pour une visite générale. Marie, veux-tu rester seule ici un moment ? Je vais revenir très vite.
- Va papi, nous lui donnerons un bain, il sent mauvais.
- Non attendez que je sois revenu, il est très grand et fort et il pourrait vous faire tomber sans le vouloir. Laissez le dehors, il ne partira plus.
Loup, assis, reste ! commanda-t-il.
Le chien s'assied et attend. Il souffla bruyamment en comprenant que Marcel partait sans lui, ce qui fait rire les filles, puis il se coucha tout en observant les alentours, la tête bien droite. Il est superbe !
- Le chien fait son boulot, il garde la maison, rentrez les filles et lavez-vous les mains. Ordonna Alex.

17

La journée s'écoula lentement, les enfants se révélèrent plus dynamiques que les parents fatigués par la mauvaise nuit précédente.

Les parents d'Amélie rassurés sont vite repartis afin de laisser Amélie avancer sur ses dossiers mais elle n'a pas la tête à travailler. Elle pense beaucoup, trop sans doute, à Alex qui se révèle un père attentif et responsable et à leur sage nuit passée ensemble. La seule présence d'Alex et sa façon apparemment maitrisée de prendre les décisions l'avaient tranquillisée. Pour la première fois depuis longtemps, elle ne s'était pas sentie seule contrainte de faire face et d'assumer les événements. Bien qu'il ait vécu dans un monde différent du sien, il l'aide et la soutient tout en doutant de l'impact qu'il a réellement sur elle.

« Puis-je prendre le risque de me laisser aller aux sentiments que je ressens ? Et si une fois encore j'aimais sans être aimée en retour ? Que fait-il en ce moment, que cherche-t-il à prouver ?

La réponse surgit alors qu'elle se posait la question : Il avance doucement parce qu'il « m'apprivoise » comme aurait dit le Petit Prince de Saint Exupéry.

Le devoir en bandoulière

« ...Apprivoiser, une chose trop oubliée qui signifie créer des liens... si tu m'apprivoises, nous aurons besoin l'un de l'autre. Tu seras pour moi unique au monde. Je serai pour toi unique au monde... »
J'avais oublié tout cela, Alex me fait revenir aux fondamentaux, merci mon Petit Prince. » Pense-t-elle ne sachant plus si ses remerciements s'adressent à l'homme empli de tendresse et avide d'affection ou au Petit Prince philosophe isolé sur son étoile et amoureux de sa rose.

La porte s'ouvrit interrompant sa méditation, c'est celui qui l'occupe presque malgré elle qui entre une mug de thé à la main.
- Il est seize heures, j'imaginais que tu voudrais faire une pause.
- Tu ne travailles pas ?
- Non, je n'arrive à rien, mon esprit divague sans cesse et je n'ai aucune concentration. Je ne peux pas dire si c'est à cause des émotions que nous avons partagées ou si c'est à cause de toi ! Tu m'emplies la tête et le cœur et m'empêches de voir clair. Tu m'es devenue indispensable, j'ai envie de te prendre dans mes bras et de te garder là contre moi, de te sentir, de... Hier j'étais au paradis, allongé contre toi mais tu sèmes le trouble alors que j'ai tellement à faire pour remettre mes affaires en ordre.

- Je suis à peu près dans le même état que toi, que crois-tu ? Je rêve et pense à tout autre chose qu'à boucler mes dossiers, au point que je me demande si c'est bon pour nous de vivre aussi près d'un de l'autre. Actuellement, nous nous parasitons.
- Non, je ne peux pas imaginer une séparation ! Je pense que c'est la forte attraction insatisfaite entre nous qui nous trouble autant. Nous réprimons notre attirance et nous sommes frustrés ! Je suppose que lorsque nous admettrons sans crainte que nous tenons vraiment l'un à l'autre et que nous nous accorderons une mutuelle confiance, nous serons moins sous pression parce qu'un grand pas aura été franchi.
- Sans doute as-tu raison. J'ai peur c'est vrai, j'ai tellement à perdre si entre nous la magie n'opérait pas. Je suis heureuse simplement en te croisant, si j'étais privée de ta présence…, je n'ose pas y penser !
- Ma chérie, pourquoi voudrais-tu que la magie ne fonctionne pas ? Regarde-nous là, amoureux transis, mais incapables de rien faire pour combler nos désirs, pantelants d'un amour insatisfait, tremblants d'appréhension. Je tiens trop à toi pour te laisser seule et je sais que le contraire est vrai. Tu me connais mieux que n'importe laquelle des filles que j'ai fréquenté, Sofia y compris. Ton regard ne s'arrête pas à la surface de ce que tes yeux voient,

tu lis en moi, tu perçois mes émotions, sens ce qui m'agite. Tu comprends et t'en émeus. Et puis, pour dire les choses, sache qu'il n'y a pas eu autant de filles que le suggère ton frère, je me suis souvent inventé des copines pour éviter de dire que j'étais resté seul à lire dans ma piaule, plutôt que d'aller boire avec notre bande, c'est pourquoi je n'avais rien à en dire au matin et elles sont peu nombreuses celles qui ont compté dans ma vie !
- Ecoute, j'ai réfléchi, j'ai confiance en toi et tu m'attires comme un aimant la limaille. Je crois que tu as raison. Nous devons nous donner une chance ou avoir le courage de nous éloigner.
- Je ne peux pas envisager que tu partes, tu ne te rends pas compte à quel point tu m'es précieuse.
- Penses-tu que Camille et Marcel sauraient s'occuper des filles si nous partions deux jours alors qu'elles seraient à l'école dans la journée ? La charge serait certainement moins lourde pour eux.
- Il n'y aurait que le petit déjeuner et le diner et Camille pourrait dormir au même étage que les filles, Marcel les emmènerait à l'école et irait les chercher. Deux jours ce n'est pas long et facile à organiser mais ce serait pour moi, un avant-goût du paradis. Déclara-t-il les yeux brillants de bonheur.
Heureux de cette décision, il la prit dans ses bras et l'embrassa éperdument puis l'emporta avec lui dans

un infini plaisir, la laissant avide d'un plus et impatiente d'être enfin seule avec lui.
Ils se séparèrent frustrés et le cœur battant mais pleins d'espoir, certains d'un plus grand bonheur, bientôt.
- Ma chérie, je vais nous organiser une petite parenthèse de quarante-huit heures. Boucle ton dossier, je m'occupe de tout.
Il lui donna un ultime baiser et ressortit d'un pas vif.

Les doutes ressurgissent aussitôt mais elle les chasse, une décision a été prise, et elle se plongea avec entrain dans le dossier qu'elle doit finaliser avant de l'envoyer à sa direction.

A dix-neuf heures elle rejoint le petit salon où elle entend résonner le rire des enfants.
- Maman, Camille est partie pour diner chez Lilian, elle était invitée mais elle avait tout préparé pour notre diner.
- Parfait, alors allez vous laver les mains et passons à table. Alex, tes mains sont-elles propres ? Tu dois donner l'exemple.
- Oui elles sont propres et je n'ai pas mis mes doigts dans mon nez.
Sa réponse fait éclater les filles de rire et de grands « Beurk » résonnent dans la pièce.
- Papa, tu ne dois pas faire ça, dégoutant !

- Ta phrase était presque correcte, tu as fait de gros progrès, bravo ma fille.
- Maman Amélie est un bon professeur, elle me dit quand je me trompe.
- Oui c'est une super maman et un bon professeur.
- Et elle est belle et gentille,
- Et elle est intelligente,
- Et je l'aime beaucoup, beaucoup,
- Je crois que moi aussi, murmura le père en regardant Amélie.
- Papa, tu es amoureux ? Astrid, papa est amoureux de Maman Amélie, crie Lilian en rejoignant Astrid dans le cabinet de toilette du rez de chaussée.
- Ben c'est normal, tout le monde aime maman, entendent-ils.
- Alex, c'est trop tôt. Murmure-t-elle.
- Ma chérie, je suis heureux et je veux partager mon bonheur, autant qu'elles s'habituent à nous imaginer ensemble, en couple. Donne-moi vite un baiser avant que les chipies reviennent.

Le diner est joyeux même s'ils sont tous fatigués parce que la journée a été longue.
Les filles couchées, ils se séparent avec difficultés mais ils patienteront jusqu'à la fin de la semaine.

Ils sont plus fatigués qu'ils le pensaient parce qu'ils s'endorment tous très vite.
Vers deux heures, Alex est réveillé par un appel téléphonique inattendu. Pier, un cousin l'avise de la mort subite de Mickaël, le cousin de son père qui l'avait beaucoup soutenu lorsqu'il était plus jeune. Les obsèques auront lieu dans trois jours et en tant que chef de famille, il est attendu à Wellington.
Il s'appuie sur les oreillers et songe au contretemps que subissent ses projets personnels.
« Fichu devoir et fichues obligations ! Si seulement je pouvais y aller avec Amélie ! Je ne dois rien bousculer et l'introduire dans mon monde en respectant les usages. »

Il cogita un moment, décida qu'il parlerait d'Amélie pour préparer les personnes influentes à sa venue puis somnola un moment, lit un autre et finit par se rendormir.
Il se réveilla tard, Amélie était partie avec les filles pour l'école. Il prit un café puis chercha un avion qui l'emmènerait rapidement à Wellington où il devait rejoindre sa famille pour ensuite grâce à un avion affrété pour les circonstances, accompagner le corps de son cousin Mickaël au Montenie.
Puis il appela son avocat pour lui demander de s'occuper sur place des démarches administratives.
Il l'informa de sa venue et lui donna rendez-vous

pour faire le point des derniers dossiers avant de revenir à Paris. Il réalisa alors que son absence sera d'au moins une semaine.

« Je ne suis pas encore parti que je ressens l'absence d'Amélie comme une blessure. »

L'avocat lui demanda si la petite princesse serait présente pour ce moment officiel.

Décontenancé, il y réfléchit puis décida que Lilian était trop jeune pour lui imposer ces longs déplacements pour l'enterrement d'un cousin qu'elle ne connaissait pas et dont elle ignorait tout.

« Elle sera mille fois mieux au manoir avec ses amies et Amélie. »

Il raccrochait quand il entendit Amélie parler avec Camille puis elle vint le trouver dans le bureau. Il ressentit sa présence comme une exposition au soleil, il en était brusquement réchauffé.

- Tout va bien Alex ? Je t'ai laissé dormir ce matin, ta journée d'hier avait été longue.
- Non ça ne va pas, j'ai perdu un cousin proche qui avait joué le rôle de mentor lorsque j'étais entre l'adolescence et l'âge adulte. Ça m'attriste parce que j'aimais beaucoup cet homme simple mais droit. Je regrette d'avoir pris autant de distances mais il ne m'en voulait pas, je l'avais souvent au téléphone. Je dois donc aller à Wellington pour la mise en bière

puis accompagner son corps au Montenie où il sera inhumé dans le caveau familial. Je verrai mes hommes de loi pour faire le point et il y aura l'ouverture de la succession de Mikael à superviser. Je serai absent entre huit et dix jours et notre escapade doit être reportée. Est-ce que pour toi, ça ira ? Je ne peux vraiment pas faire autrement et encore j'ai réussi à faire accepter l'absence de Lilian. J'aurai ainsi un argument pour précipiter mon retour.

Amélie ne dit rien, elle est déçue mais c'est inattendu et il ne part pas pour faire la fête. Elle est pourtant envahie par un sombre pressentiment.

Elle va s'enfermer dans la bibliothèque, les larmes aux yeux et ne peut s'empêcher de penser qu'il ne lui a pas tout dit parce qu'il avait un air sombre et le regard un peu fuyant.

Elle se reprit et décidée à obtenir des précisions, elle retourna dans le bureau pour le trouver déserté. Elle se rendit au premier où se trouve sa chambre. Alex est là et prépare sa valise.
- Alex, dis-moi ce qui ne va pas, ce n'est pas juste la mort de ton cousin même si je suis sûre que tu ressens sa perte. Nous avons dit pas de mensonge entre nous ni de cachotteries alors ne commence pas, s'il te plait !

Le devoir en bandoulière

- Non, je...

Il la regarde hésite et lui avoue qu'une partie de la famille désire qu'il se marie avec la fille d'un de ses cousins, Stefan, afin de renforcer les liens familiaux.
- Quoi ? C'était quelque chose de prévu ?
- Mon cousin Stefan avait vaguement arrangé quelque chose avec sa fille qui est son unique héritière. Après les histoires avec Sofia et avant que je te rencontre, j'étais désabusé et me fichais de qui j'épouserai pour satisfaire ma famille, aussi ai-je laissé dire. Ce qui n'est plus le cas aujourd'hui. Je l'ai dit à mon cousin Pier qui m'a appelé mais il m'assure que les pressions seront fortes pour que je m'engage. Je ne sais pas quoi faire pour conserver les liens et te garder car n'en doute pas un instant, c'est toi que je veux comme mère pour Lilian et mes futurs enfants. Ne fais rien d'inconsidéré, Amélie ne regarde pas les journaux à scandale et ne crois pas ce que tu pourrais entendre à mon propos. Tu ne dois être convaincue que d'une seule chose, c'est toi que j'aime, je ne rêve que de toi et je vais tout arranger.
- Et tu serais parti sans rien me dire si je n'étais pas venue te trouver ?
- Je ne sais pas, j'hésitais entre tout te dire et t'inquiéter et te cacher ces complications pour préserver ta quiétude. Je n'avais pas imaginé que tu viendrais me demander des comptes. Je reconnais là ma guerrière chérie.

Le devoir en bandoulière

- Quand pars-tu ?
- L'avion décollera à quinze heures. J'ai juste le temps de préparer mes valises, je dois emporter tout un tas de costumes…
- Je te laisse à tes valises, n'oublies pas de venir me dire au revoir… Si tu devais revenir ici avec une femme, je te préviens que je refuserais de la rencontrer. Le cas échéant, préviens-moi avant ton retour que je puisse déménager et lui laisser le champ libre.
- Tu n'es pas sérieuse ?
- Oh que oui ! répondit-elle la voix grave. La balle est dans ton camp mais je me suis engagée en toute sincérité dans notre relation, j'exige que tu sois toi aussi transparent et que tu règles tes petits arrangements familiaux. Je ne suis pas ta nounou, ni ta gouvernante et aucun contrat ne nous lie. Notre cohabitation pourra rapidement prendre fin si tu penses que c'est ce qui doit servir tes intérêts. Je t'accorde huit jours, nous déménagerons le neuvième jour et il sera inutile de chercher à me contacter surtout si ta fiancée porte une bague. Bon voyage Alexandre et mes sincères condoléances.

Amélie part en fermant la porte doucement, le laissant sidéré.
« J'aurais dû me préoccuper de ces prétendues fiançailles unilatérales dès que j'en ai entendu parler.

Le devoir en bandoulière

Bon sang pourquoi avoir laissé les choses trainer ? A présent, je risque de perdre la seule femme que j'aime et ce n'est pas envisageable. Je dispose de huit jours et je n'ai pas de temps à perdre. »

Il finit de boucler ses valises et appela un taxi. Il ne pourra même pas embrasser Lilian mais il sait qu'Amélie saura lui expliquer son départ précipité.

Dans le taxi, il appelle son cousin Pier et son Directeur des services juridiques et financiers en conférence téléphonique afin qu'ils sachent qu'il est déjà fiancé avec Amélie et qu'il faut trouver une solution rapide pour annuler ces prétendues accordailles arrangées par son cousin Stefan car lui, ne s'est jamais engagé à rien. Les deux hommes sont ennuyés et ne savent pas comment intervenir car des engagements auraient été pris entre Mickaël qui est mort et Stefan qui a sa fille à marier.
-       Vous vous rendez compte que j'ai été traité comme un incapable majeur alors que la famille me confiait tous ses avoirs et ses intérêts parce que c'était prétendument mon devoir de leur consacrer mon temps et ma vie ? J'en ai assez de ce devoir qui m'étrangle pour n'obtenir que des critiques, je suis décidé, je renonce aux charges de gouvernance liées à mon titre de Prince et je n'administrerai plus leurs biens. Dès cet instant, je rends le contrôle de la

gestion des biens familiaux à qui prendra ma succession et ne conserverai que les biens reçus de l'héritage de mes parents et ma part du gâteau familial. J'y ai trop passé d'heures pour ne pas être payé.
- Personne n'est prêt à vous succéder, Alex.
- Cela m'est parfaitement égal et c'est encore mieux. C'est une manière de vivre parfaitement archaïque, sachant que personne ne gouvernera plus le Montenie devenue une République démocratique depuis quatre-vingts ans. Chaque branche de la famille doit pouvoir faire ce qu'elle veut de ses finances sans rendre de comptes à quiconque.
Préparez l'annonce de ce que j'ai décidé et venez avec les derniers bilans en cinq exemplaires.
Dans six jours, les documents devront être finalisés. Les temps où je blanchissais sous le harnais pendant qu'ils étaient au golf ou sur leurs bateaux sont terminés ! A chacun de savoir ce qu'il veut faire de son argent et je n'épouserai personne parce qu'un ancien l'a décidé. Au 21ème siècle c'est passé de mode et je ne ferai pas attendre ma future femme et ma fille davantage. Elles ont besoin de moi.

Le cousin Pier qui est lui aussi dans la trentaine et le directeur des services juridiques et financiers d'Alex

Le devoir en bandoulière

sont atterrés, le ton et la voix glacée d'Alex sont la preuve s'il en fallait, qu'il est très sérieux...
- Aucun des chefs de famille ou de leurs enfants ne sont capables d'administrer l'argent qui leur reviendra. C'est une catastrophe financière annoncée ! dit le cousin Pier la mine sombre.
- Si vous me le permettez Pier, intervint le Directeur, depuis près de dix ans, je travaille quasiment au quotidien avec le prince Alexandre. La charge était colossale et personne n'a jamais manifesté d'intérêt pour cet argent qui tombait du ciel tous les trimestres. Aucun membre de sa famille ne lui a jamais proposé un peu d'aide et il n'avait aucune compensation, même pas un merci, que des critiques parce que les résultats n'étaient jamais assez bons. La famille considérait que les résultats de cette charge était un dû. Lorsque son père est mort, Alex a sacrifié sa vie et ses projets pour la famille au nom du devoir. Je comprends qu'il en ait assez de la servir pour porter un titre qui n'est plus qu'honorifique parce qu'il n'a plus aucune réalité.
Je suppose que mis devant l'obstacle, vous apprendrez vous tous à ne plus dépenser sans compter et à travailler pour faire fructifier vos avoirs. Cela fera beaucoup de bien aux jeunes et leur mettra du plomb dans la cervelle, après tout vous n'êtes pas idiots. Et si vous perdez vos biens et les avoirs qu'Alex a fait fructifier pendant toutes ces années,

Le devoir en bandoulière

vous n'aurez pas de critiques à émettre à l'égard d'un tiers, vous en serez seuls responsables et c'est cela qui fait grandir les hommes.

Ils se séparèrent sans un mot de plus, Alex est satisfait, le directeur de ses services l'a compris et le soutient et Pier, la mine fermée, s'est mis à réfléchir.

18

Arrivé à Wellington, le prince Alexandre est attendu par deux voitures. Dans l'une, il aperçut une jeune femme qui lui fit un signe et ouvrit sa portière.
Il s'engouffra dans la deuxième voiture sans prendre la peine d'aller la saluer, la colère est toujours là présente et prête à éclater et il ne veut pas faire d'esclandre.
Amélie avait dit lors d'une conversation, qu'il ne fallait pas agir sous le coup de l'émotion. Or cette fille est probablement la prétendue fiancée et il ne l'approchera pas à moins de deux mètres au moins.
Dès qu'il fut installé, le chauffeur démarra sans un mot.

Arrivé chez son cousin Mikaël, il constata que de nombreuses personnes sont déjà présentes. Il alla s'incliner sur la dépouille exposée dans le grand salon avant que la bière soit scellée. Son cousin avait beaucoup vieilli, il est à peine reconnaissable, il regrette de ne pas avoir eu le temps de venir le voir avant parce qu'à la mort de sa grand-mère il avait été très présent.

Il remarqua ses oncles, les quatre chefs de famille représentant les branches secondaires, alignés le long d'un mur.

Après une vague prière pour l'âme du défunt, glacial Alex se tourna vers eux.

- Je veux vous voir dans le bureau dans dix minutes et qu'aucun de vous ne manque à l'appel.

Il eut à peine passé la porte pour retourner dans le hall chercher sa valise, qu'une jeune femme très sophistiquée se jeta sur lui.

- Prince Alexandre, mon chéri, je suis votre fiancée.

- Lâchez-moi ! Répondit-il froidement en reculant. Je suis effectivement fiancé mais pas à vous, j'ignore qui vous êtes et vous ne m'intéressez pas.

Il s'exprima assez fort pour que ceux qui étaient là entendent et au ton comprennent son état d'esprit. La jeune femme recula, ses joues cireuses devinrent rouges.

- Vous ne pouvez pas…

- Sachez également que si je suis le Prince, je ne suis plus chef de notre maison, j'ai renoncé à cette charge et évidemment à toutes les missions

Le devoir en bandoulière

afférentes. Vous aurez à courir après un autre pigeon si vous voulez vous marier, ma cousine.

Puis il la planta là, statufiée pour se diriger vers le bureau ou l'attendait son directeur juridique et financier et le cousin Pier prévenus qu'ils étaient attendus.
- Alexandre, tu n'y es pas allé de main morte, avec Eléa, murmura-t-il.
- J'en ai assez d'être pris pour un imbécile ou un faible. Qu'ils se débrouillent ! Les cousins arrivent et ne vont pas être déçus. Le comportement de la fille de Stefan a ravivé ma colère.

Les quatre hommes les plus âgés représentant les quatre branches des familles apparentées s'assirent pressentant une annonce grave.
- Bien, nous sommes entre nous. Initialement, j'avais prévu de tenir cette réunion après les obsèques mais je veux repartir très vite car je suis attendu là où ma présence est indispensable.
J'ai décidé de renoncer aux charges d'administration de vos biens liées à mon titre héréditaire de Prince du Montenie. Ce titre devenu honorifique, ne représente plus rien puisqu'il n'y aura plus de monarchie. Je suis et resterai un diplomate qui œuvrera pour le Montenie, mais le reste n'est plus que paillettes d'illusion.

En conséquence, puisque je ne gouvernerai plus la famille, j'ai demandé aux financiers de partager la fortune que j'administrais pour vous en cinq parts égales et de vous restituer ce dont vous devenez responsable à partir de ce jour. A vous mes cousins, de travailler pour faire prospérer vos biens et vos familles respectives. Je ferai de même pour les miens.

Vous avez ici les dossiers, les montants attribués à chacun d'entre nous sont rigoureusement les mêmes et les comptes bancaires ont été ouverts à vos noms et sont crédités des sommes à réinvestir comme vous l'entendrez.

Le dernier point à régler concerne ces ridicules fiançailles avec une jeune femme que je n'avais jamais vue avant tout à l'heure, quand elle m'a abordé dans le hall avant cette réunion. A l'âge que j'ai, je n'ai pas besoin que qui que ce soit intervienne dans ma vie sentimentale. Vous l'ignoriez mais je suis engagé auprès d'une femme merveilleuse qui va devenir mon épouse.

- Mikaël, et moi avions…
- Oui, Mikaël et vous Stefan, avez fait vos arrangements après mon divorce. Ai-je été consulté ? Avez-vous tenu compte de mes avis lorsque j'en ai été informé ? Non !

Vous espériez me refiler votre fille encore célibataire mais je suis déjà fiancé et certainement pas avec elle.
- Que vont devenir les bijoux de la couronne ?
- Ils seront évalués pièce par pièce et seront distribués entre chaque famille pour une valeur équivalente quitte à démonter les pierres de certains d'entre eux pour avoir des valeurs identiques. Je conserverai la tiare que portait ma mère à son mariage. Les bijoux que mon père lui avait offert en propre, payés avec ses revenus, j'ai les factures et la provenance des fonds s'il y avait contestation, ne font pas partie des bijoux de la couronne finalement peu nombreux. Notre dynastie n'est pas restée bien longtemps au pouvoir. Donc n'ayez aucune crainte, tous les partages seront rigoureusement égaux et aucun de vous ne sera lésé.
- Mais qui fera pour nous l'administration des biens et des finances si tu te retires Alexandre ?
- Eh bien, vous pourrez confier vos avoirs aux experts qui s'en occupaient mais vous prendrez les décisions vous-mêmes, ou vous engagerez un concurrent. C'est votre problème et je ne veux plus en entendre parler, vous avez assez grogné parce que je ne prenais pas les bonnes décisions selon vous et ne produisais pas assez de bénéfices, à présent à vous de vous démener à défaut de palabrer. Avez-vous des questions ?

- Qui est cette femme qui vaut mieux que ma fille ?
- Peu vous importe qui elle est, elle est très belle, très bonne, intelligente, très diplômée, autonome, indépendante, très bien éduquée et vraiment pas intéressée par mon argent, le sien lui suffit. Elle a une morale rigoureuse et une vision très classique du couple qui correspond à la mienne, se marier pour s'aimer. Je ne pouvais rêver mieux et nous sommes très amoureux, termine-t-il avec un sourire en voyant la mine lugubre de ses cousins.
- Je serais curieux de rencontrer ce parangon de vertus.
- Plus tard peut-être, nous avons d'autres priorités. Je crois que tout est dit, vous pouvez porter chez vous la bonne nouvelle, vos biens ne sont plus sous la tutelle du Prince de Montenie. Vous êtes à présent responsables de l'avenir de vos familles.

Sans un mot, les quatre hommes repartent la mine fermée, leurs dossiers sous le bras.
- Voilà, cela ne s'est pas mal passé ! Je m'attendais à des cris et des vociférations !
- Je pense qu'ils ne réalisent pas la révolution que vous avez opéré.
- Peut-être faudra-t-il repérer dans chaque branche un ou deux jeunes susceptibles de prendre l'administration contre rétribution parce qu'il est hors

de question de faire travailler quelqu'un sans qu'il ait un salaire, c'est un passé révolu.
- Je connais certains jeunes, des jeunes femmes qui pourraient prendre la relève mais il faudrait qu'ils veuillent leur confier leurs avoirs.
- Maintenant, dites-moi ce qui est prévu pour ces obsèques avant que j'appelle Amélie, ma fiancée.
Ils discutèrent un moment puis partirent se préparer pour un repas après la fermeture de la bière qui sera emportée dans l'avion le lendemain matin.

Alexandre est assailli par la famille qui veut savoir ce qu'il fait, pourquoi il a annulé le mariage, etc... Il en a tellement assez qu'il décide d'expliquer à tous ce qui en est. Il tape sur une bouteille pour réclamer le silence.
- Mes cousins, si je connais vos noms, j'ignore qui vous êtes car je n'ai pour la plupart, pas eu l'occasion de vous rencontrer...
Deux anciens, Mikael dont j'étais proche et Stefan, avaient un jour décidé que j'épouserai la fille unique de Stefan afin de renforcer les liens familiaux. J'étais loin, ne me sentais pas concerné et n'avais jamais croisé celle qui m'était parait-il promise. Nous sommes au 21e siècle et pas un seul homme un peu sensé accepterait un tel projet.

Cette affaire est revenue sur le tapis à la mort de Mikaël or je n'avais pas attendu mes cousins pour aimer celle à laquelle je suis lié et qui va devenir mon épouse. Je suis aujourd'hui d'autant plus libre que si je reste votre chef dynastique selon la règle de l'ainé de la branche ainée, je ne m'occuperai plus que de ma propre famille. Ainsi, chacun des ainés de nos cousins représentant les quatre branches, est devenu responsable de sa descendance, y compris financièrement puisque j'ai rendu à chacun son indépendance financière. Mettez en œuvre vos idées afin de faciliter leur tâche, soyez créatifs, utilisez les compétences si vous en avez, chez les femmes et les hommes de vos familles, travaillez dur et soyez responsables et surtout, essayez de ne pas vous ruiner, vos actions sont à partir d'aujourd'hui, sans filets de sauvegarde.

Je pense que vous devrez tous envisager de participer à la gestion de vos fortunes, vous avez assez critiqué ma manière de le faire, jugée trop prudente et insuffisamment rentable.

Je vous souhaite bon vent mes cousins !

Ceux qui n'avaient pas encore eu les informations, réalisent à grand peine ce qui vient d'être annoncé.

Alex lui, se sent bien plus léger, un lourd fardeau est tombé de ses épaules. Il doit attendre les obsèques mais rentrera très vite auprès de sa famille.

Le devoir en bandoulière

Il sort dans le jardin afin de s'écarter du bruit ambiant pour aller téléphoner.
Amélie décroche immédiatement :
- Je te manquais mon cœur ?
- Tu es bien arrivé, j'espère que tes projets se passeront bien.
- Le plus gros est déjà réglé. J'ai rendu sa liberté financière à chaque famille et j'ai dit à tous que j'étais déjà fiancé, à toi ma chérie. Je pense que tout est réglé. Je reprendrai l'avion après les obsèques mais je n'ai pas de raison de rester ici. Reste au manoir. Attends-moi ma chérie ! Que veux-tu ? dit-il en s'adressant à la fille de Stefan qui l'avait suivi et s'est approchée à le coller.
- Alexandre mon chéri, viens nous t'attendons. Dit d'une voix langoureuse, la prétendue fiancée, en français et assez fort pour être entendue par Amélie.

Amélie raccroche immédiatement.
Furieux, Alex se retourne vers la jeune femme, blanc de rage. Il l'attrape par le bras et l'entraine vers l'assemblée. Elle manque tomber plusieurs fois perchée sur ses talons.
- Stefan, votre fille est très mal éduquée, tonne-t-il dans la pièce de réception ou un lourd silence s'installa immédiatement. Elle ne comprend pas ce que non signifie et il la précipita contre son père qui la retint à grand peine.

Le devoir en bandoulière

- Vous me dégoutez, je pars et je vous laisse régler vos affaires seuls, inutile de venir me solliciter. Quant à celle-ci, elle a de la chance que je ne règle plus nos affaires comme nos aïeux, nue jusqu'à la taille et le fouet tant qu'elle a de la peau sur le dos. Et c'est ça que vous vouliez que j'épouse, vous me preniez vraiment pour un idiot ! dit-il d'un air écœuré. Adieu.

Il partit en claquant la porte dans un silence de plomb suivi par Pier et son Directeur des services financiers qui répondaient aux questions.
Il redescendit de l'étage peu après avec ses valises et s'engouffra dans la voiture.
- Emmenez-moi à l'aéroport, je vais louer un jet mais elle m'a fait grand tort auprès de ma fiancée. Je dois régler cette affaire.
- Alexandre, je voulais attendre pour te faire cette demande mais accepterais-tu de m'embaucher comme secrétaire ? J'ai besoin d'apprendre, j'ai fait des études mais je ne les ai jamais mises en pratique.
- Je vais y réfléchir mais si tu venais à Paris, sache que j'exigerais une loyauté sans faille envers ma famille, pas la famille.
- Evidemment.
- Je ne suis pas que gentil, je peux être dur.
- J'ai vu. Je suis partant.

Le devoir en bandoulière

- Rejoins-moi dès que tu le pourras, je te préviens que tu n'auras que peu de lien avec eux et que ta vie sera à reconstruire. Préviens-moi de l'heure à laquelle tu arriveras. J'irai te chercher.
- Je peux partir avec toi si tu veux, je rachèterai quelques vêtements, j'ai ma carte bancaire et n'ai besoin de rien d'autre.
- Préviens au moins ton père qu'il ne te cherche pas.
- Il est déjà prévenu, s'il ne me voit pas il comprendra.

Puis Alex essaya de joindre Amélie, elle ne répondit pas une fois encore, il appela alors Emile pour le prévenir qu'après un malentendu, Amélie ne donnait plus signe de vie.

- Elle vient d'arriver chez nos parents avec ses bagages semble-t-il.
- C'est tout ce que valait sa confiance ? dit-il. Je n'assisterai pas aux obsèques, elle est plus importante pour moi que mon cousin décédé. Je suis en route pour l'aéroport. J'ai retenu un jet et serai au manoir dans quatre heures. Dis-lui que je veux la voir et que j'ai des preuves de ce que je dis avec moi. Elle s'est trompée, je l'aime et elle le sait.
Si tu vois Lilian, embrasse là.
- Comment sais-tu qu'elle est aussi chez mes parents ?

- Je ne peux pas imaginer Amélie partir quelque part en laissant Lillian seule derrière elle. Dis-lui que je vais essayer de la rappeler dès que je serai dans l'avion.
- Tu as raison de vouloir éviter les tiers, ce n'est pas confortable. Je vais prêcher pour ta cause ! Appelle Camille, elle ne doit rien comprendre à vos allées et venues.
- D'autant plus que je reviens avec Pier un de mes jeunes cousins qui sera mon secrétaire. Je pense que vous vous entendrez bien tous les deux. Je te laisse, nous arrivons à l'aéroport.

Il est vingt-deux heures, Alex eut quelques difficultés à trouver un avion susceptible de partir rapidement, mais en payant un surplus, un pilote accepta ce trajet imprévu.

Il salua chaleureusement son Directeur financier pour son soutien et ils promirent de se rappeler rapidement, puis Alex et Pier se dirigèrent vers l'avion qui est en train de finir de faire le plein.
- La déclaration de vol a été faite, nous attendons le signal de la tour de contrôle, dans une dizaine de minutes. Je pense qu'à bord il n'y a que quelques bières. Je n'ai pas eu le temps de vérifier et de faire le réassortiment des denrées consommables.

Le devoir en bandoulière

- Nous n'avons besoin que d'une chose rentrer à Paris le plus vite possible.

19

Dès que l'avion eut atteint sa vitesse de croisière, Alex s'isola et appela Amélie.
Elle répondit de mauvaise grâce, il est tard.
-       Ma chérie, je suis dans l'avion du retour, je ne suis pas allé au Montenie accompagner Mikael à sa dernière demeure. En revanche, j'ai réglé un certain nombre de soucis devenus majeurs. En tout premier, si je garde le titre de Prince héréditaire, je me suis déchargé de l'administration des biens des familles de mes quatre cousins qui vont devoir se mettre à la gestion sous peine de faire faillite. Ainsi, j'ai gagné quatre-vingts pour cent de temps que je pourrai te consacrer ainsi qu'à Lilian. Cerise sur le gâteau, j'ai annoncé à tous que je n'avais jamais été fiancé à la fille de Stefan et que je ne me soumettrai jamais à leurs combines. La fille de Mickaël, dont j'ignore le prénom, peut être humiliée, m'a suivi lorsque je suis sorti dans le parc pour t'appeler et elle nous a joué une sacrée scène. Inutile de te dire qu'elle m'a mis dans une colère noire, je l'ai ramenée manu militari à son père et devant toute l'assemblée je lui ai dit ce

que je pensais de son comportement de fille gâtée et insupportable et je suis parti pour l'aéroport en claquant la porte.

Mon cœur rentre à la maison avec les enfants, je t'aime et je t'ai fait des promesses que je tiendrai, pourquoi n'as-tu pas confiance en moi ?

- Ce n'est pas ça, elle t'a appelé son chéri et j'ai été renvoyée dans mon passé avec le père d'Astrid tellement menteur et enjôleur que je finissais par ne plus savoir qu'elle était sa véritable personnalité.

- Tu sais bien Amélie que je ne suis pas comme lui, en plus je reviens avec un témoin, Pier qui va devenir mon secrétaire, afin d'être encore plus disponible pour mes femmes, une grande et deux petites.

Il parvint enfin à la faire rire, et il se détendit un peu.

- Dis-moi que tu seras à la maison demain...

- Les filles ne vont plus rien comprendre mais d'accord, j'y serai.

- Tu fais mon bonheur, Amélie, à tout à l'heure.

Il regagna son fauteuil dans le salon de l'avion. Pier le regarda arriver et remarqua narquois :

- Elle a cédé et elle revient à la maison. Tu resplendis mon cousin.

- Je sais maintenant que je n'avais jamais été amoureux, j'ai l'impression d'être sur des montagnes russes émotionnelles en permanence. Amélie a du caractère, elle sait ce qu'elle veut et plus encore ce qu'elle ne veut pas, aussi prend-elle les moyens même si elle se blesse au passage.

J'ai réussi à la convaincre que j'étais libéré de ce mariage mais elle a du mal à y croire.

- Connaissant Stefan, j'ai moi aussi quelques doutes. Cela fait des années qu'il essaye de caser sa fille pétrie de prétentions. Je pense qu'elle a un souci, elle se faisait accueillir par une révérence et appeler princesse récemment. Inutile de préciser que tu as grandement perturbé ses plans et qu'elle va devenir la risée de la société de Wellington qui murmurait déjà et la supportait à peine.

- Amélie est un peu à l'opposé, mais je ne suis pas partial, tu jugeras sur pièce ! Pour être honnête, je crois que j'étais déjà amoureux d'elle avant de l'avoir rencontrée. Son frère Emile est mon meilleur et plus vieil ami, il m'en a toujours parlé mais je n'avais jamais eu l'occasion de la croiser. Si nous nous étions rencontrés avant, sans doute serions-nous à la tête d'une famille nombreuse !

- Tu sais avec les si...

- Je dois me reposer un peu, ces derniers jours ont été lourds et je n'ai pas été enterrer mon vieux cousin.

- Tu ne pouvais rien pour lui, tu iras avec Lilian sur sa tombe plus tard. Son fils est quelqu'un de bien mais je pense qu'il n'arrivera pas à s'occuper de leur

pactole. Il est trop confiant et va se faire rouler. Le pire c'est qu'il est conscient de ses limites, ce qui l'intéresse c'est l'horlogerie.
- Qui de sa famille, pourrait l'aider ?
- Je ne sais pas, peut-être une belle-fille qui avait fait des études de comptabilité assez poussées avant de se marier. Il faudrait que les hommes la laissent faire et l'écoutent, ce qui serait une révolution.
- Alors s'ils sont idiots à ce point, ils mériteront leur ruine !

Les deux hommes s'abimèrent dans leurs réflexions, se détendirent et s'endormirent. Ils se réveillèrent trois heures après, lorsque le train de roues rebondit sur la piste d'atterrissage pour se diriger vers le tarmac.
Alex est anxieux mais confiant et impatient de retrouver le manoir et Amélie.
Il remercia le pilote et saisit ses valises pour passer le poste de police, puis il se dirigea vers la station de taxis avec Pier.
Près de deux heures après, ils arrivèrent au manoir. Une lampe brillait sur le perron sans doute laissée par Camille mais tout dort encore, il est près de quatre heures du matin.
- Allons nous coucher. Je t'attribue une chambre de passage pour le moment. Nous verrons

demain enfin dans la journée avec Amélie, comment nous nous organiserons. Ma chambre est au premier, Amélie et les filles sont au second. Bonne fin de nuit, ouf, je suis mort !

Alex s'allongea puis saisit son téléphone et envoya un texto à Amélie.
« Bien arrivés, sommes morts. Hâte de te voir. Bisous »

Quelques heures après, il est réveillé par un aboiement.
Il se leva et se précipita, Pier en short de sport et tee shirt, est tenu en respect par Loup qui l'a certainement identifié comme un intrus :
- Loup, couché, Pier ami.
Puis il s'approcha pour caresser l'animal.
- Ne lui montre pas que tu as peur, laisse le te sentir.
- Quel morceau ce chien, il est superbe ! J'ai été surpris, j'allais courir quand il m'a stoppé.
Pier lui présenta sa main, le caressa et demanda si c'est suffisant.
- Je suppose que oui, il va peut-être t'accompagner, il fait un peu ce qu'il veut et reste dans le parc. Il est souvent avec Marcel que je te présenterai mais il choisit ses activités et surveille les filles. Laisse-le faire.

Le devoir en bandoulière

Pier à moitié rassuré part en toutes petites foulées, suivi par le chien qui donne l'impression de sourire.
Alex va se faire un café et trouve Camille dans l'office.
- Vous êtes déjà revenu monsieur Alex ! Je vous croyais absent pour la semaine.
- Les projets ont changé et je suis revenu avec un cousin, Pier qui sera mon secrétaire. Je l'ai installé ce matin tôt dans la chambre du bas, dites-moi où il sera bien.
- Peut-être à l'étage avec vous ? Je me demandais si les filles ne seraient pas mieux dans l'ancienne nurserie. Deux chambres sont séparées par une salle de jeu ou de travail. Elles y seraient chez elles plutôt que d'être chacune isolée à un étage différent.
- Je serais d'accord, prévoyez le montant des travaux de réfection mais surtout demandez son avis à Amélie. Elle devrait revenir, peut-être après l'école et comme nous sommes mercredi, elles ne devraient pas trop tarder.

Alex sentit son impatience croitre au fil des minutes qui passaient. Il n'est resté éloigné d'elle que vingt-quatre heures, mais c'est trop pour lui.
Quarante minutes après, Pier revint essoufflé.

Le devoir en bandoulière

- J'ai fait deux tours du parc qui est superbe entre nous. Ne me dit pas que le magnifique jardin au-delà de la clôture est aussi à toi.
- Non, nous avons de la chance d'avoir ce parc pour voisin immédiat. Nous sommes tranquilles mais nous devons surveiller les clôtures car il y a quelques semaines, des intrus venus de Montenie ont enlevé Lilian et Astrid en agrandissant le trou par lequel passait le chien. Nous avons tous été très secoués. Je devais faire appel à une agence de sécurité qui m'avait été recommandée mais la mort de Mikaël m'a pris de court. C'est pourquoi, je ne suis pas si contrarié qu'Amélie se soit réfugiée chez ses parents avec les filles mais là, elles sont un peu en retard. J'ai hâte qu'après Noël les filles fréquentent l'école de la ville, ce sera beaucoup plus près.
- Tu parles sans cesse des filles, tu es le père de Lilian mais qui sont les autres ?
- Comme moi, Amélie est divorcée. Jeune mariée, elle attendait son bébé quand elle a découvert l'infidélité de son mari. Elle lui a mis le marché en main, il a préféré partir et il se trouve à Tahiti. Lilian et Astrid ont le même âge. La troisième larronne est Marie, la petite fille de Marcel. Elle vient de subir une grosse opération du cœur et elle serait guérie d'après les médecins. Elle est en convalescence et n'a pas repris l'école mais ira après Noël avec les filles. Elles sont drôles, futées et très

Le devoir en bandoulière

gaies. Tu verras. Marcel est un veuf qui a le même jour perdu dans un accident, son épouse et son fils unique qui était un très jeune papa. Il a la charge de Marie et ils vivent dans la maison du parc, non loin de la grille d'entrée. Enfin, nous avons gardé la gouvernante de nos prédécesseurs, une veuve d'une quarantaine d'années Camille, très sympa mais ferme avec les filles. Donc, nous vivons en famille de manière assez décontractée. Et pour finir, voilà Amélie et les filles.

La voiture s'arrêta et les enfants bondirent sur Alex.
- Papa, tu m'as manqué !
- Toi aussi jeune fille mais je n'ai été absent qu'une journée.
- Oui mais c'est long une journée. C'est qui lui ?
- Hé, Lilian, je veux un bisou moi aussi.
- Oui ma grande viens chercher un bisou. Où est ta maman ?
- Pff, au téléphone comme les ados.
Les deux hommes la regardèrent surpris et éclatèrent de rire.
- Maman travaille ma puce et elle doit rendre tous ses dossiers bientôt.
- Je sais, autrement on n'aurait pas la maison de campagne et plein de choses mais elle pourrait travailler quand on est à l'école et être dispo quand on est là...

Le devoir en bandoulière

- Qui t'a dit cela ?
- Maman dit que ce serait le rêve ! On peut aller voir Marie ?
- Pas tant que vous n'aurez pas dit bonjour à mon cousin Pier. Il habitera au manoir et sera mon secrétaire.
- Bonjour Pier. Dit Lilian
- Mes hommages princesse.
- Salut Pier ; moi je suis la reine Astrid.
- Majesté, je suis votre serviteur, et il se cassa en deux comme à la cour.

Les deux petites filles devenues rouges de plaisir, éclatèrent de rire et disparurent en courant vers la maison du parc, suivies par le chien. Elles vont avoir des choses à raconter à Marie.

- Ah les chipies… grogne Alex.
- Elles sont mignonnes, dit Pier.
- Voilà Amélie. Alors mon cœur, tu travailles tout le temps et n'est pas disponible pour les filles ?
- Pardon ? Bonsoir, je suis Amélie, la mère d'Astrid.
- Et ma chérie. Je te présente mon cousin Pier, qui sera mon secrétaire et sans doute un peu le tien. Je ne t'ai pas encore parlé de la Fondation « Petit Prince ». Tout va bien depuis ce matin ?
- Oui, les filles sont allées chez Marcel ? Il ne faut pas qu'elles restent trop longtemps car Marie a

encore besoin de se reposer… vous n'avez pas froid Pier en short ? Où vous êtes-vous installé ?

- Ce matin, lorsque nous sommes arrivés Alex m'a donné une chambre au rez de chaussée en me disant que je devrais trouver une installation plus pérenne avec vous.

- Tu peux me tutoyer. Je ne suis pas plus vieille que toi. Viens avec moi visiter l'étage, tu trouveras sans doute une pièce à ta convenance.

- Amélie, Camille a suggéré d'installer les deux filles dans la nurserie, elles auraient une chambre seule et une grande pièce jeux-travail dédiée.

- J'y avais pensé mais je n'ai pas voulu précipiter leur installation.

- Ma chérie, tu sais que je veux que tu restes.

- Nous devons parler mais pas ici, Pier gèle sur pieds.

- Alors allez, je vais aller chercher les filles.

Alex un peu dépité, se dirigea vers la maison du parc pendant que Pier, observait Amélie avec discrétion.
« Elle est magnifique mais n'a rien de sophistiqué. Elle n'est même pas maquillée, porte un jean ordinaire et une doudoune qui n'est pas en duvet. Elle a du caractère c'est certain. Je ne pensais pas Alex attiré par une femme nature. »

- C'est toi l'alibi d'Alex ?

- Alibi ? Non, il a annoncé à la famille qu'il mettait un terme à sa gestion de leurs biens, ce qui a été vécu comme un séisme. Ensuite, il a démonté les machiavéliques fiançailles auxquelles il n'avait pas donné son accord puis a causé un petit scandale en ramenant du parc la prétendue fiancée qui était allée le retrouver, peut-être dans l'idée de le compromettre et de l'obliger au mariage. Le père a pris devant l'assemblée une belle avoinée et la fille a été ridiculisée devant tout le monde. Là-dessus, blanc d'une glaciale colère, il a décidé de revenir plutôt que d'assister aux obsèques. Compte tenu de tout ce qui s'était passé, c'était le mieux. Je l'ai suivi pour profiter de l'avion mais je suis sans valise et sans rien, le voyage n'avait pas été anticipé et heureusement que j'avais mon passeport avec moi. Mon cousin m'a prêté un short de sport pour dormir. Il faudra que j'aille très vite acheter quelques vêtements.
- Ta venue n'avait pas été réfléchie ?
- Non, Alex était en colère et préférait revenir à Paris pour te retrouver parce qu'il s'inquiétait, je l'ai persuadé de me laisser venir avec lui.
- Cette fille, sa fiancée...
- Non, elle aurait aimé mais elle est très superficielle et attirée par les honneurs et l'idée qu'elle se fait de la vie d'Alex roulant en carrosse et allant de bals en soirées mondaines. Elle avait

Le devoir en bandoulière

décidé que puisqu'elle allait être princesse, ses amies devaient faire la révérence lorsqu'elle apparaissait. Elle ne s'intéressait pas à l'homme qu'il est, heureusement il l'a percée à jour et il vous avait déjà dans son cœur, les filles et toi.
- Il t'a bien fait la leçon.
- Il n'en a pas eu besoin, pas un homme sain d'esprit n'aurait envie de cette cousine, je crois que les cousins étaient unanimes et puis il a dressé de sa fiancée parisienne un sublime portrait. Nous avions compris que c'était mort pour notre cousine. Bon franchement elle ne vaut pas la peine que tu t'inquiètes. Alors cette chambre ?
- Pardon allons-y, tu vas devoir prendre une douche chaude pour te réchauffer. Au premier, il y a de belles chambres, si tu dois rester ici il y en a une qui a une vue magnifique sur le Domaine voisin et elle est plutôt moderne. Suis-moi.

Tout en montant l'escalier, à la lumière des propos de Pier, Amélie se demanda si sa réaction aux paroles de cette fille dans le parc n'avait pas été exagérée. « Bon nous nous expliquerons. »

Elle conduisit Pier dans une chambre qui avait été modernisée avec beaucoup de goût. Pier est enchanté, conquis par la vue.

- J'y serai bien merci beaucoup. Peux-tu me dire où se trouve la chambre de mon cousin ? Je lui emprunterais bien un sous vêtement et un tee-shirt.
- Elle est à cet étage mais j'ignore où exactement. Je connaissais cette chambre parce que Camille me l'avait montrée. Pousse les portes et tu trouveras.
- Qu'est-ce qu'il trouvera en poussant les portes ?
- Ta chambre, Pier n'a rien à se mettre. Je lui conseillais d'aller fouiner chez toi, sans savoir où exactement se trouve ta caverne.
- Je m'occupe de Pier, les filles sont montées dans la salle de bain.
- Oh là là ! Ce n'est pas l'heure ! Je vous laisse.

Elle partit en courant car laisser les filles seules dans la baignoire, c'est la porte ouverte aux sottises.

Pier observa en souriant le départ précipité d'Amélie et murmura :
- Elle est vraiment super !
- Hep, je l'ai trouvée avant.
- Elle aura peut-être une amie comme elle, simple et magnifique à me présenter.

20

Plus tard, ils se retrouvèrent au salon avant le diner. Exceptionnellement, les filles dineront avec les adultes. Camille a préparé le diner mais c'est Amélie qui se charge du service.
- Vous n'avez pas de personnel ?
- Camille s'occupe de beaucoup de choses mais franchement pour apporter un plat à table, je n'ai pas besoin de quelqu'un. Dans le cas d'un diner plus chic, je ne dis pas qu'il ne faudrait pas un extra mais pas lorsque nous sommes entre nous. Les filles n'auraient pas pu descendre en pyjama, nous serions cantonnés à des discussions sur le temps et le dernier best-seller lu.
A propos Alex, j'ai eu un contact avec un entreprise de sécurité qui voulait venir visiter le manoir. Tu ne m'avais rien dit aussi ai-je demandé que le responsable te rappelle à ton retour.
- Il m'a appelé et m'a fait remarquer tout ce que tu avais révélé en quelques mots.
- Je n'ai rien dit, je ne comprends pas.
- Tu as révélé que tu étais seule et que mon absence durerait quelques jours. Quelqu'un de mal

intentionné aurait pu en déduire qu'il fallait intervenir très vite.
- Zut ! Je n'y avais pas pensé. Je n'ai pas l'habitude de me méfier de mes interlocuteurs.

Ils discutèrent de tout et de rien, les filles sont fatiguées, elles embrassèrent les adultes et sans rechigner allèrent se coucher accompagnées par Amélie qui en profita pour saluer les deux hommes après s'être assurée qu'ils débarrasseraient la table et rangeraient la cuisine... Ce qui étonna Pier mais ne le surprit plus.
Il avait dans son esprit, élaboré une image du Prince Alexandre, qui ne correspond pas à l'homme qu'il découvre dans son intimité et il est fasciné par ce hiatus.
- Pourquoi me fixes-tu ainsi ?
- Pardon Alex, c'est involontaire mais je suis surpris par ton comportement et je me demandais qui tu es vraiment. Je connaissais un peu le dandy dragueur mais bosseur car je suppose que tu ne disposais pas de planche à billets pour payer les gros bénéfices que tu remettais à la famille tous les trimestres. Je découvre, l'homme ouvert à toutes les remarques, simple, sympathique, bon père de famille n'hésitant pas à se salir les mains tout en restant un professionnel exigeant et efficace.

Le devoir en bandoulière

- D'une manière objective, je crois que j'étais les deux mais que je l'ignorais peut-être parce que je ne me posais pas les bonnes questions ou parce que les circonstances ou mon environnement ne m'amenait pas à me les poser. C'était une vision de l'esprit et un piège dans lequel je suis tombé.

A seize ans, je représentais le Montenie auprès de toutes les cours mondiales et les instances suprêmes des pays que je visitais. Ma grand-mère m'avait fait grandir avec mon titre toujours présent à l'esprit, l'honneur de la famille et du pays et la conscience de ce que je représentais. Mon ego était satisfait mais ce titre, l'honneur, les honneurs, le devoir et l'argent ce n'étaient pas ce qui me faisait vibrer...

Avant d'être un homme et d'avoir prouvé une quelconque valeur, j'étais devenu le Prince héritier. J'avais un titre reconnu, de l'argent et des envies à satisfaire. Les filles en ont fait partie et j'ai eu plus que ma part de belles coquettes, frivoles, intéressées et je ne leur demandais pas d'être intelligentes.

J'ai pris quelques coups sur le museau récemment, et avec l'aide de la mère et de la sœur de mon ami Emile, sans qu'ils m'y forcent mais grâce à quelques remarques, j'ai grandi et j'ai réalisé mes erreurs. La première était qu'en étant Le Prince, j'avais perdu Alexandre de vue. Je servais le Prince sans servir mon peuple ou les hommes qui m'entouraient. Le

Le devoir en bandoulière

Prince s'occupait de sa famille sans aucune joie, parce qu'il y était contraint par des décisions qui avaient été prises bien avant sa naissance. Il en tirait beaucoup de pression et des satisfactions liées à son efficacité mais aucun plaisir profond. Il savait que l'argent versé aux chefs de familles ne faisait pas leur bonheur et qu'il était vainement dépensé mais il leur permettait de maintenir en vie leur vanité et une illusion de grandeur et c'était suffisant.

Le Prince pressé pendant de longs mois de se marier par le père de sa maitresse, lui avait un jour cédé. Il sait maintenant, qu'il s'était allié à cette jolie jeune femme plus pour gagner la paix que par amour. Le couple a hélas eu très vite un bébé qui n'était pas nanti de l'appendice indispensable pour qu'il soit à son tour le Prince Héritier. Le Prince Alexandre comme son épouse, se sont désintéressés de l'enfant en payant une nounou à plein temps. Puis l'épouse du Prince, âpre au gain, a demandé le divorce en essayant grossièrement d'assurer sa propre aisance financière en détournant des sommes colossales des portefeuilles qui lui avaient été confiés. Le Prince s'en est aperçu et depuis, son père et elle sont emprisonnés. Le Prince a fait son devoir en protégeant les intérêts de sa fille, de sa famille et d'autres mais il a mal vécu la sanction infligée à son ex-épouse même si elle est méritée.

Le devoir en bandoulière

L'homme Alex qui vivait dans le Prince s'est réveillé, il a ressenti des sentiments inhabituels pour lui. Il a été en colère, horrifié de découvrir qu'il avait mal placé sa confiance, il a craint pour la vie de sa fille et de son amie Astrid, surtout il s'est retrouvé démuni et incapable devant les simples obligations liées à la vie de tous les jours. Il a surtout découvert qu'il n'était pas seul au monde mais accompagné depuis des années par un type discret mais fidèle et toujours présent, Emile qui voyait depuis toujours l'homme et ses faiblesses au point que s'il m'avait toujours parlé de sa sœur, il n'avait jamais voulu me la présenter.
Lors de cette prise de conscience, ce qu'Alex a constaté n'était pas à son avantage mais il a commencé une mutation et fournit des efforts pour trouver un équilibre entre Alex et le Prince Alexandre. Je suis sur la bonne voie, j'ai pris des décisions importantes, j'ai découvert que ma fille Lilian est une fillette magnifique et j'aime vraiment cet enfant. Surtout, je suis très amoureux pour la première fois de ma vie d'une vraie femme qui me tient la dragée haute, et n'hésite pas, sans cris ni injures, à me démontrer que je me trompe et que mes choix ne correspondent pas à ses valeurs ou sont décevants voire indignes du Prince et d'Alexandre.
Cette démarche me vivifie, me déstabilise mais m'aide à me reconstruire, meilleur j'espère.

J'ignore si j'ai répondu à ton questionnement mais c'est ce que je suis, un homme en marche et un Prince sans couronne qui essaiera de tenir sa place honnêtement dans la société et dans son pays d'origine s'il est sollicité.
En attendant, j'aurai besoin d'aide si je veux dégager du temps pour ma famille.
-       Merci pour ces confidences Alex. Compte sur moi mais je ne peux pas affirmer que je n'aurai pas besoin d'un coup de pied au derrière pour avancer à ton pas, je ne suis pas habitué aux efforts et pour moi tout est à apprendre. Ma loyauté t'est acquise et j'ai eu un bon contact avec Amélie et les enfants.

Le bruit de pas dans le couloir se fit entendre.
-       Peut-être n'êtes-vous pas fatigués mais ma journée commencera tôt demain. Je voulais te dire que j'emmènerai les filles à l'école Alex. Elles sont excitées à l'approche de Noël et les précédents propriétaires arriveront dans la semaine suivante. Sans doute faudra-t-il que nous nous voyions pour nous organiser et en échanger avec Camille.
Alex, il faudra trouver un créneau pour les courses de Noël et que vous les hommes, alliez rapidement chercher un sapin que nous décorerons. C'est même ce par quoi nous devrions commencer, ce samedi si vous êtes d'accord, à vous de me dire si vous feriez cela avec ou sans les filles ? Alex que dirais-tu si les

filles offraient un petit cadeau d'au revoir aux enfants de leur classe ?
- Euh, je n'ai pas d'opinion sur ce sujet. Si tu penses qu'il le faut, faisons-le.
- Ce n'est pas parce qu'il le faut mais pour remercier les petits amis qui ont si gentiment accueilli les filles, quelques chocolats feront plaisir et ne grèveront pas le budget de la maison.
- Tu as raison, faisons-le et ajoute un livre par enfant. Tu comprends ce que je te disais Pier ? Voilà un exemple concret.
- Alex, est-ce que je pourrai compter sur toi ?
- Nous irons samedi matin chercher un sapin avec Pier et l'après-midi, il viendra nous aider à choisir les cadeaux, il faut qu'il participe et il faudra quelqu'un pour porter les paquets trois pas derrière moi !
- Tu es nul ! Parce qu'il y a des chariots au supermarché et une trentaine de bouquins, ça ne pèse pas si lourd que ta carcasse ne puisse pas les porter ! Pier, tu seras si tu veux le bienvenu et tu auras peut-être des trucs plus personnels à acheter. Pousser le chariot c'est une de mes activités préférées ! dit-elle en faisant la grimace.

Pier s'amuse ouvertement de cet échange décontracté qui illustre le discours précédent d'Alexandre. Il comprend mieux la dualité qui

coexiste dans l'homme assis en face de lui et se dit que les décisions ne doivent pas être toujours faciles à prendre quand la solution d'un dossier fait appel à la responsabilité du Prince et fait écho avec le cœur d'Alex.
- A demain messieurs, n'oubliez pas de fermer les portes.

Ils restèrent silencieux un instant puis Pier curieux voulut savoir qui est Marcel.
- Ah Marcel, c'est tout un roman !

Il explique l'enlèvement de Lilian commandité par Sofia afin de faire pression sur lui après le saccage de l'appartement d'Amélie alors qu'il la connaissait à peine. Marcel qui espérait la survie de Marie avait une lourde opération à payer. Il avait accepté la mission mais s'était trompé d'enfant et avait immédiatement eu des remords. Il avait ramené Astrid à l'école le lendemain matin.

Amélie et lui l'avait ensuite rencontré et avaient compati à sa triste histoire. Ils devaient déménager aussi avaient-ils choisi ensemble une maison qui permette de loger Marcel et Marie tout en lui fournissant un travail compatible avec les horaires de l'écolière.
- Ça alors, c'est top ! Et il n'a pas été inquiété par la police ? Comment a-t-il fait pour assumer

Le devoir en bandoulière

l'opération de Marie s'il a rendu la petite fille à sa mère ?
- Hum ! J'ai trouvé un arrangement avec le Juge suprême de Montenie. Sofia était responsable du saccage de l'appartement d'Amélie et avait payé pour l'enlèvement et elle était coupable de très gros détournements de fonds. Le ravisseur avait rendu la fillette et avait expliqué son geste. Le juge a considéré que la mission avait été remplie et que l'argent versé avait été gagné. Nous, nous avons retiré notre plainte.

Pier éclate de rire :
- Je rêve ! Une mauvaise action qui aboutit à sauver une petite fille. Je vais adorer bosser avec vous ! Il faudra me parler de la Fondation.
- C'est simple, en allant voir Marie à l'hôpital, nous nous sommes aperçus que les familles venaient parfois de très loin pour entourer les petits malades qui quelquefois ont aussi besoin de matériels ou d'appareillage onéreux. L'idée serait de venir en aide à ceux qui n'ont pas de moyens suffisants et de compléter les remboursements liés à l'accès à l'assurance maladie. Amélie est ingénieure commerciale, elle a un gros secteur et plusieurs équipes à manager. Elle se débrouille bien et gagne correctement sa vie mais elle fait beaucoup de route et pour être plus présente auprès des filles, elle souhaitait changer de travail. J'avais déjà envie de

Le devoir en bandoulière

créer une fondation, l'idée d'aider les petits malades m'est venue et Amélie serait partante pour la développer. Elle a donné sa démission à son employeur et commencera avec « Petit prince » fin janvier.
- Je comprends la dénomination Petit Prince ; « tu ne vois bien qu'avec le cœur, » mon Prince et je suis très admiratif Alex. Je verrai comment m'insérer dans vos projets qui me plaisent vraiment. Ils font honneur à notre nom.
- Merci, mais tout est à construire, tu auras du travail pour nous aider tous les deux !
- Pour finir de faire le tour de la maisonnée, qui est Camille ?
- Camille est depuis une vingtaine d'années, la veuve sans enfant d'un gendarme. Elle travaillait pour les précédents propriétaires et ils devaient s'en séparer à regret puisqu'ils partaient. Nous lui avons proposé de rester. Elle a de solides références, elle est discrète et efficace, connait bien la maison, s'entend avec tout le monde et elle adore les enfants. Pourquoi chercher ailleurs ?
- Oui c'est sûr. Tu fais ton nid mon prince ! Merci pour les explications, je perçois mieux ce qui te retient ici et ça me plait ! Je peux fermer la porte d'entrée, vérifie celle de la cuisine. A demain Alex.

Le devoir en bandoulière

Resté seul, Alex réfléchit et se dit qu'en quelques semaines sa situation avait beaucoup évolué et il se sent plus en accord avec sa vie, il a des projets, des ambitions, une famille à construire. Il n'a pas à rougir de ses aspirations, ni des décisions qui ont été prises. Il construit sa vie sur des bases qui lui paraissent meilleures que celles d'avant, plus réfléchies et si tout va bien, il sera épaulé par une compagne solide et fiable qui lui rendra son amour.

Avec un soupir, il se leva de son siège, rangea les tasses à café et ferma la porte de la cuisine. Lorsqu'il éteint, il aperçut par la fenêtre, une ombre furtive courir au fond de la pelouse.

« Loup fait sa ronde, il veille sans bruit, sur le sommeil de tous. »

21

Le matin du samedi, les filles sont intenables. Elles veulent accompagner Pier et Alex à la pépinière pour choisir le sapin, même la docile et très calme petite Marie insiste pour y aller.
Les hommes fondent et acceptent, les fillettes sautent et dansent de joie entrainant Marie dans la sarabande.
Alex prévient Marcel pendant que Pier se bagarre avec les sangles des sièges auto qui sont tous de modèles différents, sous l'œil amusé de Camille et d'Amélie.
Ils partent enfin.
- Camille, j'ai le sentiment qu'ils ne seront pas de retour très tôt. En quoi puis-je vous aider ?
- Madame Amélie, laissez-moi effectuer mon travail. Il est organisé et vous n'y tenez aucune place. Pensez plutôt aux cadeaux dont vous devrez faire l'acquisition et reposez-vous, vous avez encore des cernes sous les yeux.
- Vous êtes adorable mais c'est d'une ou deux heures de sommeil en plus le matin dont j'aurais

besoin. Je m'endors bien trop tard, tout tourne dans ma tête. Je suis tracassée depuis que j'ai envoyé ma démission. Le travail pour la Fondation serait intéressant, plus sédentaire et plus compatible avec la présence des filles mais si je n'arrivais pas à récolter des fonds et si…
- Vous y arriverez, c'est normal de douter mais vous n'avez pas de raison objective de préjuger de vos résultats de manière négative. C'est une idée magnifique et vous parviendrez à convaincre des donateurs. N'ayez pas peur et foncez !
- Ah Camille, vous me faites du bien ! Je vous abandonne donc à vos tâches et retourne aux miennes.

Pendant qu'elle réfléchit aux cadeaux pour tous ceux qui passeront Noël au manoir, Alex et Pierre négocient avec les trois filles qui demandent toutes un très grand sapin « jusqu'au ciel » alors qu'eux ne recherchaient qu'un arbre facilement transportable. La coalition des filles se montre intraitable et Astrid se révèle une négociatrice hors pair, n'hésitant pas à chercher à acheter Alexandre en proposant de faire quelques corvées pour lui, comme vider sa poubelle du bureau, débarrasser ses tasses de café abandonnées là où il se trouvait, cirer ses chaussures… Alex est amusé et ne lui rappelle pas que c'est déjà en partie le travail de Camille. Il échange un regard avec Pier et ensemble

choisissent un arbre qui réponde à tous les critères bien qu'il ne touche pas les nuages.
- C'était juste pour aider le père Noël à descendre de son traineau, murmure Marie.
- Ne t'inquiète pas Marie, si vous avez été sages, il passera.

Le pépiniériste aida les deux hommes à sangler l'arbre sur le toit de leur voiture. Ils n'ont pas de galerie mais ils ne vont pas loin et espèrent ne pas croiser de policiers.
- Avec elles, vous ne vous ennuyez pas, murmure Pier à son cousin.
- Non et c'est pour moi une belle découverte. Je n'imaginais pas prendre autant de plaisir à voir ma fille et ses amies s'ouvrir au monde, poser des questions intelligentes, jouer et rire et ne pas me prendre au sérieux en me faisant complice de leurs plaisanteries et je regrette d'être passé sur les premières années de Lilian sans m'y intéresser.
- Peut-être sont-elles exceptionnelles ?
- Non, je l'ai cru mais j'ai vu les enfants de leur classe, ils sont curieux de tout et n'ont pas beaucoup de freins. Je reconnais qu'Amélie et Marguerite sa mère, les éduquent et apportent un plus que l'école ne transmet plus et qui me semblent importants pour Lilian et Astrid, comme le respect de l'autre quel que soit son âge, la politesse, le maintien ou le

comportement à table et ailleurs. Il s'agit de détails dont je ne percevais pas l'importance mais je remarque leur absence maintenant et malheureusement, il s'agit de marqueurs importants.
- Je ne comprends pas...
- J'ai vu des enfants se tenir assis un pied sous les fesses, ce n'est rien et c'est accepté en pique-nique ou au moment d'un échange entre copains mais à table, cela ne l'est pas et en classe, la tenue n'est pas toujours bonne, certains répondent aux adultes ou tiennent des propos grossiers.
- Tu accordes de l'importance à des détails.
- Certainement, mais si personne ne fait de remarques à l'enfant, il continuera à mal se tenir, à déjeuner les coudes sur la table et le nez dans l'assiette, un pied sous les fesses ou à être vulgaire et chez nous, cela ne passerait pas.
- Ah le marqueur, je comprends mieux.
- Il faut rester ouvert et accepter que certains puissent prendre l'ascenseur social. C'est plutôt sain et permet le brassage des idées mais ils doivent aussi s'adapter aux milieux dans lesquels ils veulent rentrer, au risque d'être rejetés s'ils ne le font pas. Tu sais combien les hommes et les femmes peuvent être impitoyables dès qu'ils sentent leurs valeurs menacées. Nous devons évoluer pour éviter la sclérose des groupes sociaux, mais motivé par la peur, le rejet de la différence n'est jamais bien loin.

Le devoir en bandoulière

C'est pourquoi je suis content de constater que Marguerite et Amélie veillent au grain et donnent aux filles ce dont elles ont besoin pour s'adapter à leurs interlocuteurs.

- Nous arrivons, je suppose que Marcel pourra nous aider, où envisages-tu d'installer cet arbre ?
- Oh, je vais laisser les femmes s'en occuper, nous serons aux ordres prêts à bander nos muscles. Elles s'occuperont ensuite d'aller acheter les décorations pendant que nous établirons ton planning.
- J'aimerais que tu m'accordes le matin, une heure pour faire un peu de sport et tu ferais bien de m'accompagner, tu as autour de la taille quelques kilos de mauvaise graisse à éliminer.
- Tu crois que c'est important ?
- Tu n'as pas quatre-vingts ans, ta femme préfèrera sans doute sentir dans ses mains des muscles fermes plutôt que de la graisse molle et pour ta santé, il est évident que ce serait mieux. Nous pourrions envisager de commencer la journée entre sept heures trente et huit heures trente par du sport d'entretien, course ou piscine en alternance et être au bureau pour neuf heures. Tu ne devras pas accompagner les filles à l'école, n'est-ce pas ?
- Non c'est Amélie ou Marcel qui s'en chargeront. Ton sport à deux et à cette heure, ce serait faisable. La piscine n'attend que nous.

Le devoir en bandoulière

- OK, note ce créneau dans ton agenda à partir de demain. Voilà Marcel, il devait nous attendre.
- Attendez que la voiture soit arrêtée pour ouvrir les portières les filles.
- On ne peut pas papa, nous sommes encore attachées. Maman Amélie dit que c'est vous qui devez appuyer sur le bouton.
- Mon papi dit pareil.
- Ton papi a raison et tu dois faire ce qu'il dit.
- Tout va bien ? Les filles ont été sages ? demande Marcel qui dégrafe les lanières retenant les enfants aux sièges.
- Papi, on a choisi un grand arbre mais il ne touchera pas les nuages.
- Heureusement, il n'aurait pas pu être installé dans la maison, déjà celui-ci est bien grand, où envisagez-vous de le mettre ? Il n'entrera pas dans le salon sans lui couper la tête ou le pied.
- Alors il faudra laisser la porte ouverte pour que le père Noël le voit.
- Vous pensez vraiment qu'il est trop grand ? ce serait dommage de lui couper la cime.
- Non papa, c'est tout en haut qu'il faudra accrocher l'étoile, Amélie nous l'a expliqué...
- Il y a le hall, le long de l'escalier et nous pourrons sécuriser l'arbre en l'attachant à la rampe, continue Marcel.

Les filles satisfaites de savoir que l'arbre sera installé dans la maison détalent pour aller prévenir Amélie et Camille.

Les deux femmes viennent voir le sapin alors que les trois hommes ahanent et ploient sous le poids de l'arbre mais ils parviennent à le redresser et le tiennent appuyé contre l'escalier pendant qu'elles déplacent la petite console pour lui faire de la place.

- Qu'est-ce qu'il faut faire pour faire plaisir à trois petites minettes, bougonne Alex.
- Les chouchous, c'est presque terminé, voilà Marcel qui revient avec de la corde. Vous avez bien travaillé, Camille vous a préparé un gâteau pour le déjeuner ! dit Amélie en riant.
- Papa, je peux te donner un bisou et à Pier aussi si vous voulez, ajoute Lilian. Vous êtes trèèès forts, nous, on n'aurait pas pu porter l'arbre sans vous.
- Tu vois Alex, nous sommes récompensés d'avoir montré nos muscles, ajoute Pier en riant et en repliant son bras droit afin de faire mine de tâter son biceps.

Alex est heureux, l'ambiance est décontractée, aucun d'eux ne se prend au sérieux ou joue un rôle et il trouve cela reposant, réconfortant et c'est plein de joie qu'il croise le regard énamouré d'Amélie.

Le devoir en bandoulière

- Pier, Camille et Marcel, verriez-vous un inconvénient à veiller sur les filles deux jours, cette semaine ? Nous avons des trucs à faire pour la Fondation comme rencontrer des contacts de passage en grande banlieue. Il faudrait que nous partions mercredi pour revenir vendredi dans la journée. Les filles seraient à l'école, ce ne serait pas trop contraignant pour vous.
- Il ne faut pas manquer notre fête de l'école.
- Ne vous inquiétez pas, je pense que si nous pouvions partir cette semaine, nous ne manquerons pas la fête qui aura lieu la semaine suivante.
- Comptez sur nous dit Marcel, avec Camille, nous devrions nous en sortir.
- Je pourrai aider et tu me diras ce qu'il y aura à traiter pour les dossiers en cours.
- Parfait merci. Ce sera l'occasion pour Amélie de mettre le pied à l'étrier.
- Tu ne craindras rien Astrid si je ne te laisse pas chez Mamie ?
- Non maman, je serai avec Lilian et Camille. Tu m'appelleras pour me faire un bisou.
- Promis mon cœur.
- Et à moi aussi, déclare Lilian.
- D'accord, comme tous les jours.
- Et à moi aussi ? Tu pourras téléphoner à papi.

- Oui ma chérie je te ferai un bisou mais il faudra que vous soyez sages avec Camille, Pier et Marcel.
Le oui est prononcé d'une seule voix par les fillettes.
- Et tu nous rapporteras une récompense ?
- Je vais y réfléchir.
Les trois fillettes sautent de joie, les adultes remarquent que Marie tient sa place et imite ses amies en tout, ils se réjouissent de la voir joyeuse et libérée de ses soucis de santé.

- Si vous voulez que nous allions acheter les décorations cet après-midi, il faudrait aider Camille à mettre la table mais avant vous devrez…
- Laver nos mains !
- Bravo Lilian !
- Marcel, acceptez-vous que Marie se joigne à nous ?
- Je n'imagine pas refuser ! Tu te reposeras après ma grande et si tu te sens fatiguée tu le diras à Amélie d'accord ?
- Oui papi, puis elle se précipita contre son grand-père pour lui faire un câlin.
- Ne vous inquiétez pas Marcel, Camille a proposé de venir avec moi et nous veillerons sur elle. Nous irons dans une boutique près du supermarché, il y a plein de petits trucs pas chers. Elles vont se régaler à fouiller et choisir et demain, nous

habillerons le sapin. Avez-vous une rallonge pour la guirlande électrique ou faut-il en acheter une ?
- Non, je vais m'en occuper.
- Madame Amélie, j'avais prévu de déjeuner dans la cuisine avec Marcel et Marie, est-ce que cela vous ennuie ?
- Oui, vous devriez nous rejoindre dans la salle à manger, aujourd'hui n'est pas un jour ordinaire et ce sera plus simple pour le service.
- Madame, je ne peux pas...
- Marcel acceptez, ce sera plus simple pour Camille et ça ira plus vite ! déclare Alex.

Marcel disparut à la suite de Camille pendant que les filles se précipitaient dans le cabinet de toilette pour se laver les mains et mettre la table.
- Tu m'offres un apéro ? demanda Pier.
- Amélie ?
- Non merci, je vais monter chercher quelque chose. Je reviens...

Amélie va dans sa chambre, elle a besoin de souffler. « Il veut que nous partions ensemble. Déjà ! Il va trop vite et si ça se passait mal entre nous ? »
Elle est presque au pied du mur et une folle inquiétude l'envahit.

Pourtant elle ressent de l'attirance pour Alex et il correspond à ses rêves les plus fous, elle a de l'estime et de l'admiration pour lui.
« Tu l'aimes alors ne fais pas l'andouille, il t'aime et te veut, il est normal qu'il ait besoin de se rapprocher de manière plus intime, de se retrouver seul avec toi et cela correspond à tes propres envies. Accepte tes sentiments, rejette la peur et fonce ! »
Elle se recoiffe et plus sereine rejoint les adultes et les filles qui l'attendaient.

Lorsqu'elle rentre dans le salon, Alex lui adresse un sourire inquiet, elle lui rend un regard confiant et le voit se détendre. Il avait perçu sa gêne et n'avait pas su l'interpréter.
- Tu ne veux rien boire ?
- Non merci, tout va bien.
Camille vient les prévenir qu'ils peuvent passer à table. Les filles vont se positionner derrière leurs chaises et attendent qu'Amélie s'asseye.
Alex lui pose la main sur l'épaule et murmure :
- Tout va bien ? Tu es sure ?
- Oui, tout va bien, ne t'inquiète pas.
- Tu sais, nous pouvons …
- Certainement pas ! J'ai hâte !
Les yeux pétillants de joie, il repousse la chaise dès qu'Amélie est assise donnant ainsi aux filles et à Pier le signal de s'asseoir à leur tour.

Le devoir en bandoulière

Pier qui ne rate rien, lui adresse un petit sourire en hochant la tête. Il a fait le lien avec la discussion qu'il avait eue avec Alex sur la transmission des codes. Là, tout lui parait simple et naturel, il se demanda si l'exemple suffit pour que les enfants agissent par mimétisme sans se poser de question ou si Amélie ou sa mère ont expliqué plus en détail quelques règles.

Les enfants se taisent mais communiquent par des mimiques ou des regards mais elles sont silencieuses.

Ils abordèrent des sujets très généraux, jusqu'à ce qu'il soit question de l'installation ou non d'une petite crèche. Un grand blanc répondit à la question de Camille suivit par l'intervention d'Astrid :

- Nous, on fait la crèche et le jour de Noël je mets le bébé avec l'âne et le bœuf, déclare Astrid.

- Depuis que je suis seul, je ne l'ai pas faite, j'en voulais trop à la vie pour m'en occuper mais ma femme respectait la tradition. Si tu veux Marie, nous nous occuperons de la recréer.

- J'ignorais que cette tradition provençale était répandue. Je suis baptisé dans la religion catholique mais au Montenie les religions chrétiennes et musulmanes coexistent et nous sommes tous discrets sur nos pratiques. Si vous voulez faire une crèche, je n'y suis pas opposé mais il faudra expliquer aux enfants ce dont il s'agit.

- Où pourrions-nous la mettre ?

Une discussion s'engagea entre les enfants. Les adultes s'amusèrent de leurs propos mais se gardèrent bien d'intervenir.

- Dans le salon pour que tout le monde l'admire, C'est important la naissance du bébé Jésus. Mamie m'a dit que sa maman et son papa fuyaient un méchant roi qui tuait les bébés garçons et que bébé Jésus est né pendant le long voyage, Marie sa maman avait trop marché et elle était fatiguée. C'était l'hiver et la maman a déposé le petit bébé dans la paille de la crèche et l'âne et le bœuf lui soufflaient dessus pour qu'il n'ait pas froid parce qu'il était tout nu. Au-dessus de lui une grande étoile très brillante a guidé les bergers et les rois qui sont venus lui apporter des cadeaux de très loin. C'est pour ça qu'il y a le chameau au milieu des moutons de la crèche et l'étoile sur le sapin. On fait la crèche pour ne pas oublier l'histoire.

- Le père Noel venait avec un chameau donner des cadeaux aux enfants ? demande Lilian.

- C'était avant, après il est venu en traineau et comme il va moins vite que l'avion, il peut s'arrêter au-dessus des cheminées pour déposer les paquets mais il ne doit pas perdre de temps parce qu'il a beaucoup de travail, il y a beaucoup d'enfants sur la terre, déclare Astrid. Pourquoi tu ris Alex ?

Le devoir en bandoulière

L'interpelé éclate alors d'un rire contagieux difficilement retenu jusque-là, ces explications de la crèche sont pour lui une découverte, un mélange du massacre des saints innocents, de l'arrivée au monde du messie et des rois mages devenus père Noël. Astrid n'a retenu de ce qui lui a été raconté que ce qui l'intéressait et en a fait un roman acceptable par la très jeune petite fille qu'elle est.

Il est fasciné par le fonctionnement de l'intelligence de ces enfants, leur compréhension de l'environnement, la sensibilité, l'émotion et l'amour y tiennent une grande part et il réalise combien un enfant peut être facilement blessé.

- A moins que quelqu'un y soit fermement opposé, nous allons construire une belle crèche avec les santons que vous possédez et nous allons en acheter de nouveaux pour symboliser notre famille du manoir. Nous ajouterons le Montenie dont nous venons et Paris où nous demeurons.
- Et Loup ?
- Bien sûr, il s'occupe de notre sécurité, alors nous le mettrons aussi dans la crèche.
- Qu'est-ce que c'est sympolser, demande Marie.
- Symboliser ? C'est un mot compliqué pour une petite fille, c'est une représentation. Si vous trouvez une petite figurine d'un chien qui ressemblerait à Loup, nous dirions que c'est lui alors

que le vrai est grand et gros et ne tiendrait pas dans la crèche. De même pour Jésus, un santon du bébé de la crèche ce n'est pas un vrai personnage, c'est un symbole qui rappelle le bébé Jésus. Tu as compris ?
- Oui la grande étoile du sapin, elle n'est pas dans le ciel et elle est en papier brillant avec des paillettes, c'est une étoile fausse mais elle fait penser à la vraie, celle où sont ma mamie et mon papa.
- Exactement, et lorsque tu contemples ton étoile tu penses à ceux qui t'aimaient beaucoup.

L'émotion gagne certains, des gorges sont raclées. Amélie intervient :
- Les filles nous allons laisser les messieurs débarrasser la table et si vos mains sont propres allez chercher vos manteaux, nous allons partir. Camille nous nous retrouvons à la voiture si vous voulez bien.
- Mais la cuisine…
- Il y a trois messieurs grands et forts, Amélie, ils sauront mettre les assiettes dans le lave-vaisselle et secouer la nappe. Une fois n'est pas coutume, et nous avons des emplettes à faire.

Camille adressa une sorte de grimace aux messieurs et la mine ennuyée de laisser son employeur effectuer son travail, elle se dirigea vers son appartement.

Les trois hommes débarrassèrent sans dire un mot et regardèrent les deux femmes et les enfants partir pour faire les courses de Noël en leur faisant de grands signes enjoués derrière les vitres de la voiture.
- Enfin un peu de calme ! murmure Alex. Nous devons en profiter parce que les filles vont revenir excitées et nous devrons nous exécuter sur le champ pour le plaisir des demoiselles.

La remarque lui attira les moqueries de Pier et de Marcel.
- Vous dites cela, Alex mais avouez que vous y tenez à ces petites et vous prenez du plaisir à les satisfaire.
- J'admets qu'elles sont attachantes mais bon, elles jacassent et posent des questions tout le temps et savent mettre le doigt sur ce qui ne va pas.
- Moi, elles me font changer d'avis sur les enfants, c'est malin ces petits d'hommes. Tu vas vraiment te lancer dans la construction d'une crèche ?
- Oui, avec l'aide de Marcel, on devrait y arriver, seul c'est nettement moins certain ! Il ne sera pas nécessaire de faire des choses compliquées, un

simple groupe de santons emballera l'imagination des filles.

- Peut-être mais elles seront enchantées de nous prodiguer des conseils et de nous dire ce qu'elles souhaitent, observa Marcel en s'amusant. Je suis content que Madame Amélie ait emmené Camille avec elle. Elle ne quitte pas beaucoup le manoir et cette sortie lui changera les idées. C'est juste avant Noël que son mari est mort il y a dix-huit ans et que le choc lui a fait perdre le bébé qu'elle attendait. La période est toujours difficile pour elle. Les filles lui font du bien.

- Je crois qu'elles l'ont invitée à la fête de l'école, elles sont tellement fières de leur tableau. Il faudra qu'elle vienne avec Marie. Je ne crois pas qu'elle ait donné une réponse à Amélie.

- Elle ne doit pas vouloir s'imposer. Vous la faites participer à la vie de la famille alors qu'avec le couple qui vous a vendu le manoir, sa place n'était pas ailleurs qu'à la cuisine.

- Pier et moi avons connu ça mais Camille s'occupe des enfants, elle veille sur la maisonnée et sur notre confort à tous, heureusement pour nous, elle sort de sa cuisine. Je me demandais si elle ne serait pas mieux dans un rôle de gouvernante à diriger un cuisinier et une femme de ménage. Qu'en pensez-vous ?

Le devoir en bandoulière

- Il ne faudrait pas qu'elle puisse imaginer que vous embauchez du personnel parce qu'elle ne fait pas correctement son travail, elle ne mérite pas ça !
- Marcel, si elle n'effectuait pas son travail, cela se saurait déjà. Elle s'occupe des enfants, ce qui soulage Amélie qui a des dossiers lourds à finaliser avant de rendre son poste et ensuite elle prendra en charge le développement de la fondation et sera très prise même si elle gardera des plages horaires pour les filles. Les filles aiment Camille et se sentent bien avec elle, je préfèrerais qu'elle continue à s'occuper d'elles et confier la cuisine et le ménage à quelqu'un d'autre qui aurait des comptes à lui rendre. Cette réflexion prouve aussi que nous avons confiance en elle.
- Je n'ai pas mon mot à dire mais c'est bien vu.
- Alors je vais la convoquer pour l'en informer.

22

Lorsque les femmes et les enfants revinrent, elles étaient harassées d'avoir piétiné tout l'après-midi et surveillé les trois enfants qui ont fouillé dans tous les bacs et fait l'inventaire de toute la boutique, dans une foule compacte de samedi d'avant Noël. Elles n'étaient pas seules à faire leurs courses.
Tout s'était pourtant bien passé. Marie fut déposée chez elle et remise à Marcel et les filles sont immédiatement montées dans leur chambre afin de se doucher et d'enfiler leur pyjama.
Elles dineront à la cuisine avant d'aller se coucher car elles avouent être fatiguées.

Pendant qu'Amélie surveillait les deux douches, Camille préparait des pâtes au jambon et un yaourt. Les deux enfants dinèrent en silence mais leurs yeux brillaient.
- Maman, demain tu nous aideras à faire le sapin ?

Le devoir en bandoulière

- Evidemment, nous demanderons à Camille de nous aider et peut-être à ton papa Lilian. Qu'en penses-tu ?
- Je lui ferai un câlin et il voudra. Je crois que maintenant il m'aime.
- Lilian, ton papa t'a toujours aimé et il est très fier de toi, tu dois en être sûre.
- Pourquoi je ne le voyais jamais et c'était Mimi qui s'occupait de moi ?
- Il avait certainement beaucoup de travail et puis lorsqu'il était ici, il ne pouvait pas en même temps être avec toi au Montenie, il t'appelait au téléphone.
- Oui mais ce n'est pas pareil.
- C'est vrai mais tu dois être certaine qu'il t'aime plus que tout et puis c'est un homme et les messieurs ne savent pas toujours exprimer leurs sentiments. Je suis sûre que si tu lui demandais, il te confirmerait son amour et son admiration pour sa petite fille.

Elles entendirent la porte s'ouvrir bruyamment c'est Alex qui entra le visage un peu rouge.
« Zut, il nous a entendues. »
- Tout va bien les filles ? Vous avez dévalisé la boutique si j'en juge par les nombreux sacs que vous avez déposé près du sapin.
- Il y avait beaucoup de jolies choses et on n'arrivait pas à choisir alors on a tout pris.

- Aie ! Est-ce qu'il va me rester des sous à la banque ?
- Maman Amélie a dit qu'on pouvait parce que ce n'était pas cher du tout.
- Alors si c'est maman Amélie qui l'a dit…Ma chérie, as-tu envie que je te lise une histoire ce soir ?
- Papa, Tu m'aimes ?
- Evidemment mon poussin, d'abord tu es ma fille et je te connais depuis que tu es grande comme ça, ajoute-t-il en faisant des gestes avec mains. Tu pensais que je ne t'aimais pas ?
- Ben, tu ne me l'avais pas dit et puis tu n'étais pas beaucoup à la maison…
- Et quand j'étais là, tu dormais ou tu faisais des choses avec ta nounou. Nous sommes mieux au manoir, la maison est moins grande et nous pouvons nous voir facilement. Bon, cette histoire ?
- Dis oui, Lilian, je viendrai l'écouter et j'irai me coucher après, d'accord maman ?
- Alors laissez-moi vous souhaiter une bonne nuit, c'est Alex qui s'occupera de vous, bisou les filles.

Elle se pencha et embrassa les deux fillettes assises sur le lit.
- Et moi alors ? Je n'ai pas droit ?
- Jaloux ! dit-elle en déposant un baiser sur le front de l'homme assis par terre devant les enfants hilares, avant de se sauver.

Le devoir en bandoulière

- Maman t'aime beaucoup, tu ne dois pas être jaloux, assura Astrid.
- Ah ! Et ça t'ennuie qu'elle m'aime ?
- Ben non, tu m'aimes et tu es le papa de Lilian et maman n'est pas jalouse et Lilian aime maman et je trouve qu'elle a raison parce que maman aime beaucoup Lilian et Marie. On peut partager, maman a dit que le cœur d'une mère grossit à chaque fois qu'un enfant nouveau arrive dans la famille et la nôtre ici elle est grande alors son cœur est gros comme ça !
- Tu as raison, nous pouvons partager, et le cœur des papas est très grand lui aussi, es-tu d'accord Lilian ?
- Oui papa, je préfère être ici avec Astrid et maman Amélie plutôt qu'avec nounou. Ici tu es avec nous et on est bien tous ensemble et on s'aime tous.
- Super, alors nous allons rester ensemble mais vous savez que parfois il faudra que je parte seul ou avec Amélie. Jamais très longtemps mais vous aurez Marcel ou Camille pour vous surveiller.
- Chouette, Marie a dit que si vous deviez partir, on irait dormir dans la maison du parc, elle nous a invité et on a déjà accepté.
- Marcel est au courant ?
- Oui, il nous construit des lits cigognes dans des tiroirs sous le lit de Marie.

- Des lits gigognes, pas cigognes, pour que vous restiez ensemble, c'est une bonne idée.
- Pourquoi gigogne ? Les cigognes c'est mieux.
- C'est comme ça, cela signifie qu'ils s'emboitent les uns dans les autres afin de ne pas prendre de place.

Il lut une histoire courte car les filles fatiguées par leur après-midi, se détendaient déjà et somnolaient :
- Bien maintenant Astrid tu vas dans ton lit autrement ta maman va me tirer les oreilles.
- Mais non, elle gronde parfois mais c'est parce qu'elle nous aime, à demain !

Alex se redressa, embrassa sa fille et éteignit. Il a passé un bon moment avec les petites filles qui ne sont pas détrangées par l'idée de voir l'amour exister entre Amélie et lui.
« On s'aime tous et c'est normal. Pourquoi les adultes n'envisagent-ils pas la vie avec autant de simplicité ? »

Dans le couloir, près des chambres, il croisa Amélie qui allait rentrer chez elle. Il la prit par le cou et l'embrassa avec ferveur.
- Bientôt, je te montrerai combien je t'aime. Je suis impatient, murmura-t-il dans son cou.
- Les filles dorment ?

- Dormir peut-être pas encore mais elles ont papoté avant l'histoire et s'endormait lorsque je les ai quittées. Nous aurons une longue journée demain et bientôt nos invités seront là.
- J'ai demandé à Camille de préparer une chambre au premier, elle les connait et sait comment les recevoir. Ils iront certainement rencontrer leurs amis pendant les après-midis, elle pense qu'ils ne pèseront pas sur notre organisation. Il faudra que nous allions acheter les cadeaux pour les filles, aujourd'hui ce n'était pas possible.
- C'est prévu mon cœur. Je vais te laisser parce que si je m'attarde, je ne pourrai plus te quitter. Dors bien !

Il s'arracha de ses bras et se précipita vers l'escalier avant d'être dans l'incapacité de s'éloigner d'elle. Son pas se ralentit et chaque marche rythma les vers du poème de Pablo Neruda qui lui revint à l'esprit :
Je t'aime,
Je t'aime d'une manière inexplicable,
De nature inavouable,
De façon contradictoire.

Je t'aime…
Avec mes états d'âmes qui sont nombreux,
Et mes changements d'humeurs continuels
Pour ce que tu sais déjà.
Le temps, la vie, la mort.

Le devoir en bandoulière

Je t'aime…
Avec ce monde que je ne comprends pas,
Avec ces gens qui ne saisissent rien,
Avec l'ambivalence de mon âme,
Avec l'incohérence de mes actes,
Avec la fatalité du destin,
Avec la conspiration du désir,
Avec l'ambiguïté des faits.
Même quand je dis que je ne t'aime pas, je t'aime.
Même si je triche, je ne triche pas,
Dans le fond, j'exécute un plan,
Pour t'aimer encore mieux.

Je t'aime…
Sans réfléchir, inconsciemment,
Déraisonnablement, spontanément,
Involontairement, instinctivement,
Par impulsion, irrationnellement.
En effet, je n'ai pas d'arguments logiques,
Même improvisés…
Pour expliquer cet amour que je ressens pour toi,
Qui a émergé mystérieusement de nulle part,
Qui magiquement n'a pas été rien,
Et qui miraculeusement, d'un peu, avec peu et rien
A amélioré le pire qui était en moi.

Je t'aime…
Je t'aime avec un corps qui ne pense pas,
Avec un cœur qui ne raisonne pas,
Avec une tête qui ne coordonne pas.

Je t'aime incompréhensiblement,

Le devoir en bandoulière

Sans m'étonner de pourquoi je t'aime,
Sans m'importer de pourquoi je t'aime,
Sans me questionner de pourquoi je t'aime.

Je t'aime,
Tout simplement parce que je t'aime,
Même moi je ne sais pourquoi Je t'aime… !!!
Mais je sais que je t'aime.

Arrivé au rez de chaussée, tout est calme et éteint, Pier a dû faire le tour du rez de chaussée mais accomplir la vérification de la fermeture des accès le calme. Sans allumer dans la cuisine, il remplit un verre d'eau au robinet de l'évier et ne pensant plus à rien, il observe la nuit au travers de la vitre de la fenêtre en portant le verre à ses lèvres.
« Il est long le chemin parcouru en quelques semaines mais je ne suis pas encore au bout. Je n'apprécierais pas que Marguerite hésite à me donner la main de sa fille, même si elle n'a plus grand-chose à dire sur le sujet. Ce qui m'importe c'est qu'Amélie ressente les mêmes sentiments que ceux qui me brûlent et qu'ensemble nous puissions avancer dans la vie. Je dois être digne d'elle, de son amour et de celui des enfants. »

Alex est confiant, il est bien entouré et la famille recomposée au manoir ne lui parait pas aussi lourde que la charge qu'il portait avant lorsqu'il vivait au Montenie.

« C'est parce que je l'ai choisie et elle est d'une autre nature. Je me ficherais de perdre de l'argent en revanche être privé d'Amélie, des filles et même de Marcel ou mes amis m'anéantirait. En choisissant ma vie et en m'ouvrant aux autres, je suis devenu plus vulnérable, mais je me sens libre et tellement mieux »

A son tour, il regagna son étage où un rai de lumière passe sous la porte de Pier.

Le lendemain dimanche, il est réveillé par les rires des filles, il saisit son téléphone et s'aperçut qu'il est largement l'heure de se lever.
Il descendit douché et habillé, prêt à une journée passée à la décoration de l'arbre et à fabriquer la crèche.
« Voilà des activités inhabituelles mais importantes pour les filles, mon ordi ne chauffera pas aujourd'hui ! »
Il fut harponné par les deux fillettes impatientes et prêtes à travailler.
- Où est Amélie ?
- Elle va revenir, elle nous a dit de déballer les sujets pour le sapin en faisant attention de ne rien casser. Nous avons besoin d'un truc pour monter dessus.

Le devoir en bandoulière

- Un escabeau ? Je crois savoir où je pourrai en trouver un mais avant, j'aurais besoin d'un café.
- Maman a dit qu'il y en avait dans la cafetière.

Son mazagran à la main, il observa le chien batifoler dans l'herbe brillante de mille éclats de petite gelée. Il a bien essayé de réfléchir à la construction de la crèche mais avoue ne pas savoir par quoi commencer ni quel aspect il veut lui donner. Il va devoir faire confiance à Marcel même s'il veut bien apprendre et l'aider
Pier le rejoignit bientôt et ils se tournèrent vers les enfants qui discutaient avec animation avec Amélie de la façon dont elles allaient orner le sapin.
- D'abord, avec une feuille de papier brillant, il faut cacher le pot dans lequel Marcel a calé le pied...
- Maman, ça pique,
- Oui c'est vrai c'est pourquoi il faut le faire vite en étant couchée dessous.
- J'y vais, Lilian tu garderas la branche écartée de mon dos.
Maman donne le papier..., il ne veut pas tenir, comment tu fais maman ?
- Pousse-toi ma chérie, je vais t'aider.
Amélie se coucha à plat ventre pour tapisser le pot et rampa à son tour sous le sapin. Seuls son derrière et ses jambes dépassaient de l'arbre et se tortillaient.

Alex prit une courte vidéo et l'envoya à Amélie en message privé.
« Tu me cherches ma chérie ? Bientôt ! »
Et satisfait et souriant, l'air de rien, il déballa les petits santons en attendant Marcel.

23

La fin de la journée arriva, ils étaient tous heureux et détendus, le sapin est magnifique et la construction de l'ossature de la crèche avait avancé.
Les petites filles assises par terre, contemplaient leur arbre avec admiration.
- Il est trooop beau ! murmura Marie.
- Regarde, j'ai la main toute griffée, ses épines sont pointues. Le père Noël va le voir c'est sûr mais comment fait-il ? Moi, je ne vois pas les escaliers de chez Marie quand je suis devant la porte fermée de sa maison, déclara Astrid.
- Je ne sais pas mais il a des yeux magiques, comment il peut savoir qu'il y a des enfants qui dorment dans la maison quand il passe au-dessus du manoir avec son traineau, et comment sait-il ce qu'on a commandé au fond de notre cœur ? Astrid, ta maman m'a dit que les roses ont des épines mais le sapin porte des aiguilles, c'est comme les feuilles des arbres pour le sapin.
- Ah oui, c'est vrai. Répondit distraitement Marie, j'avais entendu quand elle t'avait corrigée. Tu

crois qu'il peut entendre les demandes secrètes des enfants ? murmura Marie.

- J'espère, j'aimerais qu'Alex devienne mon papa... Le mien, celui qui est vrai est loin et il ne me manque pas. Tu crois que c'est bien ? répondit Astrid
- Je ne sais pas, tu as demandé à maman Amélie ? J'aimerais que tu sois ma vraie sœur répondit Lilian à son tour
- Non, je ne veux pas qu'elle soit triste mais mon vrai papa n'était pas gentil, c'est mieux qu'il soit parti loin.
- Que se passe-t-il les filles ? Vous en faites des messes basses ! demande Amélie en sortant de la cuisine avec un plateau.
- Rien maman, on parlait du sapin qui est très beau.
- Vous allez avoir froid à rester assises sur le sol, venez nous rejoindre près de la cheminée.

Ils sont tous rassemblés autour d'un feu pétillant, Marcel et Camille sont là aussi. Toute émue par la confiance que lui accorde Alex, elle a accepté le poste de gouvernante et est très honorée de devoir encadrer du personnel et un budget plus important. Ensemble, ils mettent au point la semaine, leurs invités arriveront le mardi suivant et resteront jusqu'au deux janvier, en revanche les parents

Le devoir en bandoulière

d'Amélie et Emile viendront pour Noël et pour le réveillon du Jour de l'an.
- Tu envisages d'aller passer les fêtes au Montenie, Pier ?
- Non, je viens d'arriver et j'ai des tas de choses à découvrir, à moins que tu m'envoies en mission.
- Non, mais tu pouvais avoir des gens à voir...
- J'ai mes parents au téléphone régulièrement, ils savent où je suis et ils sont tranquillisés. Ils m'ont récemment appris que le cousin Stefan se démenait pour obtenir l'adresse du manoir. Je ne serais pas surpris qu'il vienne sonner à la porte un matin.
- Pour quoi faire ? Je croyais avoir été clair.
- Peut-être s'est-il aperçu que gérer un gros portefeuille n'est pas à la portée de n'importe qui et cherche-t-il à te faire reprendre la gestion de ses finances ?
- J'ai bien assez des miennes et de la Fondation, je suppose qu'il a été surpris par les montants des honoraires des cabinets financiers mais personne n'a cherché à me joindre. Nous gèrerons, cependant je n'ai donné l'adresse à personne et je ne tiens pas à être dérangé. Un système de surveillance devrait être installé dans les prochains jours, si l'entreprise venait pendant les jours où nous serons absents, appelez-moi et laissez un message si je ne répondais pas. D'une façon

certaine, nous ne serons pas loin et pourrions être rapidement revenus si un imprévu sérieux survenait.
- Maman, on a faim…
- Allons nous occuper de ces petits ventres, le diner est prêt, déclara Camille en se dirigeant vers la cuisine, immédiatement suivie par les trois enfants.
- Pourquoi allez-vous à Paris et ne rentrerez-vous pas le soir ? demande Pier.
- Parce que nous n'avons pas envie de revenir tard pour repartir tôt. J'ai bloqué des rendez-vous et deux diners afin de ne pas nous absenter trop longtemps. Nous ne devrions pas avoir de temps morts.
- J'avais pensé à une escapade à deux mais je me suis donc trompé.
- Ne le répète pas, mais il y a de cela aussi, murmure Alex en souriant.
- Chouette, content pour vous ! Tu devrais appeler Stefan, je suis ennuyé de savoir qu'il cherche à venir ou à t'imposer quelqu'un ici.
- Quelqu'un ? A qui penses-tu ?
- A sa fille, il n'a pas renoncé d'après mes parents.
- Oh alors je vais l'appeler, suis-moi au bureau.

Les deux hommes entrèrent dans cette pièce austère et peu utilisée. Alex appela son cousin qui décrocha aussitôt.

Le devoir en bandoulière

- Stéfan je t'appelle parce que j'ai été prévenu que tu cherchais mon adresse. Que se passe-t-il ?
- Lorsque tu es venu, tu es parti si vite que tu n'as pas pu rencontrer ma fille.
- Je l'ai rencontrée et je lui ai dit que je n'étais pas son fiancé puisque je suis déjà engagé auprès d'une femme merveilleuse. Je te préviens mon cousin, je ne veux pas voir ta fille sonner à ma porte. Elle ne sera pas reçue et je demanderai à ma sécurité de la raccompagner à l'aéroport.
- Elle... hum... elle est déjà dans l'avion. Tu dois aller la chercher à Roissy. Elle arrivera à vingt-deux heures trente ce soir.
- Certainement pas ! Je vais la faire accueillir par mes gardes qui auront l'ordre de la mettre dans le premier avion en partance pour le Montenie.
- Elle est belle et pourra t'aider à recevoir.
- Je...ne...veux...pas... d'elle ! Comment faut-il te le dire ? Tu lui fais subir un affront de plus. Marie la à quelqu'un d'autre, il y a assez de cousins ou envoie là quelque part qu'elle se déniche un mari toute seule, mais ne compte pas sur moi !
- Je vais diner et aller la chercher. A-t-elle un peu d'argent pour s'offrir une chambre d'hôtel ? demanda Pier.
- Pas vraiment, je pensais qu'Alex la prendrait en charge, répondit le père.

Les deux cousins se regardent stupéfaits.

- Que se passe-t-il ? Il a perdu la tête !
- Qu'y a-t-il d'autre Que tu ne me dis pas Stefan ?
- Rien enfin... elle ne peut pas rester au Montenie, il est nécessaire qu'elle parte quelque mois alors j'ai pensé à toi.
- Que s'est-il passé, dis-moi tout ou je la remettrai dans l'avion sans état d'âme.
- Elle, hum, elle est enceinte.
- Et tu espérais me mettre cette responsabilité sur le dos ? Qui lui a fait un enfant ?
- Je l'ignore, elle refuse de le dire.
- Bon tu espères la faire accoucher en France ? Je te préviens que je ne la garderai pas chez moi. Je vais contacter un ami de ma fiancée qui possède des immeubles. Il devrait pouvoir lui louer un petit appartement. Fais-lui parvenir une pension de deux mille cinq cents euros par mois, cela devrait couvrir ses frais en attendant la naissance et qu'elle sache ce qu'elle veut faire.
- C'est beaucoup d'argent.
- C'est ta fille, il n'y a pas de raison qu'elle soit à ma charge.
- Tu pourrais...
- Non, je refuse de l'héberger, je ne lui fais pas confiance et à toi non plus, elle ne mettra pas les pieds chez nous, même pas pour les fêtes de fin d'année.

Le devoir en bandoulière

- Tu es dur !
- Après le cirque lors des obsèques je suis très prudent. J'ai compris ta duplicité et je ne me prêterai pas à tes combines. Le mieux serait qu'elle rentre chez elle, tu lui prendrais un appartement en Grèce ou en Crète. Il te reviendrait moins cher et elle resterait dans un environnement connu pas loin de chez elle.
- Toi, tu serais loin…
- Moi, je ne suis plus sur le marché des célibataires et j'ai trois fillettes et une future épouse sur lesquelles veiller, je n'ai pas besoin de ta fille.
- Tu pourrais favoriser les liens entre Pier et elle…
- Stéfan, je ne veux pas de ta fille moi non plus, je suis en apprentissage et ne suis pas disponible, déclara fermement Pier, et je te rappelle que je n'ai qu'un petit salaire pour vivre, il ne serait pas jugé suffisant par ta fille.
- C'est pour cela qu'Alex était le bon candidat. Prend un billet de retour pour ma fille, je vais l'envoyer chez des amis. Le mieux serait qu'elle avorte…
- Je n'ai pas de conseil à lui donner mais une chose est certaine, ce n'est pas mon enfant.

Les trois hommes se séparèrent. Pier et Alex sont songeurs :

- Comment a-t-il pu monter une telle histoire ? Est-il manipulé par sa fille qui cherchait à s'imposer par tous les moyens ? Heureusement que tous les cousins ont vu ta colère et ton rejet, sans cela, tu serais contraint à t'exécuter.
- J'ai bien envie de te faire épauler par un homme ou deux, de la sécurité, elle pourrait dire que tu l'as agressée ou je ne sais quoi avec son imagination fertile.

Alex appela son agence de sécurité qui comprit le problème et envoya directement à Roissy deux hommes.
Pier se prépara et emprunta une voiture.

Il arriva juste avant que l'avion se pose et il vérifia que les deux hommes l'attendaient.
Ils eurent juste le temps d'arriver que Pier reconnût sa cousine dans une robe trop légère pour l'hiver à Paris, ne trainant avec elle qu'une valise cabine.
- Où sont tes valises ?
- J'ai supposé qu'Alex s'occuperait de ma garde-robe, il y a de grands couturiers à Paris chez lesquels il pourra m'emmener.
- Détrompe-toi, il a eu ton père au téléphone, tu retournes chez toi par le prochain avion.
- Je porte son enfant, ce n'est pas possible.

Le devoir en bandoulière

- Tu ne portes rien, ton père a admis l'éventualité d'une invention ou si tu es bien enceinte, qu'Alex n'y est pour rien. Ces deux gardes vont rester avec toi et tu prendras le premier avion en partance pour le Munténie. Un billet a été pris par Alex puisque tu es démunie. Il va se marier, il est heureux avec sa femme et ses filles, fiche- lui la paix.
- Qu'a-t-elle de plus que moi, cette femme ?
- Elle tient debout toute seule et c'est une femme formidable, j'espère en trouver une comme elle. Apprend à être indépendante, arrête de compter sur les autres pour vivre, fais quelque chose de ta vie et tu seras déjà plus intéressante pour un homme qui n'aura pas l'impression d'avoir un enfant capricieux chez lui. Messieurs mettez ma cousine dans l'avion, il ne faut pas qu'elle ne puisse pas ne pas le prendre. Adieu cousine !
Eléa ne répondit pas, l'air dépitée, sans doute humiliée. Elle le regarda s'éloigner d'un pas léger, persuadé qu'elle repartirait.

Son père, cet Harpagon, lui a donné à peine deux milles euros avant de lui confier qu'il ne souhaitait pas la revoir trop rapidement. Deux mille euros ce n'est pas beaucoup d'argent à Paris, elle sait qu'elle n'est plus attendue chez elle, et si elle essayait de tenter sa chance ? Après tout, elle est belle, chez elle les hommes la regardaient avec une envie certaine.

Le devoir en bandoulière

« Je pourrais trainer dans un bar d'hôtel et peut être tomberai-je sur un pigeon bien gras ? »
Décidée à utiliser ses atouts pour éviter de retourner au Montenie, Eléa prétendit qu'elle allait aux toilettes au garde qui restait avec elle, l'autre étant parti vérifier les horaires de l'avion de retour, il resta sur place et l'observa s'éloigner d'un œil distrait.
Elle alla jusqu'aux toilettes, se cacha et guetta ses gardiens. Quelques minutes après, elle profita de ce qu'ils étaient pris par une vive discussion et du passage d'un groupe de voyageurs pour se dissimuler parmi eux et partir.
Elle prit un taxi et donna le nom d'un grand hôtel au chauffeur qui siffla entre ses dents à l'énoncé de l'adresse.
« La ville lumière, à nous deux ! »
Déposée à l'hôtel, Eléa s'installa au bar et demanda un cocktail, puis elle se retourna vers la salle et observa les hommes présents. A une table, l'un d'eux est seul, encore jeune,
« Il pourrait faire l'affaire… »
Des regards s'échangèrent, elle joua l'effarouchée en baissant le sien, tout en l'observant par-dessous ses paupières baissées. Elle le vit se lever et venir vers elle.
- Vous êtes seule ?
Une conversation s'engagea, elle lui dit que son petit ami lui avait demandé de la rejoindre mais qu'il n'était

pas venu la chercher à l'aéroport, elle se retrouvait donc seule sans argent dans une ville qu'elle ne connaissait pas.
L'homme donna l'impression de la croire ils discutèrent et consommèrent ensemble une partie de la nuit. Aux premières heures du jour, il l'invita dans sa chambre où elle le suivit.

Pendant ce temps, la disparition d'Eléa causa beaucoup d'émoi au manoir. Elle avait quitté l'aéroport sans rien dire et pris des risques. Alex et Pier se sentirent gênés et avertirent Stefan qui affirma que sa fille était largement majeure et possédait un peu d'argent. Il donna aux deux cousins l'impression désagréable de se laver les mains de ce qui pourrait advenir de la jeune femme
- Tout de même si ma fille disparaissait sans rien dire, je m'inquièterais. Elle a une trentaine d'années mais enfin… Attendons, il est probable qu'elle donnera des nouvelles lorsqu'elle aura dépensé son enveloppe ! dit Alex.

Alex et Amélie partirent comme prévu, pour deux jours seuls ; s'ils n'avaient aucun doute en ce qui concerne les filles ou le fonctionnement du manoir, une vague inquiétude liée à la disparition d'Eléa entachait toutefois leur sérénité.

Ils allèrent en Normandie dans une charmante auberge pour deux jours d'amour.

Ils sont seuls loin de tout souci et de toute contingence matérielle et se découvrent lentement, tendrement.

- Tu sais qu'après ce court temps béni des Dieux, tu ne pourras plus te rétracter, nous officialiserons notre amour à Noël et nous nous marierons au début de l'été. Je suis absolument sûr de moi, j'espère mon cœur que tu es certaine de tes sentiments toi aussi.

- Je suis sûre de moi et je suis prête à m'engager et à t'accompagner aussi loin que ce sera possible.

Ils s'embrassèrent pour sceller leur accord et laissèrent une fois de plus leur passion s'exprimer.

24

Le vendredi soir comme prévu, le jeune couple est de retour au manoir. Ils sont amoureux et leur bonheur leur met des étoiles dans les yeux. Ils assument leur décision et lors de leur premier moment avec les filles, ils décidèrent d'en parler.
Réunis autour du feu avec Lilian et Astrid, Alex posa une question :
- Les filles vous vous aimez comme des sœurs n'est-ce pas ?
Les deux fillettes approuvent :
- Aimeriez le devenir pour de vrai ?
- Ouiii ! répondirent-elles d'une seule voix.
- Alors, si vous êtes d'accord, maman Amélie et moi pourrions-nous marier. Je serai votre père à toute les deux et Amélie votre maman. Pourtant vous savez que vous avez déjà un papa et une maman loin. Je veux dire que nous vous aimons toutes les deux très fort et nous agirons comme si vous étiez nos enfants. D'accord ?

Le devoir en bandoulière

- J'avais demandé au père Noël que tu deviennes mon papa puisque mon vrai papa est parti loin. Comment tu l'as su ?
- Que tu deviennes ma fille était une envie que j'avais dans mon cœur parce que je vous aime beaucoup ta maman et toi. C'est peut-être l'esprit de Noël qui m'a soufflé de lui avouer. Et toi Lilian, es-tu contente ?
- Oui papa, j'aime beaucoup maman Amélie, elle est gentille et elle nous aime très fort. On pourra le dire à Marie ?
- Oui, demain vous pourrez le dire et à Noël, nous ferons une fête spéciale pour célébrer la réunion de nos deux familles.

Les enfants sont de toute évidence enchantées, elles courent vers la cuisine pour prévenir Camille qui discutait avec Marcel.
- Mon papa et maman Amélie s'aiment et on va être des vraies sœurs !
- En voilà une bonne nouvelle ! C'est Noël avant l'heure !
- Le père Noel a su lire ma demande secrète, il est très fort parce que je ne l'avais dite à personne.
- Alors je te félicite Lilian, parce qu'Amélie est une bonne maman, très attentive, répondit Camille en souriant à l'enfant

- A Noël, mon nouveau papa va faire une belle fête pour le dire à tout le monde.

Les filles repartirent en se tenant la main, manifestement enchantées.

Pier vient d'arriver d'un déplacement en ville. Il rejoint son cousin et Amélie, blottis sur le canapé l'un contre l'autre.
- Tout va bien ? Vos entretiens se sont bien passés ? demandent-il l'air moqueur.
- Oui tout va bien. D'où viens-tu ?
- Tu n'as pas oublié qu'Eléa est toujours dans la nature, son père lui avait donné deux mille euros, elle n'ira pas loin avec cette somme et ses goûts de luxe. Maxime et un de ses hommes l'ont perdue, ils sont vexés et très ennuyés. Ils ne comprennent pas comment elle a pu leur échapper. Ils la cherchent depuis et ont trouvé une piste dans un grand hôtel du centre-ville. Elle aurait bu toute la soirée avec un type de passage et le matin, il est parti tôt sans elle. La chambre était payée par une entreprise mais elle a dû la quitter vers treize heures. A partir de là, nous n'avons plus de piste. Ils supposent qu'elle a dû atterrir dans un hôtel plus modeste mais c'est difficile de le savoir, l'agence cherche partout. S'ils ne la trouvaient pas, ils supposent que le jour où elle n'aura plus d'argent, il est probable qu'elle ira à l'ambassade pour te faire appeler…

- Tu crois à ce scénario sachant qu'elle ne sait rien faire sans argent et j'ai assez dit que je ne voulais pas d'elle ici.
- Comme tu le sais, elle ne sait rien faire et si elle n'a plus d'argent, le plus simple pour elle sera de te contacter.
- Si elle est jolie, elle court des risques seule sans logement à Paris. Il y a toute une faune qui rôde dont les femmes doivent se méfier et elle n'a jamais eu …
- Les hommes la cherchent et elle n'a plus vingt ans depuis longtemps, peut-être faut-il qu'elle sente le danger s'approcher pour comprendre.
- Elle risque d'attribuer cette situation au refus d'Alex de l'épouser.
- Elle sait bien que je n'ai jamais voulu ni même espéré ce projet. Je ne l'avais jamais vue et ne connaissais que son statut de fille de Stefan, j'ignorais jusqu'à son prénom. Ne te tourmente pas ma chérie.
- Ce n'est pas ça, c'est Noël, un moment particulier pour les familles et je n'aime pas la savoir seule, prendre des risques dehors.
- Ne me dit pas que tu aimerais lui ouvrir notre porte …
- Peut-être pas mais il faut pardonner et quel mal pourrait-elle nous faire maintenant ?

Le lendemain Maxime, le responsable de l'agence de sécurité avait retrouvé Eléa dans un hôtel bas de gamme dans le 18ème arrondissement et demandait ce qu'il fallait faire d'elle.
- Dans quel état d'esprit est-elle ?
- Elle a perdu de sa superbe et j'ai l'impression qu'elle a eu peur et froid. Elle n'est pas habillée pour Paris.
- Je ne le veux pas mais je ne vois pas d'autre solution que de l'amener au manoir. Je suis coincé ici parce que nous attendons des amis âgés venus pour les fêtes et les femmes ont besoin de bras pour tout préparer. Pourriez-vous la conduire jusqu'ici ?
- D'accord, elle m'a échappé une fois, je vous dois bien cela.

Amélie et Camille s'occupèrent de lui préparer une chambre et des vêtements adaptés à la température hivernale. Amélie acceptait la jeune femme bien qu'elle demeura méfiante, ses actes ne plaidant pas sa cause.
Peu avant midi, un véhicule noir s'arrêta dans la cour. Un homme grand et carré d'épaules en descendit et alla ouvrir la portière d'Eléa. Une femme brune magnifique en descendit, vêtue d'un jean et d'un léger gilet. Son regard fit le tour des lieux puis elle se tourna, l'air hautain vers Alex et Amélie qui l'attendaient en haut du perron.

- Enfin, tu me reçois chez toi !
- Non, tu arrives sans être attendue ni désirée dans notre famille et c'est à Amélie ma fiancée, que tu dois mon acceptation. J'ai voulu lui faire plaisir en ne te laissant pas passer Noël seule. Je te préviens ma cousine, qu'au moindre manquement, tu retourneras à la rue dont nous t'avons sortie. As-tu bien compris ?

Eléa sans un mot hocha la tête.
- Puisque nous sommes d'accord, suis Camille notre gouvernante, qui t'a préparé une chambre et quelques vêtements. Nous attendons des amis en début de semaine prochaine, ils sont très âgés, j'espère que tu auras un comportement exemplaire, et si tu le peux, fais-toi oublier.

Prend ta valise, il n'y a personne pour la porter pour toi, remarque-t-il en la voyant avancer en laissant sa valisette derrière elle.
- Tu as une gouvernante.
- Qui n'est pas une bonne encore moins la tienne. Camille n'est pas à ton service, elle a assez de travail avec les enfants et le reste. Si tu n'es pas satisfaite par l'accueil, tu peux repartir, la voiture te déposera en ville.

Sans répondre, elle s'engouffra dans la maison derrière Camille, en portant sa valise.

« Cette maison aurait dû être à moi. » pensa-t-elle.

Camille lui montra la chambre, un peu à l'écart de la famille. Eléa ne dit pas un mot, la mine dédaigneuse, elle fit le tour de la chambre et de la salle de bain, sans un mot, elle grimaça, saisit les vêtements un à un et les laissa tomber aussitôt sur le sol.
Tout en l'observant, Camille imperturbable lui rappela que le déjeuner se tiendra à treize heures dans la salle à manger avant de quitter la chambre.
« Il risque d'y avoir du rififi avec Amélie parce qu'elle ne va pas se laisser marcher sur les pieds et cette femme est sans limites. »

Amélie est contrariée, d'abord parce qu'elle trouve cette femme trop belle, trop sûre d'elle et surtout parce qu'elle la sent écorchée vive par le rejet de son père et d'Alex et acculée à une solution qui ne lui convient pas. Elle est accueillie en sachant qu'elle n'est pas la bienvenue, il y a de quoi créer un malaise.

Eléa se laissa tomber sur le lit. Elle est en colère, elle vit mal le rejet de son père et le fait d'avoir maintenant à subvenir à ses besoins. Les deux mille euros ont fondu comme neige au soleil., elle est totalement démunie, réduite à mendier le gite et le couvert auprès d'un homme qui ne veut pas d'elle.
« Je n'ai plus rien et me retrouve dépendante d'un homme qui me déteste et ne veut pas de moi, alors

qu'une autre a pris la place que je devais occuper, la place de princesse puis de reine de Montenie.
L'autre homme, ce responsable de la sécurité m'a dit que j'avais besoin d'être mâtée et qu'il prendrait plaisir à le faire. Quel goujat, pour qui se prend-il et pour qui me prend-il ? Un homme qui travaille pour vivre, qui ignore tout de mon monde… jamais !»
Elle repoussa loin dans son esprit, le fait qu'elle s'est donnée à un inconnu rencontré au bar d'un hôtel pour pouvoir passer une nuit au chaud et prendre un bain.
« Je me suis quasiment prostituée et je vais devoir gagner de l'argent pour vivre mais je ne sais rien faire et mes études n'ont pas été concluantes. Je n'aimais que la peinture, j'aurais adoré faire des études d'art mais j'avais déjà déçu mon père en n'ayant pas de bons résultats scolaires et il refusait l'idée de m'imaginer peintre. Je suis ici pour quelques jours si je parviens à faire profil bas mais après ? »
Elle se releva, elle ne voulait pas manquer le diner car elle avait déjà sauté deux repas. Elle éprouve de la faim pour la première fois de sa vie.

Arrivée au rez de chaussée ; elle se laissa guider par les voix des enfants et arriva dans la cuisine.
Amélie s'occupait des filles pendant que Camille égouttait des frites. Il fait chaud dans cette pièce, l'air

sent le sucre et la cannelle et son estomac fit un vilain bruit.
Les malicieuses petites filles éclatèrent de rire.
- Si tu as faim, tu peux manger ta main et garder l'autre pour demain, chantonnent-elles.
- Tu n'es pas généreuse avec notre invitée remarqua Amélie. Eléa, je vous présente nos filles, Lilian et Astrid. Ce sont de grandes coquines, elles sont excitées parce qu'elles seront sans doute très applaudies à la fête de l'école et je dois dire que leur tableau est difficile à éxécuter.
- Après on sera en vacances. Toi aussi tu es en vacances ?
- Euh, on peut dire les choses comme ça.
- Tu as des filles toi ?
- Non.
- Pourquoi ? Tu es vieille comme maman ! Pardon, ce n'est pas comme ça que je dois dire, il ne faut pas parler de l'âge des dames, c'est mamie qui l'a dit.
- Je ne suis pas vieille, mademoiselle et non tu ne dois pas dire des choses aussi affreuses aux dames.
- Ce n'est pas affreux, c'est la vérité, bougonne la petite, ce qui fait rougir Eléa ; Camille et Amélie s'efforçant de contenir leurs rires.
- Si vous avez faim, j'ai quelques petits gressins les voulez-vous ?

- S'il vous plait… Où se trouve Alex ?
- Il travaille dans son bureau avec Pier. Je pense qu'ils ne souhaitent pas être dérangés.
- Il travaille, mais n'a-t-il pas des employés pour exécuter son travail ? Il est prince et ne peut s'abaisser…
- Ma chère Eléa, l'argent qui arrivait dans les poches de votre père, vos oncles et cousins et les vôtres, était le fruit de son travail. C'est bien parce que vous n'avez jamais manifesté aucune gratitude pour les quinze heures journalières qu'il passait dans son bureau, le devoir en bandoulière, qu'il a tout envoyé promener. Il ne se consacre plus qu'à ses propres affaires et je m'occuperai dès janvier de la Fondation.
- Le devoir en bandoulière, personne n'a dû l'obliger, il l'a bien voulu et quelles qualifications as-tu de plus que moi ?
- J'ignore s'il a été contraint par sa formation ou sa famille, il pensait que la charge de prince l'obligeait à le faire et ne rencontrait que critiques et ingratitude. Je ne sais pas quelles études vous avez faites mais je suis titulaire d'un diplôme d'une école de commerce et j'administrais un gros portefeuille pour la société qui m'employait.
- Moi, j'ai été éduquée pour devenir une princesse.

Le devoir en bandoulière

- Oh, tu es la princesse au petit pois ? dit en gloussant Lilian, moi je suis la princesse Lilian et Astrid est une reine.

- Ici en France, en 1789, les révolutionnaires ont coupé la tête au roi et à sa famille ainsi qu'à des milliers d'aristocrates, aussi revendiquer un titre n'a aucun intérêt et n'impressionne vraiment personne. Les seuls à les porter sont les petits enfants qui s'en amusent. Ils vous feraient juste passer pour une prétentieuse.

Ce qui compte, c'est de gagner sa vie honnêtement et de n'être une charge pour personne. Si vous restez cramponnée à l'idée que vous étiez destinée à être princesse, vous serez vécue comme un parasite et traitée comme tel. En conséquence, si vous espérez rester en France, révisez votre façon de penser.

« M..., me voilà miséreuse à attendre après le bon vouloir d'employeurs, à travailler pour un salaire équivalent à ce que je dépensais par jour. Je vais demander à mon père la partie de l'héritage qui me revient, autrement je serai refoulée des salons puisque je ne porte aucun titre prestigieux. »

- Les puces avez-vous assez diné ? Allez vous laver les mains avant d'aller chercher l'oncle Pier et papa au bureau.

Camille, avez-vous besoin d'aide ?

- Merci madame Amélie, tout est sous contrôle.

- Allons au salon Eléa, les messieurs vont nous rejoindre.
- Je ne comprends pas ce qu'Alex trouve à ce pays, il renonce à ses privilèges de prince.
- Dites-moi, Eléa, quels sont-ils ces privilèges ?
- Il va dans des soirées avec de beaux atours, les gens s'inclinent sur son passage, il est pris en photo, il demeure au château, il est servi... Je ne sais pas, il rencontre des gens importants.
- Tout ce que vous citez ne sont que des paillettes, savez-vous comment il gagnait sa vie et celle de ses oncles et cousins ? En étant attaché à une table quinze heures par jour pour faire prospérer vos biens et vous considériez cela comme normal et aucun de vous ne l'a jamais remercié. L'argent que vous dépensiez sans compter, ne tombait pas du ciel, il le gagnait pour que vous vous amusiez à sa place. Maintenant qu'il a rendu à chacun ses avoirs, il dispose d'un peu de temps pour sa famille, il est moins stressé et fait des projets. Ouvrez les yeux Eléa, l'argent que vous avez dans votre poche ce n'est pas de la génération spontanée. Votre prince était réduit en esclavage par sa famille et il a maintenant brisé ses chaines malgré votre déplaisir à tous. A présent, à chacun d'assumer sa vie !

Eléa est suffoquée par l'assurance de cette femme. Elle se renfrogne et se précipite vers les deux hommes qui arrivent :
- Alex, dis-moi que ce n'est pas vrai !
- Qu'est-ce qui n'est pas vrai ? demande-t-il.
- Ta cousine avait de ta vie de prince une vision identique à celles des filles, de beaux atours, des gens qui te font la révérence, des photographes et de l'argent à foison à dépenser dans une vie de folie et de fêtes et j'en passe. Je lui ai expliqué la vérité, bien moins rose et sans les paillettes. Je suppose qu'elle ne me croit pas.
- Amélie a raison, la vraie vie ce n'est pas ce que tu vois au cinéma. J'étais écrasé par le travail que j'effectuais à votre place sans raison. J'ai rendu à chaque chef de famille l'entièreté des biens que j'administrais pour eux. Il est probable qu'ils perdront beaucoup de plumes, à ne pas s'être préparé à cette gestion mais ce sera leur problème. Je ne m'occuperai plus que de ma famille et de mes biens le reste n'est plus ma responsabilité et ce sera parfait.
- Mais ta vie sociale... ton titre...
- Je m'adapterai et mon titre n'était que de la pacotille, un prince sans royaume au 21ème siècle... n'est qu'une survivance d'un temps révolu et ça porte un nom, c'est du folklore !
Passons à table afin de ne pas faire attendre Camille.

Le devoir en bandoulière

- Nous ferons le service, je lui ai dit de rentrer chez elle. Eléa, venez m'aider à porter les plats, s'il vous plait.

Eléa pinça les lèvres mais elle n'osa pas refuser, elle est chez Alexandre et elle lui doit sa pitance après tout.

- J'ai l'impression que l'atterrissage est rude, murmure Pier.
- Amélie ne laissera rien passer, les choses seront dites gentiment mais tout sera sur la table. Il faut qu'elle sache que faire d'elle assez vite si elle ne veut pas retourner au Montenie. J'essayerai d'obtenir de son père au moins le montant de sa dot. Elle est trentenaire et célibataire, elle doit pouvoir mener sa vie à sa guise !
- Si tu pouvais demander à mon père qu'il me confie ma part d'héritage, je pourrai essayer de la faire travailler plutôt que de la voir fondre au fil de ses erreurs. Je n'ai hélas, pas beaucoup d'illusions sur les capacités des anciens à accepter de payer des tiers pour la gestion de leurs biens et encore moins sur leurs qualités d'administrateurs. A moins d'un sursaut, leur ruine me parait assurée à court terme.

Les deux femmes reviennent avec un plat de viande et un plat de frites et de légumes.

- Pourquoi n'as-tu pas un valet pour le service ? demande Eléa.

- Parce que nous n'en avons pas besoin, aucun de nous n'est faible ou incapable de porter un plat de la cuisine à la salle à manger. Camille fait parfois le service ou si nous sommes nombreux, nous faisons appel à des extras. Les diners quotidiens sont simples. Dis-toi que s'il avait fallu mettre des formes à ce diner, n'ayant pas de tenue adaptée, tu serais restée seule dans ta chambre.
- Amélie, vous m'auriez prêté une robe.
- Camille m'a dit que les vêtements que vous avez trouvé sur votre lit n'avait pas eu l'heur de vous plaire. C'est dommage parce que je n'ai rien de mieux à vous prêter.
- Alex va s'occuper de ma garde-robe.
- Pardon ? Cessez de compter sur la bonté des autres ! Votre père a dit que vous aviez de l'argent en partant et que vous pouviez acheter un ou deux pantalons et des pulls avec.
- Je, hum… je n'ai plus d'argent, je comptais sur Alex.
- Je n'ai rien d'une vache à lait ma cousine, je vais te faire une avance de mille euros que tu me rembourseras
- Mille euros ? que veux-tu que je fasse avec ça ? Un seul sac à main vaut dix fois ce prix !
- Eléa, tu n'as pas besoin de porter des vêtements griffés. Quand on est désargenté, on va dans des boutiques moins chères. On s'y fait tu

verras et tu seras surprise de trouver des pièces à ton goût, cependant, il faudra acheter un manteau, la somme sera un peu juste, Alex.
- Nous verrons cela ma chérie. Les filles sont montées ?
- Elles sont excitées par la fête de demain. Nous irons tous à l'école, viendras-tu Eléa ?
- Pour quoi faire ?
- Voir nos filles fêter Noël. Elles ont préparé un spectacle dont elles sont très fières. Nous y allons tous et comme elles vont changer d'école, Alex offrira des chocolats et des livres aux enfants de la classe.
- Très bien, je viendrai.
- Nous serons rejoints par Maxime de la sécurité, il avait quelque chose à me dire et ne voulait pas venir jusqu'au manoir.

Ils se séparèrent assez vite après avoir rangé la cuisine, chacun participant à cette tâche.
« Cette fois, elle a fait sa part sans rien dire ! Tout n'est peut-être pas perdu. » pensa Alex ;
- Où dors-tu Alex ? chuchote-t-elle en revenant.
- Dans ma chambre, pourquoi ?
- Je voudrais savoir où se trouve ta chambre, murmure-t-elle, aguicheuse.
- Tu n'y serais pas la bienvenue, si c'est ce que tu voulais savoir. Je suis très amoureux d'Amélie et n'ai pas envie d'une autre qu'elle. J'espère que c'est

assez clair, sans parler des représailles possibles si tu tentais de t'imposer. Je ne suis pas du tout attiré par le genre « chats de gouttières ».
- Oh ! comment oses-tu ?
- Eléa, fais donc attention à ce que tu dis, les interprétations peuvent être faciles.
Rabrouée, Eléa s'en va vexée.
« Tu l'as mérité, qu'imaginais-tu ? Il t'a dit sur tous les tons qu'il ne voulait pas de toi, n'insiste plus ou tu finiras à la rue !
Pff demain il faudra aller à l'école applaudir les gamines, comment peut-on s'intéresser à ce genre de chose ? Je n'ai jamais vu mes parents à l'école pourtant certaines de mes amies avaient les leurs et elles étaient très heureuses de danser devant eux. Bon oublie, pour tes parents tu n'avais pas le bon sexe, une fille ça ne sert à rien d'après eux et tu leur as fait payer leur indifférence. »

Eléa retrouva sa chambre dans l'état où elle l'avait laissée, le linge prêté en tas sur le sol. Personne n'était venu en son absence ranger son désordre. Elle eut honte de son geste de dédain et ramassa les pulls et les pantalons simples, achetés dans des boutiques de marques courantes mais de bonne facture et à sa taille. Elle s'interdit tout sentiment négatif, elle est au-dessus de ça. Elle est belle et un jour, elle aura son heure de gloire.

25

Ils se déplacèrent tous à l'école pour applaudir les enfants et leurs petites filles en particulier.

Amélie et Alex prirent l'institutrice à part pour lui dire qu'ils avaient des petits cadeaux pour les enfants de la classe. Elle en est très heureuse et les remercie avec beaucoup de gratitude car assure-t-elle, certains enfants n'auront pas beaucoup plus pour Noël à cause de situations familiales difficiles.

Alex est touché que certains reçoivent beaucoup et d'autres rien à cause de problèmes souvent extérieurs à eux. Le père Noël n'est donc pas juste et Amélie sent qu'il réfléchit vite, une autre intervention du Petit Prince serait-elle à l'étude ?

Ils rejoignirent le groupe des parents et ceux du manoir alors que le premier tableau se mettait en place. C'est la petite section de la maternelle qui danse, à trois-quatre ans, les enfants, sont encore patauds et peu disciplinés mais touchants dans leurs efforts de bien faire et sont très applaudi par les parents fiers et enthousiastes.

Le devoir en bandoulière

La moyenne section entra à son tour, Astrid et Lilian déguisées, l'une en tournesol l'autre en marguerite, sont belles et bien intégrées dans le bouquet de fleurs des champs célébrant le soleil et l'été, les autres enfants représentant les autres saisons. Leur salut et leur départ est tellement fêté par les familles que des bis sont entendus. Amélie s'aperçut que venue en faisant savoir qu'elle était contrainte, Eléa sourit et applaudit sans retenue.
« Les enfants ont très bien joué, ils auraient mérité de plus beaux décors. » pensa Eléa.
Une idée surgit qui lui suggère d'emprunter une direction, celle de suivre une formation spécialisée en conception de décors.
« Voilà ce que je cherchais, je n'ai vraiment pas perdu mon après-midi. Comment la financer ? Mon père acceptera-t-il de m'aider ? Je vais avoir trente ans et il devrait me transférer les biens que j'aurais déjà reçus si je m'étais mariée. Je vais en parler à Alex. »

Chacun retourna au manoir satisfait par cette demi-journée, les filles parce qu'elles ont été chaudement félicitées, les adultes parce qu'ils sont fiers de leurs enfants et Eléa parce que comme une révélation, elle a trouvé l'objectif qui lui avait toujours manqué.
Dès leur arrivée au manoir, elle demanda un rendez-vous à Alex. Il voit qu'elle est sérieuse aussi lui

accorde-t-il sur le champ et demande à Pier de se joindre à eux.
- Pourquoi Pier est-il là, c'est à toi que je veux parler.
- Pier est mon adjoint et en fonction de ce dont tu exprimeras le besoin, il pourra s'occuper de ton dossier.
- J'ignorais que tu travaillais toi aussi, Pier.
- Alex peut beaucoup m'apprendre et si je veux gagner mon autonomie, j'ai besoin d'acquérir des compétences.
- Oui, c'est aussi ce dont j'ai besoin. J'ai toujours voulu faire une formation dans une école d'art mais mon père refusait parce qu'il projetait de me marier rapidement, ce qui ne s'est pas produit car j'ai tout fait pour l'en empêcher. Je suis décidée à suivre des cours dans un domaine particulier, la conception de décors mais pour le faire, je vais avoir besoin d'argent. Pourriez-vous obtenir de mon père qu'il me transfère mes biens. J'aurai trente ans dans deux mois et ne suis pas mariée, je crois y avoir droit.
- Es-tu vraiment sérieuse, seras-tu capable de t'astreindre à te lever le matin pour suivre des cours ? Ne serait-ce pas qu'une foucade ? demande Alex.
- J'en suis sûre. Il n'y a rien de pire que d'être traitée par sa famille comme un pot de fleur, comme un humain sans cervelle. Mes vœux ne

Le devoir en bandoulière

correspondaient pas à ceux de mon père, aussi ai-je fait n'importe quoi pour me conformer à sa vision et à ses attentes. Je sais que je peux obtenir ce diplôme.

- Bien, j'ai déjà contacté ton père pour qu'il te transfère les biens auxquels tu as droit, il se pourrait qu'il m'en donne la tutelle jusqu'à ton éventuel mariage ou au moins jusqu'à ce que tu aies appris à les gérer. En attendant de les recevoir et de pouvoir en disposer, je te propose de te faire l'avance des frais de scolarité et de la location d'un studio près de ton école et d'un peu d'argent pour tes frais courants. Apprend à gérer cet argent, tu ne pourras pas faire de folies avec, pas plus que les étudiants ordinaires.

- Oh merci, je m'attendais à devoir batailler.

- Non, personne n'a d'intérêt à te voir perdre ta vie et ton temps et tout le monde a compris que tu errais sans but et que tes âneries n'étaient qu'une manière d'exprimer ta révolte. Je suis satisfait que tu nous aies fait part de ton désir. As-tu déjà une école en vue ?

- Oui, j'ai cherché sur internet, la difficulté sera de pouvoir m'inscrire alors que l'année a commencé depuis deux mois.

- Pier, occupe-toi d'obtenir l'inscription. Ton niveau en dessin est-il acceptable ? As-tu un book ?

- Je suis venue sans rien mais je dessine bien, j'ai pris des cours pendant des années à l'insu de

mon père et mon professeur me disait très créative. Je peux passer une sorte d'examen s'il le faut pour être acceptée.
- Parfait, Pier et toi devez régler cette affaire dans la journée. Il te faudra un studio au moins assez vite. Je suppose que l'école fermera pour les fêtes aussi faudrait-il que tu puisses emménager en début d'année. Demandez à Amélie si l'un de ses amis ne disposerait pas d'un studio meublé à louer. Occupez-vous de tout cela et tenez des comptes précis qu'il n'y ait pas de contestation.
- Je suis très enthousiaste ! Merci Alex !
- Si je peux aider ma famille à prendre son envol, il n'y a pas de raison que je m'en prive.

Elle repart, les yeux brillants et la tête haute :
« Eléa retrouve son estime d'elle-même, elle est sur le bon chemin »
- Pier s'il faut faire un don à l'école pour obtenir son inscription, n'hésite pas. J'ai un budget pour cela, la somme doit être incitative mais pas exorbitante. Pour toi, il faudrait aussi que tu puisses suivre un cursus de formation complémentaire si tu en ressens le besoin.
- Merci Alex, j'ai obtenu un bon diplôme et j'ai surtout besoin de pratiquer dans le réel, sous pilotage. Je n'aurai accès à ma part de biens que l'an

prochain mais je veux être prêt et éviter de faire n'importe quoi avec.
- D'accord, nous travaillerons à deux sur l'aspect financier dès janvier, pour le moment nous sommes dans une parenthèse enchantée créée par la magie de Noël.

Peu après, quelqu'un frappa à la porte. C'est Amélie qui veut savoir ce qui s'est passé parce qu'Eléa a totalement changé de comportement, elle a proposé d'aider Camille et épluche avec elle les légumes pour le soir en chantant.
- Quelle potion magique a-t-elle bu ?
- Nous l'avons écoutée et il a été décidé qu'elle suivrait les cours d'art dont elle rêve dès la rentrée. Il faudrait lui trouver un studio dans un quartier sûr et facile d'accès, de préférence meublé pour commencer. Tes amis auraient-ils ce genre d'appartement en portefeuille ?
- A-t-elle des garanties ?
- Oui, ce ne sera pas un souci.
- Parfait je vais chercher. Elle emménagerait chez elle après les fêtes ?
- Il me semble que ce serait mieux. Y vois-tu un inconvénient ?
- Non, surtout si elle conserve sa bonne humeur !

- C'est bien ce que nous avons pensé, dit-il et la prenant par le cou, il l'embrassa légèrement sur les lèvres. Pendant la trêve de Noël, elle ne sera pas un souci d'autant plus que tout s'arrange comme elle l'espérait depuis des années.

Amélie laissa les deux hommes travailler et retourna dans son bureau pour tenter de trouver un studio disponible début janvier pour Eléa.

En fin d'après-midi, Alex reçu un appel surprenant de Maxime, un des responsables de la sécurité qui s'était occupé d'Eléa. Il proposait de faire visiter Paris à la jeune femme le lendemain, afin de l'occuper et de la sortir un peu.
- Je vais lui proposer de vous rappeler sur ce numéro car je n'ai pas à intervenir dans ses fréquentations, mais personnellement, j'apprécie votre offre.
- Merci, j'attends qu'elle rappelle.
- Pier, Eléa dispose-t-elle d'un abonnement téléphonique français ?
- Je l'ignore mais j'en doute.
- Il faudrait lui demander et prendre un abonnement si elle veut éviter de se ruiner. Maxime a demandé l'autorisation de lui faire visiter Paris demain.
- Sait-il qui elle est ?

Le devoir en bandoulière

- Je suppose qu'il s'en doute mais c'est à elle de décider qui elle peut fréquenter. Je le connais depuis plusieurs mois, il est très sérieux et son entreprise fonctionne bien, cependant j'imagine qu'il va lui manquer un titre et quelques gros billets en banque pour convenir à la belle. Je refuse de m'en mêler.
- Tu as raison, méfie-toi de la harpie, on ne parle plus de son bébé ?
- Foutaises ! C'était juste pour ennuyer son père, oublie.

Au moment du thé, il croisa Eléa qui apportait un plateau chargé de tasses et d'une coupe pleine de cookies.
- Hum ! des gâteaux j'adore ! Tiens, Maxime a appelé en demandant que tu le rappelles sur ce numéro.
- Maxime ? Qui est-ce ?
- Le responsable de mon agence de sécurité, tu ne l'as pas oublié, un grand et bel homme, bien charpenté, il t'a ramenée au manoir !
- Oh lui, personne d'important !
- Je ne suis pas de ton avis, il a une belle entreprise et connait son métier. C'est quelqu'un de solide et sérieux Rappelle-le, il attend. As-tu un abonnement téléphonique français ?
- Non, pas encore.

- Nous allons t'en prendre un. Tu auras des amis bientôt et il sera nécessaire.
- Je vais l'appeler, je n'imagine pas ce qu'il peut me vouloir, dit-elle en quittant la pièce.

A l'heure du diner, elle annonça à Amélie qu'elle serait absente le lendemain et de ne pas la compter pour les repas, mais n'en dit pas davantage.

Après diner, les filles couchées, Pier est parti lire dans sa chambre et Eléa avait un mystérieux appel à passer dont Amélie et Alex doutaient.
Tous les deux dans le salon, ils s'assirent dans le canapé et regardèrent le début d'un film.
- Je l'ai déjà vu, marmonna Amélie.
- Moi aussi ! Viens dans ma chambre ma chérie, j'ai besoin de toi.

Ils vérifièrent ensemble les fermetures du rez de chaussée et enlacés se rendirent au premier étage.

Le lendemain dimanche, Camille était en congé et ne prépara pas le petit déjeuner. Les filles bavardes à leur habitude, déclarèrent que ce matin, Lilian aurait des biscuits avec son chocolat parce que Camille les aurait fait le matin.
Si Alex leva un sourcil, Amélie eut un petit sourire en coin.
- Amélie vous en a préparé hier afin qu'il n'y ait pas de jalousie.

Le devoir en bandoulière

- Maman, c'est une constation, pas de la jalousie.
- Constatation et je préfère ça. Camille vous aime beaucoup toutes les trois.
- Nous on t'a à la maison et Marie n'avait que son grand-père alors c'est mieux que Camille s'occupe d'eux quand elle est en vacances et leur cuisine des gâteaux. Marie a dit qu'ils sont une famille eux aussi et nous on est très contentes parce que Camille est gentille comme une maman.
- Tu savais ? murmure Alex.
- Non mais je me posais la question. C'est bien pour eux et je n'ai pas de problème avec l'idée.
- Moi non plus, cela apporte de la stabilité au manoir, déclara-t-il avec un grand sourire.

Peu après, Eléa descendit à son tour, elle avait une allure folle dans le jean ordinaire prêté par Amélie et l'un de ses pulls.

« Si je n'étais pas persuadée qu'Alex est amoureux de moi, je pourrais être jalouse ! » se dit-elle.

- Maxime a décidé que me faire connaitre Paris. Il ne devrait pas tarder à venir me chercher. Est-ce que je peux me faire un café ?
- Bien sûr, il est prêt. Veux-tu des tartines ?
- Non merci, en revanche je mettrais bien un nuage de lait.

- Pourquoi tu as mis le pull tout doux de maman ? demande Astrid.
- Il est beau n'est-ce pas, et très confortable. Ta maman m'a gentiment prêté quelques affaires en attendant que je puisse m'en acheter à moi.
- Ah oui ! C'est compliqué les sous... quelquefois il faut attendre un peu pour avoir ce qu'on veut.

Stupéfaite, Amélie regarde sa fille.
- Je n'imaginais pas qu'elle ait pu se rendre compte qu'effectivement il fallait parfois attendre pour faire certains achats.
- Maman, ce n'est pas grave, c'est la vie !

Les adultes éclatèrent de rire.
- Tu as raison ma chérie, c'est la vie. Quelquefois il faut attendre un peu pour obtenir ce dont on a envie et on y tient d'autant plus que l'attente a été longue.

La sonnette retentit, c'est Maxime qui est à l'heure.
- Propose-lui un café à moins que vous soyez pressés.

Maxime pénétra dans la cuisine. Son regard évaluateur parcourut Eléa et il lui adressa un sourire de connivence.
- Tu es prête, princesse ?
- Veux-tu un café ? Il est fait.

Le devoir en bandoulière

Il répondit par un signe de tête puis à Lilian qui lui avait demandé où il emmenait cousine Eléa.
- Nous n'avons pas encore discuté des lieux et c'est Eléa qui décidera. Il y a beaucoup de monuments à voir à Paris et nous n'arriverons pas à tout faire aujourd'hui.
- J'aimerais commencer par le Palais de Tokyo, c'est le musée d'Art moderne. Je connais bien les classiques pour avoir beaucoup lu mais j'ignore ce qu'il y a dans ce musée et pour mon école…
- Alors petite fille, tu as la réponse, le palais de Tokyo et nous verrons pour la suite. Eléa a-t-elle le code de l'entrée ? J'ignore à quelle heure nous rentrerons.
- Prends le double de la clef de la cuisine, ainsi nous ne t'attendrons pas et vous serez plus libres. Passez une bonne journée.

Le couple partit rapidement.
- Bien alors à nous, qu'allons-nous faire aujourd'hui ?
- On pourrait aller nous promener dans le jardin qu'on voit des fenêtres.
- C'est possible.
- On revient pour le déjeuner et on fait du dessin et on jouera dans notre chambre et tu nous liras une histoire.
- D'accord pour une journée détente. Amélie ?

- Je vous suis, peut-être faudrait-il attendre que le soleil montre son nez, il est encore tôt. Vous pourriez essayer de faire vos lits et de descendre vos vêtements sales dans la buanderie sans tomber dans l'escalier.
Les filles se regardèrent et montèrent en courant.
- Tout va bien, ma chérie ? murmure Alex
- Oui, tout est parfait. Tu es parfait.
- Pff... c'est dur d'être amoureux et d'avoir à surveiller deux petites filles.
- Bienvenue dans le monde réel, mon cœur, un monde où la frustration règne en maître, répondit-elle en riant.
- Tu es mon maître, j'ai tout à apprendre et j'espère être bon élève.

Le téléphone les interrompit, c'est Emile qui annonce sa visite. Amélie n'a pas raccroché qu'un de ses amis téléphonait pour proposer un studio équipé dans le 15ème.
- Mon amie n'est pas à la maison aujourd'hui, mais elle ira le visiter dans la semaine. Il me semble que son école est situé rue d'Ulm. Elle fera comme tout le monde, elle prendra le métro !
La conversation dériva, Amélie est contente d'avoir des nouvelles de ceux qu'elle fréquente.

Alex lui, découvre la jalousie. Il est dévoré par un sentiment jusqu'alors inconnu qui lui serre le ventre et l'estomac de peur et fait battre son cœur.
- Je vais dans le bureau ma chérie, dit-il assez fort pour que l'autre entende.
- Oh, tu n'étais pas seule, je suis désolé.
- Ne t'inquiète pas et oui j'ai un petit ami et tout va bien entre nous. Vous le rencontrerez peut-être bientôt.
- Ah, c'est sérieux alors !
- Très sérieux et nous sommes très heureux de nous être trouvés.
- C'est parfait, pense à nous le présenter. J'attends le coup de fil de ton amie. A bientôt.

Amélie se précipita dans le bureau pour ne pas trouver Alex, elle alla dans la bibliothèque et là elle le découvrit, assis les coudes sur la table et la tête dans ses mains.
- Alex, mon chéri, tu ne te sens pas bien ?
- Je suis jaloux, c'est une horrible sensation et c'est la première fois que cela m'arrive.
- Mon cœur, si Patrice l'apprenait, il jubilerait ! Il s'agit d'un ami qui fut un voisin. Il a près de soixante ans et sa femme est adorable. Ils m'avaient quelquefois dépannée en gardant Astrid. Ils sont pressés de te rencontrer. Patrice propose un studio pour Eléa, elle devra le rappeler et aller le visiter très

vite, dans la semaine. Est-ce que son inscription est réglée ?
- Oui, tout s'est fait par téléphone et Pier a géré. Elle commencera le 2 janvier. Excuse-moi, tu me trouves ridicule n'est-ce pas ?
- Mon chéri, dit-elle en pressant sa tête contre sa poitrine. Tu manifestes comme moi, lorsque j'ai réagi à l'histoire d'Eléa à Wellington, avec la même violence quand je me suis sentie menacée par quelqu'un que je ne connaissais pas.
- Je tiens tellement à toi.
- Je suis dans le même cas.
Il l'encouragea à s'assoir à cheval sur ses cuisses face à lui et l'enserra dans ses bras.

Ils échangèrent silencieusement un moment puis furent séparés par les filles qui redescendaient.
- Maman, on a rangé nos chambres ensemble tout est à sa place, tu peux aller insec… ins .pec.ter, qu'est-ce qu'on fait du linge ? On l'a jeté de tout en haut comme ça on n'est pas tombées et Lilian fait un tas. Il volait comme ça…
et elle repartit en titubant les bras écartés.
- J'arrive les puces, je vais vous aider.
Elle s'échappa de sa douce prison pour s'occuper du linge avec les filles.
- Y'a pas photo, j'aurais préféré rester dans tes bras, murmura-t-elle à Alex qui grogna.

Le devoir en bandoulière

- Reviens quand tu voudras, tu n'as qu'à pousser la porte !
- As-tu oublié la balade au parc voisin ?
- Non chérie, je n'oublie rien. Il devient impératif que nous trouvions des moments pour nous, c'est indispensable. Nous devrons y réfléchir.

26

La semaine s'écoula doucement, les anciens propriétaires sont arrivés tout heureux de retrouver leur ancienne maison bien tenue et de la voir emplie de rires et d'animation. Le manoir leur semble accueillant, animé et ouvert tel qu'ils auraient aimé le connaitre lorsqu'ils y demeuraient.

Les fillettes ont décidé de les appeler « Bon papa et bonne maman » afin de les distinguer de papi et mamie qu'elles voient régulièrement. Le vieux couple est aux anges et échange beaucoup avec les petites filles et les parents d'Amélie qui sont heureux de voir leur fille heureuse et épanouie.

Ils ont beaucoup conversé avec Alex lorsqu'il est allé les trouver chez eux, pour les informer de l'évolution du couple qu'il forme maintenant avec leur fille. Ils n'ont pas paru surpris et ont été plutôt compréhensifs et accueillants. Leur satisfaction s'est révélée lorsqu'en partant, le père lui a donné du « fils » et Marguerite, la maman l'a embrassé. Il a traduit ces

Le devoir en bandoulière

marques d'affection comme des signes d'accueil et de confiance et s'en est trouvé réchauffé.

Eléa en quelques jours s'est transformée, elle est très heureuse d'entrer à l'école et elle a signé pour la location du studio. Elle sera autonome et ses résultats ne dépendront que d'elle et de son degré d'investissement. Elle est ravie de pouvoir enfin faire ses preuves. Elle a le sentiment de regagner l'estime d'elle-même et espère pouvoir faire changer le regard de ceux qui l'ont connue avant qu'elle arrive en France. Son père s'est un peu fait prier pour lui confier le montant de sa dot mais devant l'insistance d'Alex et la suspicion que son refus faisait naitre, il a cédé en assurant que dorénavant, il se lavait les mains du devenir de sa fille. Cette situation provoqua un immense soulagement chez ceux qui espéraient trouver une solution à cette situation bloquée depuis longtemps.
Maxime de plus en plus présent auprès de la jeune femme a commencé à consulter Alex pour ses affaires personnelles puis celles qu'Eléa lui a confiées parce qu'avec ses études elle n'aura pas le temps de les gérer. Si Alex a été surpris il n'en a rien dit, Eléa comme Maxime sont adultes depuis longtemps et ne l'ont pas sollicité avant de se rapprocher. Il espère qu'Eléa ne lui jouera pas un tour à sa façon.

Les deux hommes en confiance s'entendent bien et forment avec Emile et Pier un bon quatuor.

Marcel et Camille sont eux aussi intégrés à la famille tout en restant indépendants. Réservés, ils préservent leur intimité et sont fidèles aux occupants du manoir. Camille s'est installée avec Marie et Marcel dans la maison du garde et a libéré son petit appartement qui est à présent occupé par Pier. Il se sent plus libre chez lui, il a acheté un véhicule et sort avec Emile avec lequel il forme des projets de week-end sportifs entre copains célibataires.

Ce soir c'est enfin Noël, les femmes ont travaillé pour préparer le diner tant attendu par les petites filles car à minuit, le père Noël déposera ses cadeaux au pied du sapin.
A quatre ans elles veulent croire à la magie de Noël tout en tendant des oreilles attentives aux propos qui s'échappent par mégarde lors des discussions entre adultes. Elles sont un peu déçues aussi par les dires des grands de la maternelle qui prétendent que Noël est un mensonge inventé par les parents.
Astrid détient une preuve que le père Noël est bien informé, elle avait demandé très fort un papa aimant afin que sa maman ait toujours le sourire et une sœur pour jouer. Alex et Lilian sont arrivés dans leur vie et

Le devoir en bandoulière

maintenant, ils demeurent tous ensemble en famille et si maman acceptait, Alex deviendrait son papa.
Les deux petites filles sont excitées par la perspective des surprises qui les attendent. Une oreille indiscrète a surpris que ce soir, un énorme cadeau serait offert à Amélie. Les deux filles ont partagé l'information avec Marie mais elles doivent rester discrètes et c'est très difficile parce qu'elles sont tellement contentes qu'elles ont envie de rire et de chanter.

Le diner se déroule comme prévu, tous les mets préparés sont bons et le groupe est joyeux, les soucis se sont envolés. Ce soir, tous les habitants du manoir sont présent ainsi que les invités et ils sont nombreux autour de la table, car Elea et Maxime se sont joints à la grande famille qu'ils forment tous. Marcel, Camille et Marie, bien qu'invités ont préféré passer leur premier Noël ensemble chez eux, mais rejoindront ceux du manoir le lendemain.
Au dessert, chacun a un gâteau individuel dans son assiette avec une forme particulière. C'est le travail de Camille qui a appris à faire des gâteaux aussi beaux que bons pour des occasions spéciales.
Les coupes de champagne sont pleines et chacun commence à déguster sa pâtisserie en riant avec ses voisins.
Tout à coup Amélie crie :

- Oh qu'est-ce que… ? Vous êtes fous ! J'ai failli l'avaler ! Oh … Elle a l'air… magnifique. Dit-elle en contemplant une bague recouverte de chocolat avant de la sucer en riant.
- Amélie, je tiens à ce que tu deviennes mon épouse, dès l'été prochain aussi ai-je l'honneur de te demander de nous épouser Lilian et moi.
- Est-ce que je peux réfléchir ? Si j'acceptais que me donnerais-tu en échange ?
- Tu marchandes ? Je te donnerais… moi, regarde comme je suis fort et il montre son biceps à la façon des culturistes, ce qui fait rire les enfants et sourire les plus âgés. Et puis tu m'as dit que tu m'aimes alors je te donnerais mon amour et tout ce que j'ai t'appartiendrait, même ma fille ! Alors c'est bon, tu nous acceptes ?
- Oui c'est bon pour moi, marions-nous !

Alex ému, prit sa fiancée dans ses bras et l'embrassa à pleine bouche.

- Elle avait du chocolat sur les lèvres, je n'ai pas pu résister.

Ce qui déclencha une salve de lazzis.

- Tu devrais me la passer, murmura Amélie en donnant la bague essuyée à Alex.
- C'était celle de ma grand-mère et elle doit être satisfaite de nous voir heureux. Nous serons tous à nouveau réunis en juillet prochain pour le mariage, nous vous confirmerons la date.

Le devoir en bandoulière

L'assemblée applaudit et les parents d'Amélie se levèrent pour venir embrasser les fiancés, devancés par les deux filles.

Le lendemain matin tôt, la maison résonna des cris des filles qui découvraient les nombreux paquets. Les adultes se retrouvèrent un peu fatigués parce qu'il est encore tôt, en robe de chambre ou à moitié habillés pour découvrir les deux fillettes ensevelies sous les papiers chatoyants. Elles sont gâtées de façon incroyables, tous leurs désirs sont réalisés, le manoir retentit à nouveau des cris de joie. Il y a des cadeaux pour tout le monde même Loup a reçu un beau collier, des gâteaux spéciaux, un gros os, un grand tapis épais pour dormir confortablement, une balle et d'autres jouets.
- Tu crois qu'il comprendra que c'est pour lui ?
- Pour qui ça peut être, il n'y a pas d'autre chien et puis Camille dit qu'il est intelligent.
Il reste encore plein de paquets pour Marie qui est encore chez elle.
- Qui veut un petit déjeuner ? Le thé et le café sont prêts et il y a une corbeille de viennoiseries. Les filles venez à table ! ordonne Amélie.
Le petit déjeuner ne manqua pas d'animation ni de bruit.
« Quelle différence avec le jour de Noël de l'an dernier ! Quel chemin parcouru !» se dit Alex, debout

près de la fenêtre, une tasse à la main profondément confiant en l'avenir, en contemplant cette scène familiale. Composée de personnes heureuses d'être là et de partager leur amour avec la famille recomposée du manoir, désormais sa famille, celle qu'il a choisie et à laquelle il se consacrera en priorité. Avec Pier, il a été décidé qu'il aidera les membres de sa famille de Montenie qui solliciteront leurs conseils, sans toutefois se substituer à eux pour la prise de décision comme il l'avait fait si longtemps.

Il sortit de sa poche un papier jauni et craquant, visiblement beaucoup lu et le parcourut du regard longuement, inspiré par le texte.
Il s'agit d'un poème découvert dans le grenier du manoir, au fond du tiroir d'un vieux bureau. Il est signé par Jeanne Dupont, dont il ignore tout.
Il est heureux d'avoir trouvé en faisant du rangement, ce texte ancien, peut-être un peu désuet qui l'a longuement fait réfléchir à la manière de réussir ce grand engagement de construire sa famille, de faire son devoir de père et de parvenir à donner du bonheur à chacun.
Les conseils que donne la poétesse sont empreints de bon sens et il espère avec Amélie parvenir à en suivre la recette même si la fin du poème, sans doute une belle chute, a été mangée par les souris :

Le devoir en bandoulière

RECETTE FAMILIALE

*Une recette bien tassée d'AMOUR VRAI
Beaucoup d'écoute et de compréhension
Une bonne dose de disponibilité,
Mélangée à quelques grammes de douceur
Et de calme,
Ajoutez un rien de fermeté.
Cherchez un peu de bonne volonté
Assaisonnez avec de la droiture et de la sincérité
Afin de conserver le bon goût de la VERITE.
Râper les désirs égoïstes,
Les brusqueries et les impatiences.
Faites fondre votre orgueil et votre suffisance.
Trouvez dans vos réserves quelques graines de
FOI inébranlable,
Une ESPERANCE sans condition,
Saupoudrez de tendresse.*

*Faites revenir à la surface,
Des tranches entières d'accueil et de partage,
Additionnez de dialogues, menus services,
Mercis bien placés, don de soi sans retour.
Laisser mijoter longtemps dans de la PATIENCE.
Avant de présenter, flambez dans la joie
Et si possible dans un grand élan d'AMOUR,
Complétez par un petit verre d'humour
Et vous obtiendrez une famille savoureuse,
…..*

Le devoir en bandoulière

Remerciements

Ce livre a été inspiré par la rencontre d'un jeune homme écrasé par ses charges familiales et les critiques dont ses résultats faisaient l'objet depuis des années. Il était aussi dépité par le peu d'implication dans les affaires qu'il dirigeait de ceux qui, bien que concernés au premier chef, ne pensaient qu'à jouir d'une vie aisée. Cette situation a perduré jusqu'à ce qu'une rencontre, l'amène à s'apercevoir qu'il n'était pas seul, à s'interroger sur le devoir, à reconsidérer ses responsabilités et à simplifier son organisation.

Ne sommes-nous pas parfois aveuglés par la montagne de tâches à remplir, réduits à ne plus voir l'essentiel et à négliger de déléguer ?
Et ne sommes-nous pas coincés par les règles éducatives absorbées enfant et celles qui régissent les groupes auxquels nous appartenons ?
Sortir du cadre n'est pas évident, c'est un peu partir à l'aventure.

Cette fois encore, je voudrais remercier celles qui soutiennent mes aventures en écriture : Maryse, Marie-Amélie, Laurie, Emmanuelle et Audrey. Merci pour leur critiques bienveillantes et leurs avis qui me permettent de ne pas trop vivre « le nez dans le guidon ». Je suis reconnaissante aussi envers ma famille, indispensable à mon équilibre.

Lyne Debrunis   Site internet : www.argonautae.fr

Le devoir en bandoulière

© Lyne Debrunis, 2024
Le devoir en bandoulière

Édition : BoD · Books on Demand GmbH, In de Tarpen 42,
22848 Norderstedt (Allemagne)
Impression : Libri Plureos GmbH, Friedensallee 273,
22763 Hamburg (Allemagne)
ISBN : 978-2-3225-4155-3
Dépôt légal : octobre 2024

MIXTE
Papier issu de sources responsables
Paper from responsible sources
FSC® C105338